La fugitiva

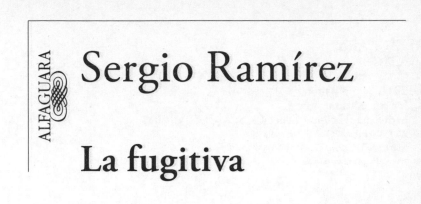

Sergio Ramírez

La fugitiva

ALFAGUARA

© 2011, Sergio Ramírez
© De esta edición:
   Santillana Ediciones Generales, S. A. de C. V., 2011
   Av. Universidad 767, Col. del Valle
   México, 03100, D.F. Teléfono 5420 7530
   www.alfaguara.com.mx

ISBN: 978-607-11-0938-5

Primera edición: enero de 2011

Diseño:
Proyecto de Enric Satué

© Cubierta:
Getty Images

Esta novela fue escrita con el respaldo de una beca
de la John Simon Guggenheim Memorial Foundation

A Sarita Rovinski

BRUJA JOVEN:

Los coloretes, lo mismo que la enagua,
son para muchachitas viejas y canosas;
por eso monto desnuda sobre mi cabra,
firmes y tersas mis carnes apetitosas.

MATRONA:

Me atengo a la cortesía de mis modales
para no tener que reñir aquí contigo;
pero si de tu carne tan joven te vales
sabe que de los gusanos será abrigo.

«Sueño de la noche de Walpurgis»
Fausto, I
GOETHE

Los verdaderos paraísos son los paraísos que hemos
perdido.

El tiempo recobrado
PROUST

La fiesta de los ángeles

Los restos mortales de Amanda Solano, exhumados del Panteón Francés de San Joaquín en la Ciudad de México, donde murió el domingo 8 de julio de 1956, llegaron al Aeropuerto Internacional del Coco el viernes 16 de junio de 1961 a las 3.50 de la tarde, con retraso de una hora, a bordo de un avión carguero cuatrimotor DC-4 de la línea de bandera nacional Lacsa, consignados en el manifiesto número AA172-500, según consta en los archivos de la Dirección General de Aduanas correspondientes a ese año.

En el mismo manifiesto figuran mercaderías diversas con destino a almacenes y agencias comerciales de San José, Cartago y Alajuela, entre ellas fardos de textiles de diversa textura y color, llantas y neumáticos de caucho para camiones y tractores agrícolas, balas de sacos de yute para empacar café de exportación, barriles de urea y otros fertilizantes, bebidas espirituosas (tequila) en cartones de doce botellas c/u; rollos de alambre de púas de medio quintal c/u; bultos con muestras de medicamentos sin valor comercial; así como también sacos de lona conteniendo latas de películas destinadas a los circuitos de exhibición, cajones de flores confeccionadas en tela y papel crepé y otras artesanías de cerámica, madera y latón, lo mismo que cajas de libros educativos y recreativos, y paquetes de revistas de modas y variedades.

De acuerdo a la crónica publicada en la tercera página del diario *La Nación* del día siguiente, suscrita por el reportero Romano Minguella Cortés, el ataúd color borgoña, provisto de maniguetas metálicas, y adornado en la parte superior de la tapa con un crucifijo también metálico, llegó resguardado en un cajón de tablas de pino sin cepillar, y fue bajado por medio de un montacargas frente al hangar de los almacenes fiscales de la Aduana. Una vez descuadernado el cajón por medio de una barreta, y llenados y sellados los documentos de rigor por delegados de la propia Aduana y del Ministerio de Sanidad, el ataúd fue entregado al licenciado Fausto Bernazzi Sotela, secretario privado del presidente de la República, y conducido por miembros de la Guardia Civil a la carroza fúnebre de la Funeraria Polini, un Chevrolet Impala color blanco, modelo 1960, que aguardaba en la rampa.

A las 4.40 de la tarde, bajo una tenue llovizna, y mientras el cielo tendía a cerrarse, la carroza, seguida de una caravana formada por unos cuantos automóviles, se dirigió hacia San José, con destino a la capilla de las Ánimas, situada en la avenida 10, lugar habitual de celebración de los oficios fúnebres dada su conveniente cercanía con el conjunto de cementerios de la ciudad. Allí aguardaba el acompañamiento presidido por la primera dama, Olga de Benedictis de Echandi, esposa del presidente Mario Echandi Jiménez (1958-1962), y el responso, que se inició a las 5.30, estuvo a cargo del párroco titular, padre Cipriano Chacón Cornejo.

Minguella, único periodista presente en el aeropuerto a la llegada del cadáver, acompañó la caravana a bordo de su motocicleta y da noticia del funeral hasta su conclusión en el Cementerio General, así como de los asistentes al mismo, entre los que se cuentan familiares, antiguas amigas y compañeras de colegio de Amanda, algunas con sus esposos, y unos cuantos escritores contemporáneos suyos. No figura el nombre de Claudio Zamora Solano, su único hijo, que para entonces tenía veinte años de edad, ni el de Horacio Zamora Moss, desde hacía muchos años divorciado de ella.

El sepelio se realizó pasadas las seis de la tarde y fue apresurado, porque eran ya más amenazantes las señales de lluvia en medio de la creciente oscuridad, y la única fotografía que ilustra la crónica de *La Nación,* tomada por el propio Minguella, muestra un abigarrado conjunto de paraguas, congregados alrededor de la fosa abierta, sobre cuya seda brilla la garúa que empieza a nutrirse.

De todo eso ha pasado ya más de medio siglo, y mi última ronda de visitas y entrevistas para documentar esta novela termina precisamente aquí mismo en el Cementerio General donde, otra vez, como en 1961, el cielo vespertino es de lluvia, y traspongo el portón a resguardo del paraguas que me han dado en préstamo en el hotel, para caminar a lo largo del callejón principal mientras cae una garúa muy parecida a la de entonces.

Me acompaña en la excursión Alfredo González, quien me ha guiado por no pocos de los laberintos de la vida de Amanda en todo este tiempo de mis indagaciones, devoto de ella como es, igual que otros jóvenes que forman una especie de logia de admiradores suyos que buscan y guardan datos, cartas, documentos relacionados con su vida, y fotografías, y mantienen una red en Facebook dedicada a ella. No son muchos, pero suficientes para convertirla en una escritora de culto, al punto que organizan también lecturas de su obra, y han hecho fabricar camisetas con su efigie y otros souvenires.

El Cementerio General es el más extenso del conjunto, y se encuentra unido en el mismo rectángulo con el Cementerio Obrero, sin frontera visible entre ambos; hacia el este se halla el Cementerio Calvo, separado de los dos anteriores por el bullicioso Mercado de Mayoreo, que penetra en la ciudadela mortuoria como una imprevista daga con todo y su tráfago constante de camiones, su vocerío, y sus olores a frutas y verduras que al final de la tarde comienzan a pudrirse en los cobertizos; el Cementerio Israelita ocupa la culata del Cementerio Calvo, hacia el sur, donde se abre una zona industrial, y por último, aparte pero cercano, está el pequeño Cementerio de Extranjeros, en un cuadro arbolado al otro lado de la avenida 10.

A primera vista el visitante tiene la impresión de hallarse en medio del depósito al aire libre de un marmolista lleno de encargos, con muchas piezas por entregar y otras tantas sometidas a reparación. Hay conjuntos completos y estatuas enteras, pero también abundan los rostros sin nariz y los muñones por los que asoma un clavo herrumbrado que antes sostuvo una mano grácil, y faltan asimismo coronas en las cabezas de las vírgenes, resplandores en las cabezas de los santos, y alas, a veces una sola, en las espaldas de los ángeles.

También se ven obeliscos rodeados de verjas de fierro tras las que crece la hierba reverdecida por las lluvias, y pesados promontorios funerarios de cal y canto que se alzan en el encierro de balaustradas de columnas rollizas, no pocas de ellas desportilladas; y en las lápidas de mármol, marcadas por la huella de herrumbre de los tarros de conserva usados como floreros, hay letras de bronce perdidas en los nombres, y fechas borradas, obra de vándalos, podría alegarse, pero los peores entre ellos, conocidos por su inclemencia, son Tiempo y Olvido.

Los ángeles en custodia de los sepulcros son multitud, para no decir legión. Lucen frondosas cabelleras, túnicas ceñidas por cordones terminados en borlas y sandalias andariegas atadas por correas, y entre ellos hay unos que están riendo por lo bajo mientras pulsan toda suerte de instrumentos de cuerda: arpas, salterios, cítaras, vihuelas, laúdes, mandolinas, o elevan sus trompetas festivas como si anunciaran más bien una celebración de carnes tolendas y no el juicio de la misericordia final, músicos de frío mármol que tocan en concierto desde los sitios donde se yerguen, y sólo se echa en falta a aquel de entre ellos que debería llevar la batuta de la orquesta.

Hay otros, sin embargo, que no se prestan a jolgorios, y uno, de alas plegadas y aspecto muy hierático, mantiene un dedo en los labios pidiendo silencio, para recordar que éste es un lugar sagrado y no de músicas, aunque resulta muy patente que los demás no le hacen caso, pues si así fuera, qué tiempos la fiesta que se libra bajo el cielo de crecientes tinieblas habría terminado.

De entre los ángeles que no participan de la algazara, hay uno que tiene un mazo de llaves en la mano, y nadie puede aventurarse a suponer qué puertas abrirá con ellas, salvo que el visitante acepte sin más discusiones que son las del reino celestial, y no las pesadas puertas de plomo candente del reino del Contrario. Otro alza el brazo en ademán de sostener un farol, seguramente para alumbrar el camino de las almas, pero falta el farol, y sólo queda en la mano de mármol, donde iba atornillado, el gesto de asir la argolla; y faltan dedos en esa mano.

Otro ayuda a un niño a despojarse de su envoltura terrena, con la dulzura materna de quien lo prepara para la cama desabrochándole la ropa, sucia de tanto correteo como tuvo en el día; y otro más vela el reposo de una doncella peinada de trenzas, acunándola en su regazo, la mano sobre su frente desnuda y seguramente febril, y de cerca se notará la sonrisa apenas perceptible en los labios de ambos, ángel y doncella; en lo que al ángel respecta, bien parece que va a empezar a contarle un cuento de hadas para toda la eternidad.

Al avanzar hacia el sur por el callejón principal, atrae la vista un hermoso conjunto escultórico de tamaño natural, asentado sobre un basamento de piedra de cantera. Se trata de una familia completa, perpetuada en mármol de Carrara. La madre agoniza en el lecho revuelto, mientras una niña llora abatida escondiendo el rostro entre las sábanas que cubren a la moribunda, y otra, también de tierna edad, ora arrodillada en un reclinatorio.

El padre, desvalido, vestido de levitón, la barba pulcramente trasquilada y el sombrero de copa en una mano, como si la etiqueta no pudiera faltar de ninguna manera aun en esta hora del tránsito supremo, se apoya con la otra en el respaldo de una silla. Y todavía alcanzan en el conjunto el sacerdote revestido con sus ornamentos sagrados, que prodiga la extremaunción a la madre, y el médico junto a la puerta invisible del aposento, impotente en su ciencia, el estetoscopio colgado al cuello, los dedos pulgares metidos en los bolsillos del chaleco, la noble cabeza bañada de cagarrutas de golondrinas.

En este callejón principal abundan los templetes. Hay uno en el que despuntan sus torretas góticas, como la capilla de un colegio de monjas; otro de frontis romano, en la vena de la moda neoclásica, sus columnas estriadas que suenan a hueco; otro, con balaustradas en el techo, que imita un palacete mediterráneo; aún otro, que parece la torre de una iglesia sembrada en el suelo por un terremoto, pero que conservó intacta su cúpula de media naranja; y todavía otro, más reciente, desnudo en sus planchas de granito, como la sede de un banco hipotecario.

No obstante, la ilusión de majestad queda rota en no pocos de ellos por sus escasas proporciones, lo que obliga al visitante a inclinarse un tanto para husmear tras los portones de rejas cerrados por cadenas de las que penden candados llenos de sarro, muestra de que los recintos son poco frecuentados. En uno y otro rincón de sus interiores descansan acaso una vieja escoba, un balde, una piocha, y el pavimento, donde sobresalen las argollas de las losas, está alfombrado de un amasijo de hojas muertas que el viento ha venido acumulando con perseverancia.

A medida que nos alejamos del primer patio y entramos al segundo, las soledades del dinero viejo se han acabado, y junto a una capilla de frontis dórico pueden verse túmulos forrados de azulejos, como piletas que invitan a tomar un baño, y de los que sobresalen unas cruces revestidas de los mismos ladrillos lustrosos, como para colgar en ellas la toalla; o capillas de bloques ornamentales que tienen persianas de vidrio montadas en molduras de aluminio, y tanto se parecen esas capillas de ambiente doméstico a las casas construidas en serie en las numerosas nuevas urbanizaciones de San José, que sólo faltaría escuchar que llegan desde dentro las voces de una telenovela en el televisor encendido, y a alguien que se afana con los trastos de cocina. Son intrusiones que contribuyen a disipar los esplendores de la fiesta de los ángeles del otro patio, pues aquí todo el mundo debe acomodarse a como mejor puede, de acuerdo a las posibilidades de cada bolsillo; y si de escuchar el concierto se trata, habrán de conformarse con hacerlo de lejos.

Pero ahora nos acercamos al tercer patio, el sector más lejano, y el límite final del cementerio, pues más allá del muro fronterizo, al otro lado de la calle, descuellan las naves y torreones de una fábrica de aceite vegetal, y antes de alzar la vista hacia las chimeneas de latón, uno siente en el aire el olor del aceite que hierve en las calderas.

A los nichos horadados en varias filas a lo largo del muro fronterizo, van a dar con sus huesos los menos afortunados, aquellos que llegan con premura y no disponen de ningún terreno propio, y en la boca sellada de cada uno de estos nichos se muestran las inscripciones, unas en aplicada letra escolar, otras que chorrean anilina, y otras obligadas al equilibrio, encaramadas encima de una línea trazada con lápiz de carpintero.

De regreso al primer patio, Alfredo me lleva con paso seguro hacia el terreno donde fue enterrada Amanda. Se trata del cuadro Dolores, 4.ª avenida, lote número 6, lado sur, línea 4, fosa 231. La losa, brillante como si acabaran de lavarla, está hecha de pequeños ladrillos de color gris jaspeado, pero no hay nada que la identifique, salvo una minúscula chapa de registro de la Junta de Protección Social de San José con el número 729.

Esta mujer que aún deslumbra por su belleza en las fotografías sólo cambió de sepultura tras el rudo viaje en un avión de carga, mientras tanto su país natal apenas parpadeó con un algo de extrañeza y otro de indiferencia ante su regreso. Volvió para ser, otra vez como siempre, fugitiva. La fugitiva que cinco años después de su muerte llegó desde una tumba sin nombre, marcada con un número, a otra tumba sin nombre, marcada con otro número.

Ahora quiero empezar a contar cómo fueron las cosas de su vida lo mejor que pueda, aunque ya se sabe lo difícil que se vuelve sustentar las certezas y dejarse de mentiras en este oficio del diablo.

Sólo a la muerte se llega demasiado temprano

Desde la calle donde se halla el chalet de estilo misionero de doña Gloria Tinoco viuda de Yglesias en el barrio Amón, es posible escuchar el sosegado rumor de las aguas del río Torres que corre en una hondonada entre la espesura salpicada por techos rojos de zinc, y de la que llegan, de cuando en cuando, los chillidos de los simios presos en las jaulas del Parque Zoológico Simón Bolívar, al que la gente llama más comúnmente «el parque de los monos».

El chalet tiene una torre que viene a ser coronada por una cumbrera de tejas de cuatro aguas, como un palomar, su tramo superior adornado con ventanas gemelas en cada cara y rodeado por un balcón de fierro, mientras tanto el cuerpo de la casa, con su techo igualmente de tejas, verdeadas por el moho, se angosta más de la cuenta, como si las pretensiones del arquitecto hubieran sido detenidas por la mano que pagaba, con lo que la torre parece una imposición exagerada frente al conjunto. El estilo colonial californiano, o misionero, se puso de moda en los años cuarenta en San José, y quedó patente en las residencias del paseo Colón, y en la antigua terminal de pasajeros del aeropuerto de La Sabana, que ahora es el Museo de Artes Costarricense, y cuya torre, a la que el vigía trepaba para anunciar con un toque de campana que había avión a la vista, recuerda la del chalet de doña Gloria, sólo que ésta no acusa ninguna utilidad, más que la de estrecho mirador al que nadie sube.

Me detengo frente a la puerta de roble barnizado, tras atravesar el jardín frontal que un muro de poca alzada separa de la calle. La penumbra con la que me voy a encontrar parece empezar aquí mismo, bajo el portal a cubierto sostenido por dos columnas salomónicas; y aunque la puerta tiene una pesada argolla que un día sirvió para llamar golpeándola contra la chapa, ahora hay un timbre al lado, el botón al centro de una placa de reflejos verdes, hacia el que baja el cordón eléctrico que una mano de pintura beige, el mismo color de la pared, busca ocultar.

Una mujer madura, cuyo uniforme de enfermera cruje con el almidón al paso de sus zapatos imitación de Adidas, viene a abrirme. Me conozco esos rasgos, los anchos pómulos, la piel morena, el pelo lacio tan negro. Nicaragüense. Sólo lo había visto en la tele, me dice con intencionado acento costarricense, mientras su boca, en la que hay reflejos de calzaduras de oro, enseña una entusiasta sonrisa cómplice que luego esconde tras el dorso de la mano.

Los emigrantes nicaragüenses son hoy abundantes en Costa Rica: cocineras, niñeras y empleadas del aseo doméstico, albañiles, carpinteros, electricistas, fontaneros, jardineros, guardias de seguridad y celadores nocturnos, mucamas y botones de hoteles, cantineros y músicos, enfermeras, comerciantes y buhoneros, además de cosechadores de café, caña de azúcar y banano, y despiertan miedos y recelos como si en una invasión concertada se prepararan a apoderarse del país, mientras ellos, precavidos, se apresuran a borrar toda huella de su acento y de sus modales confianzudos y a veces agresivos, convencidos de que la mejor manera de protegerse frente a la hostilidad es mimetizarse aprendiendo a hablar y a comportarse en la sosegada clave costarricense lo más rápidamente posible, aunque a veces el disfraz no resulte a la medida.

Un espejo art déco de cuerpo entero, sin moldura, se erige contra la pared que delimita el recibidor, a un lado un perchero de pedestal que se abre como una mano para recibir los abrigos que en un tiempo fueron comunes en San José, antes de que se volviera una ciudad de clima tropical, y al otro un cajón para depositar los paraguas que no está de más, desde luego que las lluvias puntuales de las dos de la tarde, aunque menos copiosas, no abandonan la meseta central. Detrás de la pared del espejo está la sala, sumida en esa penumbra que se anunciaba desde fuera, una penumbra húmeda no sólo a causa de la lluvia que no deja que nada se oree, sino del encierro, un encierro de cortinas corridas que huele a la cera con que se abrillanta el parqué, y hay también un lejano aroma de cocina. Los muebles están cubiertos por fundas de manta, como si los dueños se hallaran ausentes en un largo viaje, y por todas partes brillan los adornos de plata que parecen ascuas de un incendio hace tiempo sofocado.

Al fondo, al lado de un piano de cola que roba espacio en la estancia, aguarda mi anfitriona. Va vestida con discreta distinción, con un traje de lino color marfil, y a medida que me acerco, sus ojos, en los que resplandece una chispa de amable picardía, me escrutan con curiosidad. Su delgadez, que hace parte de su elegancia, parece más bien el fruto de una disciplina de toda la vida que consecuencia de la edad; tampoco sus arrugas muestran decrepitud sino discreción en el acto de envejecer, y las lleva con naturalidad, como lleva su sonrisa, y como lleva el cabello corto de tinte plateado.

Me extiende la mano, y ahora sí, esa mano vieja parece un guante ajeno, el enjambre de venas gruesas realzadas sobre el dorso estriado como una antigua porcelana, los anillos que pesan en los dedos, y las pulseras que pesan en la muñeca, y me dice sonriendo, sin dejar de mirarme, que no esperaba que yo fuera tan puntual: cuando se da una cita para las diez de la mañana y se llega a la hora exacta se puede cometer una imprudencia, la dueña de casa puede estar saliendo apenas del baño, y si es una invitación a cenar, puede encontrarla en bata y los rulos en la cabeza porque aún debe peinarse, y todo esto, como ve, termina convirtiéndose en una descortesía. Pero ¿de qué hablo yo, con esa pantomima de invitaciones a cenar? Esta casa no se abre desde hace cuarenta años, desde que murió mi esposo Braulio, que en paz descanse, y usted ya sabe, por todo el tiempo que vivió en Costa Rica, que casi nunca nos prestamos para invitaciones sociales; somos poco para eso, y por eso nos critican los demás centroamericanos, ¿no es cierto?

Ahora me toma del brazo y con pasos frágiles me lleva a través de la puerta corrediza que da a la terraza cubierta, una estancia separada del jardín por una vidriera sucia de excrementos de pájaros, y donde nos libramos un tanto de la penumbra porque aquí estamos ya a la luz de la meseta rodeada por los promontorios de las montañas, una luz que no llega a ser sombría en tanto no empiece a llover.

El juego de poltronas y el sofá, con sus cojines de cretona floreada, y sus brazos curvos estriados color de miel que descienden en arco hasta el piso, son también una herencia del art déco. Apenas nos hemos sentado aparece la enfermera, mi compatriota, cargando, como si se tratara de una ofrenda, una gran bandeja de electroplata que deposita en el sobre de vidrio de la mesa baja, y tras regalarme otra sonrisa cómplice de las suyas, se retira con el paso silencioso de sus falsos zapatos Adidas.

En la bandeja hay una jarra con café, también de electroplata como la azucarera y la cremera, dos finas tazas con una orla azul cobalto en el borde, las cucharitas de mango historiado depositadas en las escudillas, y bajo una servilleta almidonada, que la anciana descubre con precisión de prestidigitadora, unos pequeños sándwiches divididos en triángulos, el pan despojado de la corteza. Éstos son de pepino picado, dice, porque mi estómago se resiente con todo, y aunque me hace daño el café, en eso sí me doy el lujo de desobedecer a mi doctor, un geriatra, qué palabra aborrecible esa; los otros, si no le gusta el pepino, y no es que a mí me apasione comer sándwiches de pepino, son de jamón.

Su voz suena agradablemente cascada, como el eco de otra voz juvenil que una vez fue enérgica y alegre, y lo mismo suena su risa, como un fantasma de otra risa que busca escapar de la prisión del tiempo. Me mira de nuevo con sus ojos inquisidoramente risueños, como si buscaran provocarme, alza luego la jarra para servirme el café, con un temblor que me alarma, y cuando trato de quitársela para hacerlo yo mismo, se niega con vehemencia.

Canderel, azúcar falsa, suspira, mientras rompe el sobrecito celeste para verter en su taza el polvo que más bien parece harina, y yo tanto que deliraba por los dulces, el dulce de chiverri, ¿ha probado el dulce de chiverri? Bueno, imagino que sí, con tanto tiempo pasado acá. Pero dígame: ¿de dónde le viene ese interés por Amanda? No, no voy a preguntarle eso, usted es el que vino a preguntarme. ¿Va a escribir una biografía, o una novela? Bien pueden ser las dos cosas a la vez, ya lo sé, una novela que parezca biografía, o una biografía que parezca novela, estoy de acuerdo. Por mí no tenga cuidado, puede poner mi nombre, no tiene que disfrazarme, quién se disfraza a mi edad. Además, he tenido tantos años guardado lo que sé de Amanda, que ahora aparece usted para escucharme decir lo que, de otro modo, nadie escucharía ya. Alfredo González, que es un muchacho inteligente, apasionado como pocos de Amanda, me recomendó mucho que lo recibiera a usted: hay un escritor nicaragüense tal y tal que vivió muchos años en Costa Rica, que quiere escribir sobre Amanda Solano. Magnífico, Alfredo, le dije, usted me avisa con un día de anticipación, y con todo gusto lo recibo.

Toma una campanilla de la mesa, y la hace sonar. La enfermera aparece de inmediato, y le pide traerle las carpetas que ha dejado en la cómoda del dormitorio. La ha llamado Casilda, y Casilda se va con su paso silencioso. Es el nombre que puse a un personaje de mi primera novela, *Tiempo de fulgor,* y desde entonces no había vuelto a saber de él. Casilda es una imposición de mis hijos, dice, bajando la voz, porque no quieren que viva sola. ¿Y qué tiene vivir sola? Cedí, para no crear litigios, pero de todos modos nos acomodamos bien; además de darme a tiempo las medicinas, y ponerme una inyección de no sé qué vitaminas una vez a la semana, cocina lo poco que como; y aunque mis hijos insisten en que duerma conmigo en mi cuarto, eso sí no lo permito.

Casilda ha vuelto con las carpetas, y la anciana las deja en su regazo.

Cuando quiera, entonces. Y puede grabar, no hay problema. Vea qué grabadoras esas de ahora, tan chiquiticas. Mi esposo Braulio fue de los primeros que tuvieron una en Costa Rica, de la marca Telefunken, un cajón tan grande como valija de polaco, con dos carretes y un micrófono enchufado de un cordón, que él sacaba por la ventana para grabar los ruidos de la calle. Qué vagabundería estar grabando bocinas de carros, ladridos de perros, llantos de niños, groserías de borrachos, pregones de verduleros que pasaban con sus carretones, le decía yo. Ah, ésa es la vida, contestaba, ¡son los ruidos de la vida! ¡Si hubiera un aparato para grabar los olores! ¡Los buenos y los malos, porque eso también es la vida, como esa tufalera a levadura que se viene de las alcantarillas, y que parece de jazmines macerados!

Es que aquí en el barrio Amón, cuando funcionaba la Fábrica Nacional de Licores, antes de que la convirtieran en el Ministerio de Cultura, echaban a las alcantarillas los desperdicios, y de las bocas de los desagües en las calles, sobre todo en la quietud de las noches, salían a toda hora esos vapores fermentados. Aunque no lo pareciera, y más bien aparentara todo lo contrario, Braulio mi esposo era un poeta. Quién iba a decirlo, si su profesión era economista, graduado en la Universidad de Notre Dame, en Indiana, y los Yglesias fueron siempre gente de cuentas y de números, aunque también de la política. Ya ve al presidente Rafael Yglesias, su tío abuelo.

¿Le han dicho que la fachada de piedra cantera de la Fábrica Nacional de Licores es igual a la del Mercado de los Vinos de París? Lo comprobé cuando estuve la primera vez con Braulio, comisionado en tres ocasiones por el gobierno para buscarle mercados al café costarricense en Francia, Bélgica y Alemania. Y la puerta por donde entraban las carretas de bueyes cargadas con los ladrillos de dulce de rapadura acarreados desde los trapiches para preparar las mieles es igual a la Puerta de Alcántara de Toledo. También lo comprobé en una de mis visitas a España. Un verdadero baluarte la fábrica, con patios empedrados, las naves de paredes y techo de láminas de hierro galvanizado, una para las cubas de fermentación, otra para los alambiques de la destilería, otra para los almacenes de dulce, otra para los toneles, y una para las oficinas administrativas y contables, además del cuartel de los soldados del Resguardo Fiscal, porque los alcoholes eran protegidos como estanco del estado; sobre todo eso escribió un artículo mi esposo Braulio, muy bonito, muy detallado con datos históricos, pero nunca lo publicó, así era él, modesto en todo. Entré allí una sola vez en la vida, con motivo de una excursión de las alumnas del Colegio de Señoritas, pero nunca olvidé esos olores tan fuertes a licor que me hicieron vomitar en uno de los patios, como si me hubiera bebido un litro entero de anisado, del que hacían allí. Nadie podía decirme entonces que iba a venir a vivir en este vecindario ya casada.

La Fábrica Nacional de Licores es esa que está aquí nomás, a pocas cuadras, separada del Edificio Metálico por el parque España, al otro lado del parque Morazán, cruzando el paseo de las Damas; pero yo me pongo a hablarle a usted como si nunca hubiera estado en San José.

El Edificio Metálico, fíjese qué ocurrencia, lo trajeron desarmado en un barco desde Bélgica, donde construyeron todas las piezas, vigas, techos, artesonado, paredes, ventanas, puertas y escaleras, un peso de mil toneladas si no me equivoco, mi esposo Braulio sabía con exactitud esos datos. Antes de embarcar en el puerto de Amberes las piezas numeradas en concordancia con los planos, armaron por completo el edificio en los patios de la fábrica, para ver cómo quedaba. Fue obra del mismo arquitecto que diseñó el teatro La Bomboniere en Lieja, y es completamente neoclásico. En ese edificio funciona, desde que yo me acuerdo, una escuela pública, la escuela Buenaventura Corrales, y al pasar por allí hay ese silencio mortal de los colegios cuando no es la hora del recreo.

Pues le decía del parque Morazán, y del paseo de las Damas que arranca en la estación del ferrocarril del Atlántico. Ahora pusieron calle de por medio con el parque el hotel Holiday Inn, ese cajón de vidrio que parece tan falso, y en esos vidrios, se me quedó eso la única vez que pasé hace años por allí, se refleja el quiosco de las retretas con su cúpula de cemento de columnas dóricas, también neoclásico como el Edificio Metálico. Es que aquí somos neoclásicos en cuerpo y alma, eso nos lo decía Teodorico Quirós, que nos daba Historia de la Arquitectura en el Círculo de Amigos del Arte a un grupo de muchachas recién salidas del Colegio de Señoritas; y, más apartada en el parque, la estatua del general Francisco Morazán, el pobre caudillo liberal hondureño que anduvo queriendo sostener la Federación Centroamericana en medio de continuas guerras civiles, qué iba a poder, cinco países tan indómitos y pendencieros. Hasta que, ya ve, lo agarraron prisionero y lo fusilaron, aquí mismo en Costa Rica, y luego le pusieron su nombre al parque y lo subieron a un pedestal al lado del quiosco. Los ticos nos pintamos para eso, primero te fusilan y después te hacen un monumento. Esther de Mezzerville, mi mentora en el

Colegio de Señoritas y mentora de Amanda, tenía a Morazán por santo, todo prócer que fuera masón era santo para ella.

Yo pensaba en un tiempo que el paseo de las Damas tenía que ver con mujeres elegantes desfilando a pie bajo sus sombrillas de encaje, o sentadas de manera indolente en landós descubiertos que van al paso, mientras hay petimetres que las emparejan a caballo, como en las novelas francesas. Pues se trata de un bonito equívoco y fue mi esposo Braulio quien me sacó del error, porque damas se llaman más bien los árboles que dan sombra al paseo, importados especialmente de Filipinas por el ministro de Obras Públicas don Remigio Polini, quien lo mandó construir, hombre emprendedor que también fundó para ese tiempo la Funeraria Polini. A Braulio le gustaba contradecir a nuestras visitas en ese aspecto, prueba en mano; provocaba la discusión, y entonces enseñaba las láminas de esos árboles que aparecen en el catálogo del Jardín Botánico de París.

Esta casa se construyó bajo la batuta de Braulio, muy correcto a la hora de pagar las planillas de operarios y muy meticuloso en el gasto porque ahorraba todo centavo que podía, aunque sabía darse sus lujos, los viajes trasatlánticos los hacíamos en cabinas de primera clase, el agua de colonia de la mejor, pedida a Alemania, los pañuelos de lino marcados con sus iniciales, y exigía cabello de mujer como hilo del bordado de las letras.

Cuando nos trasladamos aquí, el barrio Amón gozaba aún de quietud, sus calles más o menos desiertas de tráfico, el vecindario muy selecto. Después, ya en los años sesenta, empezó la emigración de las viejas familias hacia los nuevos barrios de moda en el oeste de San José, Los Yoses, Francisco Peralta, Escalante, vecinos a San Pedro de Montes de Oca donde se habían construido los primeros edificios de la ciudad universitaria. Claro que yo nunca quise moverme de este sitio, ni siquiera ya viuda, aunque me fuera quedando rodeada de ruido y de alojamientos de turistas de esos que llaman *bed and breakfast,* restaurantes jactanciosos y cafeterías para gringos, discotecas pintadas de ciclamen y azul de Prusia, qué horror, boutiques, galerías de arte, tiendas de antigüedades y de souvenires. Qué puede una hacer.

La mayoría de estas casas fueron construidas en los finales del siglo diecinueve cuando vino la bonanza cafetalera, espérese que ya le voy a hablar del fundador del barrio, monsieur Amon Duplantier. Aquí se ensayaron todos los estilos, el victoriano, el mudéjar, el tudor, mayormente en madera, o la mezcolanza que llaman ecléctica. Lo ecléctico, nos decía Teodorico Quirós, es el calificativo que se usa para solventar el alboroto de los gustos combinados en medidas arbitrarias. El estilo botica, porque hay de todo, como en botica, según él. ¿Verdad que es un criterio gracioso? A Teodorico lo llamábamos Quico. Era arquitecto, escenógrafo de teatro, escultor y pintor. Él mismo era muy ecléctico. Vivía aquí en el barrio Amón, en una casa muy rara diseñada por él, donde había cuadros coloniales de vírgenes dolorosas con el pecho atravesado de puñales, al lado de unas copias de estatuas griegas desnudas, con sus partes nobles al aire, y unos canapés cubiertos de seda roja, con almohadones de damasco, que parecían muy licenciosos.

¿Qué más le digo? Las primeras residencias de este barrio aparecieron cuando estaba a punto de inaugurarse el Teatro Nacional, la cúpula fundida en la misma fábrica de Bélgica donde se hicieron las piezas del Edificio Metálico; y al mismo tiempo se levantaba la estación del Atlántico que ahora es museo, como le dije, desde que ya no corre el tren que hacía la ruta a Puerto Limón. Museo y todo, desapareció el reloj barroco encargado a Berlín, que ya no está más en el frontispicio, ni tampoco las estatuas de bronce instaladas a ambos lados del portón principal, que representaban a Mercurio, porque es el dios del comercio y de los viajes lejanos, y a Venus Afrodita, no sé por qué. ¿Quién se las llevaría? Algún vivo de los que nunca faltan en Costa Rica las tiene de adorno en su casa.

Pues el tal monsieur Amon Duplantier, que le decía, llegó a Costa Rica entusiasmado por su cuñado monsieur Hipólito Tournon, dueño entonces del más grande de los beneficios de café del país, que estaba al lado norte del río Torres, aquí abajo, al que iban a dar los desechos del beneficio. Un año después había abierto ya las primeras calles del barrio que quedó consagrado bajo su nombre de pila, el barrio Amón, mientras su cuñado, monsieur Tournon, tramitaba los permisos para otro que quedó consagrado a su apellido, el barrio Turnón, en los terrenos baldíos que rodeaban su beneficio de café.

En esos mismos tiempos apareció mister Minor Cooper Keith, para unos un visionario, para otros un pirata, escoja usted. Venía en nombre de la United Fruit. Mister Keith entró como por su casa en las selvas del Atlántico de Costa Rica, donde empezó a sembrar banano, nada menos que tres mil kilómetros cuadrados que el presidente Próspero Fernández le entregó mediante contrato, eso estaba en el texto de historia nacional que estudiábamos en el Colegio de Señoritas. Don Próspero era de la familia de mi esposo Braulio por la rama materna, tío de su madre doña Josefina Fernández. A cambio se comprometió a la construcción del ferrocarril del Atlántico, que partía de San José y cruzaba esas mismas tierras para poner en Puerto Limón los cargamentos de racimos que iban a los muelles de Nueva Orleáns, embarcados en las estaciones a lo largo de la ruta.

Monsieur Duplantier, igual que mister Keith, tampoco descansaba, ni condescendía a ser dueño nada más de los solares del barrio Amón. Puso la primera planta de electricidad, con lo que empezó a acabarse el alumbrado de canfín, y se encargó de la construcción de la primera vía del tranvía. Se asoció luego con mister Keith y se juntaron en una sola las dos empresas, la de electricidad y la del tranvía. No sienta que me voy apartando demasiado, porque por este camino del tranvía vamos a llegar a Amanda.

¿Qué era San José entonces, para el tiempo en que empezaba a llenarse de tanta maravilla, un Teatro Nacional, mansiones de estilo europeo, alumbrado eléctrico, tranvía, estaciones ferroviarias? Porque también se construía el ferrocarril del Pacífico, que llegaba hasta el puerto de Puntarenas. Pues una triste aldea de casas de madera y techos de zinc es lo que era, y las más importantes de paredes de adobe, henchidas con lodo, ripio y zacate, cumbreras de tejas de barro levantadas sobre cerchas que se sostenían en soleras labradas a escoplo, puertas de doble batiente, muy recias, que en lugar de bisagras se movían por espigas, y ventanas que no conocían el vidrio y se cerraban con postigos de guillotina.

Todo eso lo vio muy bien, con ojo providencial, monsieur Duplantier. Vio la simpleza campestre de aquellas fachadas, las salas de piso de barro sin ninguna suntuosidad, donde se acomodaban muebles rústicos y pesados, puestos allí más por la necesidad de su uso que por ningún afán de exhibición de lujos. ¿Lujo? Esa palabra no entraba en la cabeza de ninguno de aquellos jefes de familia, tacaños y desconfiados, que guardaban las ganancias de los embarques de café en zurrones de cuero debajo de sus camas.

Viendo que los zurrones repletos de macacos y soles peruanos cogían moho en la oscuridad de los escondites, monsieur Duplantier se esforzó en enseñarles a mis antepasados, con maña y paciencia, a ver el mundo con nuevos ojos; mientras tanto mister Keith despachaba los cargamentos de racimos de banano a Nueva Orleáns, monsieur Duplantier les mostraba la puerta a Europa, que era el mismo Puerto Limón, pues por allí se iba también el café en oro, beneficiado por monsieur Tournon, en sacos de gangoche del peso de una arroba, y a cambio llegaban los muebles, los cristales emplomados y los cortinajes de las nuevas mansiones que venían de Marsella, los mármoles y estatuas de los edificios públicos que venían de Génova, las piezas del Edificio Metálico y la cúpula del Teatro Nacional de Amberes, las bancas de fierro, las taquillas enrejadas y los relojes de las estaciones ferroviarias de Hamburgo, y los rieles y los vagones de los trenes y del tranvía de Liverpool. Figúrese nada más que en los mentideros de la época llamaban a estos tres caballeros, monsieur Duplantier, su cuñado monsieur Tournon y mister Keith, la Santísima Trinidad.

Más que contestar preguntas, ¿usted quiere que me guíe yo sola por mis recuerdos? Achará, qué compromiso. A estas alturas la memoria es un pozo oscuro y yo en el fondo, necesitada de nadar para arriba, en busca de ver la luz. Pero el peor esfuerzo es el que no se hace, decía papá, que en paz descanse. No le he hablado aún de papá, pero irá saliendo en la conversación. Se llamaba Celestino, vea qué nombre. Celestino Tinoco. Él mismo, que era hombre de poca risa, se reía de la ocurrencia de sus padres al ponerle así, pero eran las costumbres campesinas que le digo, lo que traía el almanaque te caía por fuerza en la cabeza, San Celestino, Papa de la Iglesia, segundo domingo de octubre; no creo que se celebre a ninguna Santa Celestina, si tan mala fama arrastra ese nombre.

Pues ya vamos con Amanda. Vea qué cosa más rara. El ingeniero ferroviario Sigfried Starck, su abuelo materno, había venido a Costa Rica para entenderse en la construcción de las vías del tranvía, y un domingo de principios del siglo un vagón de ese mismo tranvía lo aplastó.

Un día antes se había inaugurado la línea que iba de la estación del Pacífico a Guadalupe, construida bajo su dirección, un acto solemnísimo amenizado por la banda de los Supremos Poderes, con discurso del presidente de la República don Rafael Yglesias y copa de champán y todo.

Pues relevado ya de sus preocupaciones paseaba el ingeniero Starck ese domingo por la Avenida Central del brazo de su esposa Emigdia, dama costarricense con la que se había casado al poco tiempo de su llegada. Iba elegante él con su porte militar altanero, revoleando el bastón como palillón de desfile, los ojos azules como de porcelana, de esos que les ponían a los muñecos en la Clínica de los Muñecos que quedaba en el paseo de los Estudiantes, y muy acendrada la señora, vestida con las prendas modestas que ella misma se cosía; aunque era de profesión maestra, pues había sacado su título en el Colegio Superior de Señoritas, el ingeniero no la dejaba salir a dar clases porque la quería dentro de su casa mientras andaba él entendiéndose con asuntos de rieles, pernos, cables y poleas, y entonces ella se entretenía cosiéndose la ropa a su gusto y medida.

Entonces, al llegar en su paseo al cruce de la calle Central, donde quedaba en una esquina el hotel Metropole y en la otra la confitería Sans Souci, propiedad de los hermanos Ricard, que terminaron divididos y en la quiebra porque uno, el menor de ellos, era jugador de gallos empedernido y utilizaba las ganancias del negocio para comprar gallos de raza en Nicaragua y en Panamá y apostar por ellos, se descarrila el tranvía que venía desde la estación del Pacífico y el pobre ingeniero Starck alcanza a empujar a la esposa lejos de aquellos hierros despavoridos, pero el vagón lo alza a él enganchándolo en la parrilla delantera y entre una quebrazón de vidrios lo mete empujado por la vitrina de la confitería donde se exhibían los pasteles de boda y de cumpleaños, las magdalenas y medialunas, los éclairs que era divinos según alcancé todavía a oír, y las canastas de turrones importados de Alicante adornadas con lazos de organdí que hacían famoso al establecimiento, hasta abrir un hueco en la pared del fondo y dejarlo tendido sobre una larga mesa espolvoreada de harina donde amasaban la pastelería, y el vagón del tranvía asomando la trompa por en medio del boquete, las ruedas en el aire embadurnadas del batido con que se bañan los queques, todavía girando, encendidas en chispas.

Ese vagón tenía el número 1, y era para uso exclusivo del presidente Yglesias, fabricado en Manchester por encargo del supremo gobierno, con asientos de cuero azul profundo y ventanillas de vidrio decoradas al esmeril; y según pasó, el conductor, bien jumado, cometió la insolencia de sacarlo ese domingo, sin permiso alguno, del hangar junto a la estación del Atlántico donde se guardaban y reparaban los vagones, porque se le ocurrió dar un paseo hasta La Sabana él solo, como todo un presidente, y ya venía de regreso cuando sucedió la desgracia de la que el muy bribón salió ileso porque supo saltar a tiempo pese a su ebriedad, tanto que el resguardo lo tomó preso por el rumbo del paso de la Vaca cuando iba camino de su casa, tan ajeno a lo acontecido que no presentó resistencia, tal era el aturdimiento de la borrachera. Como la vida teje sus hebras de una manera que uno nunca se imagina, ya ve cómo yo me casé después con un descendiente del presidente Rafael Yglesias.

El tranvía era cosa de llamar la atención, claro está. Pero haga por imaginarse lo que era la ciudad de San José en la época en que murió aplastado el ingeniero Starck. Una triste aldea, ya le dije. Y cuando Amanda y yo crecimos, tampoco es que fuera muy diferente. Yo todavía recuerdo las nubes de zopilotes que iban volando detrás de los carretones de caballos que llevaban a botar la basura a los vertederos. Con sólo decirle que el tranvía que venía traqueteando desde La Sabana y atravesaba el paseo Colón, que era lo más elegante que teníamos, algo así como nuestros Campos Elíseos, debía detenerse para dejar pasar las carretas tiradas por bueyes y las recuas de reses que llevaban al degolladero. Y cuando iba por otros rumbos, digamos esa ruta nueva que venía desde Guadalupe y conectaba con la estación del Pacífico, aquellas calles llenas de hierbajos eran barrizales en el invierno, temporadas en que era necesario para los peatones atravesarlas sobre tablones de cedro que mandaba a colocar la municipalidad.

Por las calles deambulaban pastando a su gusto rebaños de vacas y caballos, mientras los solares baldíos, abundantes de maleza, solían ser refugio de malhechores de lo que hay repetidas quejas en los periódicos y boletines de la época, igual que hay quejas acerca de los animales sueltos que se asomaban con tranquilidad a las puertas de las casas. ¿Cómo evitar el paseo de los semovientes frente a la fachada misma del Teatro Nacional?, se preguntaba un editorial, refiriéndose al teatro recién inaugurado. Braulio tenía muy bien documentado todo eso en un libro de recortes; eso le venía por el lado de los Fernández, que eran muy acuciosos, allí tiene a su tío don Ricardo Fernández Guardia, el historiador más eminente y respetado de Costa Rica.

Ahora ha cambiado todo, y esta ciudad me parece un infierno, no sólo por la maldad, porque hasta prostitución de niñas y de niños hay, han salido reportajes horribles en el extranjero sobre el turismo sexual, personas viciosas que vienen en busca de placeres con menores; es que, además, todo el mundo anda atolondrado, y me parece que hay más gente de la que San José aguanta, y demasiados vehículos. Ya no se puede pasear por las calles debido a los asaltos, no sé de dónde ha salido esa multitud de malhechores. ¿Ha visto lo que es ahora el centro? Guido Sáenz, cuando fue la primera vez ministro de Cultura, mandó a botar toda una manzana de casas que había al lado del Teatro Nacional para que el edificio se destacara, y vea en lo que esa plaza se ha convertido, es horrible con tantos vendedores callejeros, tantos vagabundos. Y dígame la Avenida Central, que en tiempos de nosotras era sumamente elegante, con sus tiendas de modas y sus perfumerías, las confiterías, las librerías, ahora es un solo barullo de gente sin oficio, y las casas cayéndose, nadie las repara. Ya San José se fue de allí, todo eso es un esqueleto de ruina.

En los tiempos que le digo, cuando todo esto empezaba y nació la idea del tranvía, lo que había era unos cuantos barrios de gente bien, el Amón, aquí donde estamos, el Turnón, con residencias que podían llamarse de postín, y fuera de este perímetro la mansión Solano, la más espléndida de todas, alejada en el sector de La California, de esa casa después le voy a hablar porque tiene que ver con Amanda; otros barrios más o menos bien, el Otoya, el Aranjuez, cercanos a aquellos primeros dos, y cercanos entre ellos, donde vivían las familias de lo que empezaba a ser la gente mediana; y el resto de San José, las casas de paredes de tablas y techos de zinc, por miedo a los terremotos, que ya le mencioné, y las casas de adobe y tejas que aún quedaban. Eso es lo que se divisaba desde Cuesta de Moras, donde levantaron el cuartel Buenavista que ahora es el Museo Nacional, techos rojos de zinc, techos herrumbrados, salvo algunos almacenes de comercio y oficinas de la altura de dos pisos que se alzaban en la Avenida Central, y el Teatro Nacional, la Catedral Metropolitana, la estación del Atlántico, la estación del Pacífico, y el Colegio de Señoritas, edificado diez años atrás. Y pare de contar.

El Teatro Nacional era como un capricho de un campesino finquero que dice: me gané tanto y tanto con la cosecha de café, ahora voy a enseñar mi dinerillo y pongo un teatro, háganme un teatro europeo. Recordaba a la Ópera de París, aunque más pequeña. Papá y mamá, que estaban entonces recién casados, asistieron a la función de inauguración a finales de 1897, y aquello fue de frac los hombres y las mujeres de largo. Decía papá que pareció algo sobrenatural para la gente del pueblo que se amotinaba curiosa afuera, cuando las lámparas y candelabros volcaron la luz por los ventanales, como si por dentro ardiera un incendio. Porque en coincidencia con la inauguración del teatro arrancaba también el servicio de luz y fuerza de monsieur Duplantier y mister Keith, y San José venía a ser así la primera ciudad latinoamericana alumbrada con energía eléctrica, sin llegar siquiera a los veinte mil habitantes.

Usted ha oído que aquí en Costa Rica hay mucha cicatería, pero para la construcción del teatro las familias adineradas supieron abrir sus bolsillos. Papá y mamá venían de esas familias, pero papá no alcanzó herencia de bienes, y sólo le quedó el apellido Tinoco, lo mismo que a mamá su apellido Ortuño, y tampoco recibió herencia. ¿Qué es lo que había pasado para que aquel deseo del teatro se les volviera una obsesión? Que siete años atrás la diva Adelina Patti no quiso incluir a Costa Rica en su gira por América, ya que el teatro Variedades, el único de la ciudad, construido de madera, tenía más las condiciones de un gallinero que de una sala de espectáculos; pero de todos modos allí recalaban las compañías de zarzuela y de operetas bufas, y como las candilejas eran de canfín, la verdad es que en cualquier momento, con cualquier soplo de viento, una cortina podía coger fuego y prender en el maderamen. Entonces, el orgullo herido, acordaron entre todos pagar al gobierno un impuesto de cinco centavos por cada arroba de café exportada a los mercados de Europa para costear las obras del Teatro Nacional.

La función inaugural estuvo a cargo de la Gran Compañía de Ópera de Aubry, por allí guardo el programa que quedó entre los papeles de papá. La compañía se lució con *Fausto,* la ópera en cinco actos de Charles Gounod. En ese piano que vio en la sala, antes de que la artritis me estropeara los dedos, yo tocaba el valse que Mefistófeles y Fausto cantan en el segundo acto en las puertas de la ciudad, acompañados por el coro.

Un gasto exagerado traer a esa compañía, porque fue necesario pagar pasajes en barco y alojamiento por un mes para el elenco de actores, comparsas y coristas, tramoyistas, apuntadores y escenógrafos, además de los sesenta profesores de la orquesta, pues usted sabe que en una ópera se necesita una multitud de gente, y encima el costo de los fletes de los decorados, el vestuario y la tramoya. Una manifestación popular dio la bienvenida a la troupe en la estación del ferrocarril del Atlántico, donde los carretoneros se ofrecieron para llevar gratuitamente los equipajes al hotel Metropole; y como no fueron suficientes las camas, muchos quedaron hacinados en los corredores en catres de campaña comprados de emergencia en el comercio, mientras el director de escena, el director de orquesta y los artistas principales, por consideración, fueron alojados en casas particulares de las más principales.

En el frontispicio del teatro fueron colocadas las estatuas de la Gloria, la Fama y la Danza, y en nichos equidistantes otras dos, una de Beethoven, la otra de Calderón de la Barca, obras ambas del escultor Adriático Froli, que las esculpió en Florencia. El presidente Rafael Yglesias había ordenado que se trajeran estatuas de Mozart y de Shakespeare, pero vea la arrogancia de Froli que dijo: Beethoven es más grande que Mozart, y Calderón de la Barca más grande que Shakespeare. Cambió la orden presidencial a como él quiso. Y ya puestas aquí las estatuas, ¿quién podía hacer nada?

Lo que son los plafones del Foyer salieron de la mano romántica de otro artista italiano, Luigi Bignami, que pintó figuras que representan el Amanecer, el Mediodía y la Noche, y también legiones de ángeles y cupidos sosteniendo guirnaldas de rosas entre las nubes. Todo aquello era profusión de mármoles, bronces y terciopelos, y desde Inglaterra vinieron unos ingenieros a instalar un invento, el piso levadizo que tiene la platea, que se levanta hasta la altura del escenario por medio de una maquinaria hidráulica después de quitar las filas de butacas, y así se daban bailes de gala para el día de la Independencia y en honor de los jefes de Estado extranjeros.

Amanda y yo nos desviábamos a veces del camino al colegio y nos metíamos a ver aquellas maravillas porque el administrador del teatro, don Manolo Raventós, nos dejaba entrar. A mí me gustaba mucho una pintura hecha por otro italiano, creo que Fontana, que se llama *La alegoría al café y el banano,* y que a Amanda le daba risa porque decía que aquellas figuras de mujeres rubicundas cortadoras de café no tenían nada de campesinas costarricenses, ni el paisaje tampoco, y que más bien parecía que estuvieran en la Toscana y no en Escazú, mientras los trabajadores que cargan con ligereza los racimos de banano son seres más que felices, encantados de sostener aquel peso sobre sus espaldas hora tras hora. Esa pintura se halla al subir las escaleras, justamente entre el palco presidencial y la entrada principal al Foyer, y aparece en el billete de cinco colones. Si es usted amigo de Samuel Rovinski, que es ahora el director del Teatro Nacional, le va a enseñar todos esos tesoros con mucho gusto, pero supongo que de todos modos ya los conoce.

Por lo demás, todo aquello nos parecía misterioso a ambas, las filas de butacas forradas de terciopelo en la sala oscura, los palcos vacíos con sus decoraciones doradas en los balcones, el telón de boca rojo sangre, el olor del polvo en las colgaduras y el olor a madera vieja, y era como si estuviéramos oyendo afinar la orquesta antes de abrirse el telón, las toses en la platea, el murmullo de las voces. Se hablaba de que al comienzo habían existido unos palcos ocultos, a los que se entraba desde la calle por puertas secretas, reservados a quienes no querían dejarse ver, personajes poderosos que andaban huyendo de sus acreedores, prófugos por algún hecho de sangre, o señoras casadas que asistían encapuchadas a las funciones acompañadas de sus amantes; pero papá decía que todo eso eran leyendas viperinas, porque la moral de la época era muy alta y no como en las novelitas licenciosas.

Me han dicho que pusieron un busto de Amanda en el jardín delantero donde en aquel tiempo había rosales. Toda clase de rosas. Rosas damasquinas, rosas de Bengala, rosas de Creta, rosas de Venus. Por cuentas es todo el reconocimiento que tiene Amanda en Costa Rica, ese busto en el jardín del Teatro Nacional que yo nunca he visto.

¿Qué le decía entonces? Pues ésos fueron los abuelos maternos de Amanda, el ingeniero ferroviario Sigfried Starck y su esposa Emigdia Gallegos, nacido él en Estrasburgo, territorio de Alsacia que entonces era de Alemania y en una de tantas guerras pasó a Francia, y nacida ella en San José, proveniente de una de esas familias de vieja alcurnia venidas a menos por razones de fortuna; el maestro don Joaquín García Monge, director del *Repertorio Americano,* un gran sabio, le recordaba a Amanda que doña Emigdia descendía del alférez mayor Juan Rodríguez de Castro, y Amanda se reía diciendo que cuál era la gracia de descender de un alférez si al enviudar su abuela había quedado pobre de solemnidad viviendo de la magra pensión de cien colones que le pasaba la gerencia de la compañía de tranvías mientras sus ancestros se habían hecho polvo sin procurarle herencia alguna.

El ingeniero Starck y doña Emigdia tuvieron una única hija que se llamaba Julia, Julia Starck, la madre de Amanda, bautizada así en recuerdo de la madre del ingeniero, que tenía por nombre Julia Schmeel, según las cuentas que llevaba Amanda, casada en Mülhausen con Gottlieb Starck, capitán de granaderos del ejército prusiano en tiempos de Bismarck. Vea lo que es mi memoria. Me sirve para acordarme de esos nombres extranjeros, pero olvido los de mis nietos.

Muchacha de buena familia Julia Starck, por lo que me está oyendo contarle, pero la adversidad de su pobreza no le atrajo ningún partido de plata, y eso que aquí con sólo ser alemán o descender de alemanes ya se le abrían a cualquiera las puertas del Club Unión, que en eso de los apellidos extranjeros la buena sociedad se fijaba mucho. Pero en qué quedó la infortunada Julia sino en hija desprovista de una viuda pensionada por la compañía de los tranvías, y que fiel a los deseos de su marido difunto seguía sin salir de su casa, y de coserse su propia ropa había pasado a coser vestidos ajenos. Una costurera, digamos, que si le damos el título de modista no creo que la ayudemos en nada, no la ayudaríamos ni con el título de maestra, que ese prestigio era relativo y para casar bien a una hija ser maestra titulada no servía demasiado.

Se casó entonces Julia con el partido que tuvo más a mano, un señor Carlos Solano que administraba una finca bananera en Guápiles, cuando se empezaba con la siembra del banano en esa zona y había potentados que lo cosechaban para entregarlo a la United Fruit, y por no moverse de su comodidad en San José buscaban administradores que les vieran los cultivos. Un mandador, pues, una palabra que a mí me suena horrible. Allá se llevó a vivir a su esposa en unas condiciones pésimas, eso está más para adentro de Heredia, donde ya se baja de la meseta hacia la costa del Atlántico, y en ese tiempo el paludismo y las disenterías se ensañaban en la gente que emigraba a las plantaciones. Venían braceros a montón hasta de Nicaragua, y fueron ellos los más calenturientos en la huelga que los comunistas le montaron a la United Fruit en 1934.

Pero tampoco piense que ese señor Solano era campesino ni nada. Los Solano, muy ricos antes, cosechadores y exportadores de café, son familia que suena desde los tiempos de la colonia igual que los Gallegos, gente legítima de Cartago, que fue la capital de Costa Rica cuando los españoles, muy principales, también se lo recordaba don Joaquín García Monge a Amanda, que don José Antonio Solano Velásquez, su ancestro por línea directa, había sido dos veces gobernador de Costa Rica, y si no baste mencionar que de ese mismo tronco vienen dos presidentes de la República, don Jesús Jiménez, y su hijo don Ricardo Jiménez, que estuvo tres veces en el mando, y aún ya encima de los ochenta presentó todavía su cuarta candidatura, no tanto porque él quisiera, sino porque sus partidarios fueron a sacarlo de una finca donde se hallaba retirado. ¿Le digo algo de don Ricardo? Se levantaba por costumbre a las diez de la mañana, no había poder sobre la tierra que lo moviera de la cama a una hora más temprana. Alguien se lo reprochó alguna vez en un periódico, que era un hombre haragán, y él dijo: me levanto a las diez de la mañana, pero he sido tres veces presidente de Costa Rica.

Éstos son entonces los padres de Amanda, Carlos Solano Tenorio, que declaraba tener por profesión factor de comercio porque se habría sentido apenado de reconocer que era mandador de finca, y Julia Starck Gallegos, de oficios del hogar. Repito que bien relacionados pero mal avenidos con la fortuna, y no pocas veces pienso qué ocurre si al ingeniero Starck no lo aplasta un vagón del tranvía que era su propia obra; a lo mejor así le sonríe la dicha a Julia, y por tanto después a Amanda, pero esas cadenas de cálculos y especulaciones no llegan a ninguna parte porque entonces el ingeniero seguramente no habría permitido que la hija se casara con un mandador de finca, por muy de alcurnia que fuera, y en tal caso no hay Amanda Solano en este mundo.

Entonces vea la ocurrencia, que tanto por parte de padre como por parte de madre, el destino de la familia de Amanda estuvo ligado a las vías férreas. El abuelo de Amanda, Carlos Solano, tome nota de que todos se llamaban Carlos en esa descendencia, fue enviado desde adolescente a estudiar a Londres, donde vivió como huésped de la familia de Teodoro Nelson, propietario de Nelson and Company, empresa millonaria que se dedicaba al negocio de la construcción de locomotoras y carrileras, manejaba bancos, y también tenía en su giro la importación de cacao, tabaco, té y café, y por eso del café era comprador y corresponsal de los Solano. Mister Nelson, una vez que este Carlos sacó su título de ingeniero, lo envió a construir el ferrocarril de Birmania y el tranvía de Budapest, y por último, el tranvía de San José, porque Nelson and Company se ganó el contrato del primer tramo, que iba de la estación del Atlántico a La Sabana.

Para el tiempo en que viajó a San José a cumplir la misión de la compañía, su padre había muerto tres años atrás víctima de un loco suelto que le metió un cuchillo en la ingle en plena vía pública, y venía él con ese pesar de encontrar a su madre viuda. Cuando llegó a Limón se dio cuenta de que el ferrocarril del Atlántico estaba paralizado a causa de un temporal, pero él decidió hacer el camino a como diera lugar en compañía de otros pasajeros igualmente urgidos, y así se vinieron, unos tramos a lomo de mula, otros a pie por las selvas anegadas, cruzando los ríos torrenciales amarrados con cuerdas, y tras una travesía de más de una semana apareció por fin una madrugada en la mansión de sus padres, donde él había nacido, una que se incendió por causa de un rayo que entró de pronto por la ventana del comedor sin que hubiera cielo oscuro ni lluvia ni nada, y que quedaba al lado del predio en que se construyó el Teatro Nacional. Cuando a los golpes insistentes en la puerta sale a abrir la servidumbre lo ven en aquella ruina, derrotado y embarrado de lodo, y no lo quieren dejar entrar a pesar de sus explicaciones y de sus súplicas, pero esas explicaciones y súplicas las hacía en inglés, porque no hablaba una palabra de español. Y sale la madre a ver qué pasaba, y se lanza él a abrazarla, y la señora, extrañada, retrocedía con susto y no se dejaba abrazar porque no lo reconocía después de tantos años, y tampoco le entendía el idioma.

Esta señora madre del ingeniero Solano, que no lo reconocía, era doña Francisca Peralta, condesa de Peralta, un título que su familia trajo de España, los únicos con título nobiliario en Costa Rica, y vea que por allí Amanda también tiene sangre noble; bueno, no sólo ellos, también estaban los barones de Tattembaum, que trajeron su título nobiliario de Alemania. Papá decía que eso de títulos de nobleza eran fruslerías, pero bien que se quitaba el sombrero cuando se encontraba en la calle con el barón Tattembaum, un señor cordial y campechano, muy tartamudo; yo digo que precisamente porque era barón se podía dar ese lujo de la llaneza en el trato.

Terminaron por reconocerse y entenderse madre e hijo, claro está, y por fin hubo abrazos y hubo llantos. Y tras instalar al ingeniero en su antiguo dormitorio, la servidumbre pudo por fin ir a acostarse, desvelada porque hasta hacía pocas horas se había celebrado en la mansión el cumpleaños de la condesa, y la casualidad que el hijo llega atrasado, cuando sólo quedaban los escombros de aquella fiesta, los salones adornados con ramas de uruca y palmas de coyol que ya se marchitaban, las mesas a medio levantar, con vajilla todavía sucia encima, los asientos arpillados.

Cada fecha de su cumpleaños la condesa celebraba, primero, solemnes rogativas en beneficio de las Ánimas Benditas, que duraban desde el alba hasta el atardecer, porque no quería que sus familiares difuntos pasaran tormentos en el purgatorio mientras ella disfrutaba de fiestas, menos ahora que la lista de esos difuntos la encabezaba su marido. Así que primero había tres misas de alborada en la catedral de San José, en la Merced y en la

Dolorosa, con comunión para toda la feligresía; luego venía un solemne responso cantado en la mansión, con catafalco alzado y cortinajes negros en las ventanas; al mediodía un frugal almuerzo de Ánimas, ofrecido a los pobres recogidos por mano de la policía; a la tarde un vía crucis que recorría las calles principales como en pleno Viernes Santo; y a las seis rosario y trisagio, otra vez en la mansión, hasta las ocho.

Era hasta entonces cuando la condesa permitía que se quitaran las colgaduras negras y se retirara el catafalco, se vestían las mesas de gala para el banquete, se regaba el piso con agujas de pino, se adornaban las paredes con las urucas y las palmas, y luego entraban los músicos de la banda de los Supremos Poderes a darle serenata de felicitación, y detrás de la banda el presidente de la República, que entonces era, y lo fue por muchos años, el general Tomás Guardia, con su gabinete en pleno. Y empezaba ya el banquete y el baile de gala.

Así volvió a Costa Rica este ingeniero Carlos Solano, abuelo paterno de Amanda. Hizo lo que le tocaba, construir el primer tramo del tranvía, y ya no se movió más de aquí. Y el escándalo fue que en lugar de escoger entre las herederas de las principales familias, que lo festejaban, se casó con una muchacha de condición sencilla, Laurita Tenorio, que era tenedora de libros de la compañía exportadora de café de la familia; ya la condesa había pasado a la lista de las ánimas difuntas y no presenció el suceso, pero si ha estado viva, aquel capricho del hijo extranjero se la lleva de todas maneras a la tumba.

Y recién casado fue que construyó su propia mansión, después que a la antigua heredada de la madre le entró el rayo por la ventana, pisos y paredes de puras maderas preciosas, cedro amargo, genízaro, cristóbal, sacadas de las selvas de río Tabaco. La quiso igual a una que había visto al lado del mar en el balneario de Brighton, con torreones en las esquinas, vitrales de catedral que mandó a traer a Flandes, pórtico con escalera de doble abanico, y en los jardines mandó a sembrar una rosa que aquí nunca se había visto, la Paul Neyron, también llamada Beauty, originaria del mediodía de Francia.

Queda esa mansión en el sector de La California, ya antes se la mencioné. ¿La ha visto alguna vez? Fue levantada allí cuando todo eso era una gran finca de café propiedad de los mismos Solano. Como La California se fue llenando de casas de todo tipo cuando se lotificaron los terrenos, ya se reconoce poco lo ostentoso de la construcción; hasta pulperías hay en la vecindad, y la gente ya no dice como antes: de la mansión Solano tantas varas al este, sino: de la pulpería La Vizcaína..., que es una que está enfrente. Después que los Solano la perdieron, estuvo en poder de varias manos y sirvió como sede de embajadas, entre ellas la embajada de Chile, y eso, por lo que viene después, tiene que ver con Amanda.

¿Qué pasó entonces con los Solano, que fueron tan ricos y opulentos, y ahora ni sombra de aquella riqueza? El ingeniero comprometió su fortuna en sacar hule de las selvas del Atlántico, en la zona de la península de Osa. Lo de ellos era el cultivo y la exportación de café, ya le dije. Pero aquello del hule se había convertido en un espléndido negocio porque las grandes potencias se lo peleaban para fabricar llantas y neumáticos, capotes impermeables, y qué sé yo qué más artefactos y cosas industriales. Bueno, vino entonces la guerra entre Japón y Rusia, y los herederos de Nelson and Company, pues había muerto el viejo mister Nelson, tentaron al ingeniero con un contrato de suministro para las fuerzas del zar Nicolás Romanoff, con lo que alistó tres barcos destinados a Odesa que zarparon de Puerto Limón hasta el tope de hule, y cuando navegaban en alta mar Rusia se rindió antes de tiempo ante el emperador Muatsuhito. El contrato quedó anulado, y el fin de la guerra desplomó los precios mundiales del hule, con lo que el ingeniero ordenó por radiograma que lanzaran el cargamento al mar Negro, porque con lo que iba a obtener si lo desembarcaba en los muelles de Odesa no pagaba ni la mano de obra de los estibadores ni el bodegaje.

Y no sólo perdió la mansión de La California que entró en la rebatiña de los acreedores. Perdió a la esposa. Laurita Tenorio, la tenedora de libros, que parecía que no quebraba un plato, apenas vio venir la quiebra puso pies en polvorosa y abandonó al marido, que se pasaba el santo día lidiando con los demandantes en los juzgados, y también abandonó al hijo, que entonces tendría diez años, y se fue del brazo de un galancete para Nicaragua, donde murió al poco tiempo de una fiebre puerperal que le vino con un parto. Pobrecilla, pero es muy sabio eso de que la cabra siempre tira para el monte.

El ingeniero pudo reunir el valor de un pasaje de segunda clase en barco, dejó al hijo al cuidado de unas parientas, y se fue a Londres en busca de algún amparo que le pudieran dar los herederos de Nelson and Company. Pero ya no regresó. Sólo rumores llegaban. Que había sido comisionado para construir el ferrocarril de La Manchuria era uno de esos rumores, y que había muerto en un derrumbe cuando las vías se acercaban a Pekín. Nunca se supo la verdad.

Pues este Carlos Solano, abandonado de niño por la fortuna y abandonado por la madre y luego por el padre, era un hombre corpulento de estampa, según las fotos que Amanda guardaba, y en una me acuerdo que empuñaba un hacha en plan de derribar un árbol recio en medio de la montaña, porque todavía botaban montaña para sembrar banano. Un día lo cogió un aguacero en pleno descampado, en un cuadro lejano del plantío, un aguacero de esos que antes caían en Guápiles y que podían durar una semana entera sin que se quitara la oscurana, y le dio una pulmonía doble, con lo que se murió prendido en fiebre y delirando. Julia Starck estaba embarazada de seis meses, así que Amanda nació después que él murió. No conoció al papá, con lo que ya podemos medir desde entonces cómo iba a alumbrarla en su vida la estrella de la desgracia, que tiene una luz mortecina, como dirían ustedes los escritores.

Amanda nació en San José el 8 de abril de 1916 en la casa de su abuela Emigdia, que quedaba en el barrio Aranjuez, y fue bautizada en la parroquia del Carmen. Quién iba a darle asilo a Julia sino su madre, aunque no estuviera boyante ni nada la señora, pero bueno, era su madre, y así las dos pasaban graves necesidades, dos viudas ahora brazo con brazo. Una pobreza tremenda, la costura una poca cosa, y la señora sin más ingreso seguro que su pensión, que debía recoger a finales de cada mes en las oficinas del tranvía, junto con la tarjeta intransmisible, renovable cada mes, para gozar de un beneficio adicional que le dieron, que era subirse gratis al tranvía. Vea qué ocurrencia, ya podía andar la señora todo el santo día del parque de La Sabana a San Pedro de Montes de Oca, y de Guadalupe a la estación del Pacífico, gracias a su pase vitalicio de cortesía.

Julia intentó primero hacerse modista como su madre. Pero si los encargos no daban para una, menos darían para dos, y además, no tenía gracia para la costura, y así se decidió a estudiar mecanografía y taquigrafía en la escuela de Aragón, en unos cursos relámpago que ofrecían con un método americano muy bueno que en mi tiempo todavía estaba en vigencia, y se convirtió en secretaria de don Benito Solera Güell, el ministro de Hacienda del presidente don Ricardo Jiménez. En ese tiempo las mujeres de consideración no trabajaban en oficinas, menos si se trataba de una viuda, se veía pésimo, pero necesidad es necesidad. Y vea el resultado. La gente de esa época dio por sentado que ella se había enredado con don Benito. A lo largo de los años, cuando ya Amanda estaba en la adolescencia, eso trajo una sombra sobre ella, serían habladurías de gente ociosa o no, quién puede saberlo a estas alturas. Pero vea. El caso es que era fama que a Julia le gustaban los turrones de Alicante importados por la confitería Sans Souci de la Avenida Central, que al cabo de los años funcionaba otra vez como si nada, en manos de sus nuevos propietarios, los hermanos Barzuna, que esta vez ninguno de ellos era adicto a los gallos de pelea, las canastas de turrones con sus lazos de organdí siempre en la vitrina al lado de los queques de varios pisos y la variedad de pastelería; y todos los viernes camino al ministerio pasaba don Benito religiosamente comprando una de esas canastas de turrones, el primer cliente que recibía la confitería al abrir sus puertas. Allí está la coincidencia, que a ella le gustaban los turrones, y él compraba una canasta semanalmente. De ser cierto ese romance con aquel hombre casado, que ya peinaba canas, Julia debió tener colección de canastas, pues no alcanzaría a comerse todos esos turrones por mucho que le gustaran. O las vendería otra vez a la confitería para ayudarse a pasar, y así el señor enamorado compraba otra vez las mismas canastas. Son pensamientos que se me ocurren.

Si ese *affaire* de verdad existió, entonces también es cierta la historia que se cuenta de que don Ricardo, que era hombre recto de carácter y adversaba los juegos de faldas, citó a la casa presidencial a su ministro y le puso un ultimátum para que dejara aquel entretenimiento; y se decía también que el llamado enérgico se debió a que la esposa de don Benito pidió audiencia al presidente para quejarse, y llevó a la audiencia a todos sus hijos vestidos de luto como para un funeral de gala. Eran doce, entre hombres y mujeres, y ya se imaginará el cuadro riguroso que formaba aquella muchedumbre de hijos de las más diversas edades, como si en lugar de buscar cómo rescatar a su padre de su descarrío, llegaran a enterrarlo. El asunto es que el devaneo llegó a su fin, sea por este medio o por otro, y entre los más perjudicados salieron los hermanos Barzuna, pues perdieron de vender sus canastas de turrones con aquella constancia semanal.

La adolescencia de Amanda fue muy difícil. Por la falta de padre, por la estrechez económica, esa miseria que se nota en los remiendos finos de la ropa, en la vejez de los zapatos por mucho que se tiñan con la mejor anilina. No obstante era maga de manos para eso de invertir las apariencias. Agarraba un vestido viejo, le daba vuelta, le agregaba una cinta aquí, un vuelo por allá, y ya parecía que estrenaba. Una entraba de pronto a su casa y la encontraba sentada en el piso con una tiza en la mano, haciendo líneas sobre una tela gruesa, y es que estaba marcando las piezas de un abrigo elegante que le había visto a alguna encopetada en el Teatro Nacional la noche antes, y ahora quería hacerse uno igual, y así era, lo dejaba tal cual de elegante. Ya no se diga en la cocina, una consumada artista de categoría Cordon Bleu que cogía unos cuantos ingredientes cualquiera y salía con un plato exquisito, que ni en el mejor restaurante.

Pero difícil sobre todo por esa sombra indeleble que desgraciadamente la madre puso sobre ella con sus amores turbios, pues ya don Benito muerto, y la confitería Sans Souci desaparecida, que allí donde estaba se instaló después la tienda para caballeros de Rimolo, donde se vendían cortes de casimir y alpaca y toda clase de tirantes, bastones, paraguas, corbatas y sombreros, se seguía comentando en San José el romance de los turrones.

Y difícil no sólo su adolescencia. Su vida entera, por causa de esa su rebeldía, ese carácter suyo de sentirse presa entre barrotes y querer traspasarlos, de lo que hay mucho que contar; y ya no digamos la dificultad, sino la maldición que fue su belleza incomparable. Cuesta creerlo, pero su belleza fue siempre su desgracia, una artista de cine, haga de caso María Félix, hasta en películas la quisieron poner los Estudios Churubusco cuando vivió en México. La veían los hombres y se enamoraban perdidos de ella, y si no les hacía caso venía enseguida la calumnia. Que era liviana, que se le metía a los hombres casados, que destruía matrimonios por placer, que no le importaban las edades; en fin, en lugar de amor terminaba despertando odio. Ya hubiera querido yo la mitad de su belleza, pero, claro está, ni la cuarta parte de sus pesares.

No digo yo que haya sido monja de clausura ni nada parecido. Tome en cuenta que uno de sus derechos sagrados con los hombres, que ella misma se había atribuido, era escogerlos de acuerdo a su santa y regalada gana. Y eso es lo que más insolentaba los rencores de quienes la pretendían, dónde se ha visto que una mujer sea la que escoja, y así, entonces, de prostituta para arriba. Qué horror. Y cuando después se divorció de su segundo marido, porque del primero enviudó, tanto mequetrefe que se sentía con derecho a hacerle avances, como si al haberse quitado del marido se quitara también de la ropa y quedara desnuda, al alcance de la mano de quien quisiera tocarla. Pero por allí ya me voy adelantando demasiado.

En todo caso, nosotras nos conocimos cuando entramos al Colegio Superior de Señoritas, que era una institución pública muy antigua donde no se pagaba un centavo, fundada si mal no me acuerdo en 1888 por el presidente don Bernardo Soto, que decidió que las mujeres debían prepararse no como amas de casas para zurcir calcetines y sacar las bacinillas del aposento, sino en el conocimiento de las ciencias y las artes, con profesorado extranjero, laboratorios, aulas higiénicas y todas las reglas de la pedagogía. Nada de monjas ni curas, sino pedagogos laicos, fíjese qué novedad.

Cuando entramos al colegio era la directora madame Esther de Mezzerville, una mujer que viniendo de familia acaudalada y tradicional en su país natal de Bélgica tenía un pensamiento libre inspirado en el pedagogo

Pestalozzi, del que conservaba un busto de bronce en su oficina, y todos sus discursos los terminaba con una frase del mismo Pestalozzi: «¡Cabeza, corazón y manos, en comunión para la educación!», que nosotras teníamos que repetir entonces en coro, tocándonos la cabeza, el lado del corazón, y elevando las manos. Ya era bastante mayor cuando entramos en trato con ella, y las niñas del colegio le habíamos puesto de apodo Madame la Liga, de manera soterrada, porque ella va de fundar ligas, la Liga Feminista, la Liga Cultural Espartaco, la Liga de Falansterios Teosóficos, con lo que papá, que era hombre de buena levadura, pero hasta allá de conservador, se inquietaba, y me sometía a interrogatorios disimulados buscando enterarse si no es que Madame la Liga pertenecería a la orden de los masones, repudiados por la Iglesia; pero él mismo recapacitaba y decía: no, no puede ser, los masones no admiten mujeres, solamente los varones pueden ingresar a la hermandad y llevar el sombrero de copa y el mandil.

Madame la Liga admiraba a Amanda por su rebeldía valiente y por su inteligencia audaz, y las profesoras que teníamos, que comulgaban con las mismas ideas de Madame la Liga, Vitalia Madrigal, Serafina de Rosado, Genarina de la Guardia, lo mismo, la respaldaban, y no me acuerdo cuáles de esas profesoras formaron el jurado del concurso en que Amanda salió premiada con medalla de oro y diploma por un trabajito en prosa que se llamaba «¿Qué hora es?», donde ya desde entonces exponía sus ideas sobre la chatura mental de los costarricenses que ignoraban los tiempos de grandes progresos que las sociedades estaban viviendo en el mundo, asunto muy del agrado de todas ellas.

No era de la masonería Madame la Liga, pero sí teósofa Rosacruz, hasta donde no llegaban los cálculos de papá pese a ser ambos asuntos parecidos, muy convencida de los viajes etéreos a planes astrales, desdoblamientos y todas esas vagabunderías de las que hizo partícipe entusiasta a Edith Mora, que era unos años menor y se incorporó al grupo de nosotras cuando entró a estudiar al colegio. Éramos unas doce, un grupo muy cohesionado y muy revoltoso, Virginia Clare, María Eugenia Castro, Ninfa Santos, María Montealegre, Carmen Marín Cañas, hermana de José Marín Cañas, que fue director de *La Hora,* Olga de Benedictis, que después se casó con Mario Echandi, y fue ella la que mandó a repatriar el cadáver de Amanda cuando su marido llegó a la presidencia. Ya puse a Edith Mora, que para entonces empezaba a escribir sus poesías. Ah, y Marina Carmona. Amanda era la capitana, y yo su segunda. Casi ninguna falló al funeral esa vez que vinieron de México los restos de Amanda.

Aunque buena como estudiante, Amanda no figuraba entre las primeras de la clase porque no entraba en sus preocupaciones lo de ser aplicada y ganarse cada viernes la banda de la excelencia de color celeste que la mejor alumna se llevaba a su casa cruzada en el pecho. Las primeras eran Olga de Benedictis, María Eugenia Castro y María Montealegre, ellas son las que se disputaban la banda. Y también estaba entre las mejores Marina Carmona, la más severa de modos, y, ay, Dios mío, la más fea, que me perdone, no le ayudaba que era miope, por lo que usaba unos anteojos como de fondo de vaso; una hablaba con ella y costaba entenderle el vocabulario, decía *connubio* en lugar de *matrimonio,* por ejemplo, *dicterio* en lugar de *insulto,* y *climaterio,* que es cuando a la mujer deja de bajarle su período. Pero ¿quién se preocupaba entonces del climaterio? Sólo Marina Carmona.

Fíjese cómo se llegan a confundir las cosas gracias a la ignorancia. Madame la Liga había logrado un experimento famoso, que fue transmitir la voz humana de forma nítida entre el Colegio de Señoritas y el Liceo de Costa Rica, donde sólo había alumnos varones, lo mismo que el sabio Marconi había logrado en Italia. Ella misma fabricó la máquina electrostática con sus correspondientes condensadores formados por dos botellas de Leyden, además de una bobina Ruhmkorff y una válvula termiónica, se lo puedo repetir al dedillo porque lo estudiamos en la clase de Física, y de su propia voz leyó por el micrófono un poema de Aquileo Echeverría, contemporáneo de Rubén Darío, sacado de su libro *Concherías:*

> —*¿Conque creés que los milagros*
> *los hacen los santos?*
> —*¡Creo...!*
> —*Pues estás equivocado,*
> *Jacinto, de medio a medio.*
> —*¿No hay milagros?*
> —*Claro está, pero no los hacen ellos.*
> *¿Sabés quién?*
> —*No.*
> —*Pues oí,*
> *son las almas de los muertos...*

Del otro lado, en el aula del Liceo de Costa Rica donde estaba instalado el altoparlante, un profesor de Trigonometría perteneciente a la Liga Falangista, al que apodaban el Mono Pacífico porque era feo, pero sin gracia, se escandalizó, y en un libelo publicado en hoja suelta señaló a Madame la Liga de burlarse de los milagros de los santos y atribuírselos a las almas de los difuntos aunque se tratara de criminales muertos en la horca, o violadores de mujeres, y vino la Liga Falangista y lo respaldó, montaron una manifestación en las calles y la acusaron por carta ante el ministro de Educación Pública de promover juegos esotéricos en daño de la formación moral de las alumnas, porque eso de que las voces que se pronunciaban en un lado llegaran nítidas y potentes a otro a gran distancia no podía ser sino obra de poderes sobrenaturales. Y volvían a machacar en la carta lo de las almas de los muertos del poemita, aunque se tratara de una ingenuidad de Aquileo. ¿Cómo pueden ensalzarlo como el poeta nacional por haber escrito esas *Concherías*? Sabe a quién llamamos el concho, ¿verdad? Al campesino de tierra adentro, tímido y apocado. Y hay quienes todavía aspiran a que sigamos viviendo en un país de conchos que no envidian los goces de Europa, como dice «La Patriótica». ¿Conoce ese himno? Se canta en los colegios:

Yo no envidio los goces de Europa,
la grandeza que en ella se encierra,
es mil veces más bella mi tierra,
con su palma, su brisa y su sol...

Yo tuve buena voz, me acompañaba bien con el piano, pero ahora óigame, un pito rajado.

Madame la Liga salió por delante de sus detractores porque era muy astuta. Mandó invitar a monseñor Víctor Manuel Sanabria, que entonces era canónigo teologal de la Arquidiócesis de San José, y después llegó a ser famoso arzobispo, a que viniera al colegio a hablar por la bocina del aparato de su invención, mientras el altoparlante se instaló en la catedral, donde una asamblea de curas y monjas pudo oír a monseñor decirle al sacristán: Juan Bautista, tráeme el misal que tengo guardado en la segunda gaveta izquierda del armario de la sacristía, y el sacristán fue y le llevó el misal al Colegio de Señoritas. Aunque eso no derribó la campaña de los falangistas, sino que más bien la arreció, porque tenían a monseñor Sanabria desde entonces no sólo por masón, sino por comunista, y es cierto que después, ya a comienzos de los años cuarenta, se alió con Manuel Mora, que era el jefe de los bolcheviques, y con el presidente Calderón Guardia, que tenía ideas sociales, para promover leyes a favor de los trabajadores. Parece fácil decirlo, pero le estoy hablando de cosas que pasaron hace un rosario de años.

Mientras duraron los estudios en el Colegio de Señoritas estuvimos juntas Amanda y yo, empezando en 1929. Fuimos íntimas, inseparables en los recreos y vecinas de pupitre, y también vecinos nuestros hogares en el barrio González Lahman, bautizado así después que unos hermanos Sequeira del barrio Luján, por allí de 1932, asesinaron en su oficina a don Alberto González Lahman; le exigieron una fuerte suma de colones, y como según parece se negó, le dieron un tiro en la cabeza, y un enredo que se hizo después porque le quisieron echar la culpa como autor intelectual del crimen a Manuel Mora, el comunista máximo, y nosotras salimos a las calles a protestar. Protestábamos por todo, éramos algo comunistas, ¿no cree?

Yo vivía enfrente del potrero de los Gallegos, donde se levantó después el edificio de la Corte Suprema de Justicia, en lo que corresponde a la parte de atrás, donde queda la puerta de los empleados, y Amanda vivía con su abuela Emigdia de esa esquina doscientas varas al norte, en una mansión extrañísima de dos pisos, con un techo de tejas de pizarra en pendiente, de esas que llaman de estilo victoriano, una que después compró Santos Matute Gómez, un caballero que se vino a vivir exiliado a Costa Rica con todos sus millones a la muerte de su medio hermano el dictador de Venezuela Juan Vicente Gómez, y terminó preso en la Penitenciaría Central juzgado por abuso sexual de menores, un degenerado. Pero vea lo famoso que se hizo que todavía se dice, para dar direcciones: de la mansión Matute Gómez tantas varas a tal parte.

Claro, ellas no ocupaban toda la mansión, sino un apartamentico en el lado sur, mientras el resto lo alquilaba Clorito Picado, un científico que tuvimos en Costa Rica, el verdadero descubridor de la penicilina antes que Fleming, gracias a experimentos que hacía con gallinas y palomas que andaban libremente por los corredores de la mansión, y es algo que, según decía papá, no le reconocieron en la Academia de Ciencias de París por intrigas internacionales; también estudiaba los venenos de las serpientes para preparar antídotos, y por eso siempre había frente al portal cazadores que venían desde lejos a venderle las serpientes que él pagaba según el tamaño, cinco colones el metro, por lo que las medía con una vara graduada. En todo el segundo piso había jaulas de serpientes, y en una ocasión en que Amanda se hallaba en el colegio ocurrió que se salió de su encierro una de las peores, una barba amarilla. ¿Usted sabía que las crías de las barba amarilla las arrastra el viento por los llanos de Guanacaste, y así van a parar hasta Nicaragua? Eso yo lo he leído. Y encontró a la víbora mortífera la abuela Emigdia en la cocina calentándose junto al fogón, la señora aterrorizada que ni a dar un grito se atrevía, pero llegó al poco Clorito Picado, que ya la había notado en falta, la cogió sin aspavientos, y se la llevó acunada en el pecho tal si fuera un manso cachorro.

En el potrero de los Gallegos metían a pastar los caballos de los coches de pasajeros y carretones de acarreo que daban servicio en la estación del Atlántico, no recuerdo si ya para entonces habían construido la Facultad de Farmacia en el lado oeste del potrero. No había en el baldío más que una caballeriza de tablas donde el doctor Canelo, que era un veterinario español, manco de un brazo, llegaba a curar a los caballos enfermos. Había quien decía que un león hambriento le había arrancado el brazo en el zoológico de Madrid mientras curaba a la fiera de unas llagas infectadas. A esos caballos, cuando no tenían salvación, los destazaban allí mismo, los posteaban y vendían los tasajos en las carnicerías autorizadas que para eso debían exhibir una herradura colgada en la puerta, carne que se daba a precio más barato que la de vaca; y como en casa nosotros pasábamos parecidas necesidades a las de la familia de Amanda, cuando se allegaba carne a la mesa papá bromeaba que era de caballo y yo me moría del asco.

Camino a las clases en el Colegio de Señoritas yo debía atravesar ese potrero donde presencié algo horrendo y fue que un cochero en pleito con otro le sacó las tripas de una cuchillada, y el herido las sostenía con ambas manos mirando con cara de asombro cómo le pesaban cada vez más de tanto que seguían brotando por el tajo en el estómago, mientras el hechor se había quedado como hipnotizado empuñando todavía el arma, qué era una navaja de resorte. Amanda, que me esperaba siempre a la salida del potrero para seguir juntas al colegio, oyó mis gritos, porque yo empecé a gritar cuando me volvió de repente la voz perdida, vino corriendo donde mí, y al ver la escena cogió un tizón de un fuego donde estaban calentando al descampado sobre unas piedras una olla de café, se fue sobre el hombre destripado blandiendo el tizón en la mano, momento en que yo dije: ¡ay, Dios mío, Amanda se volvió loca!, hizo el ademán de meterle el tizón encendido en la barriga abierta, y vea entonces lo que pasa, que el hombre echa el cuerpo para atrás, reculando la cintura, y todas las tripas vuelven como por encanto a su lugar, desapareciendo de la vista, y ya se llevaron al hombre al hospital en uno de los carretones, y al hechor, que no se había movido porque seguía absorto, se lo llevó el resguardo.

Ésa era Amanda, el valor desmedido en persona. Y ya camino al colegio le pregunté que de dónde había sacado aquel procedimiento, y me dijo que lo había leído en una historia de gauchos en una revista argentina que se llamaba *Billiken,* porque en eso de leer nadie le ponía delantera, y si quienes la malquerían la llamaban devoradora de hombres, mejor le venía el nombre de devoradora de libros. Y no sólo de libros. Revistas, folletos, boletines, cualquier panfleto, cualquier hoja, como si las palabras fueran un sustento que le hacía falta a su organismo, como el que toma hierro, o calcio.

El barrio González Lahman quedaba en los linderos de San José, y bastaba caminar ocho cuadras por todo lo que es la 6.ª avenida para llegar al Colegio de Señoritas que quedaba entre la calle 3 y la calle 5, vea cómo era la ciudad tan poca cosa. Cruzábamos el paseo de los Estudiantes, que viene desde la plaza González Víquez, y nos tocaba pasar por la iglesia de la Soledad, donde después iba a casarse la primera vez Amanda, y allí, al lado de la placita que está enfrente de la iglesia, sobre el propio paseo de los Estudiantes, estaba la Clínica de los Muñecos. Era una pieza pequeña, con poca luz, y de un lado, en unos estantes bastante polvorientos, se hallaban colocados los muñecos que el dueño, don Miguel Cantillano, llamaba los pacientes enfermos, despatarrados y descuartizados, a veces sin cabeza, una pierna allá, un brazo aquí, los torsos desnudos; y del otro lado, en otros estantes con vitrinas, y éstos sí muy limpios, se hallaban los muñecos convalecientes, ya debidamente reparados, cabeza y miembros bien encajados, y primorosamente vestidos.

Había un muñeco que a mí me fascinaba, vestido de esmoquin y chistera, con polainas blancas y monóculo, y que siempre estaba en la vitrina como si se hubieran olvidado de él, porque por lo general los convalecientes duraban poco en la clínica, apenas se hallaban listos llegaban a buscarlos sus propietarios; un muñeco de ventrílocuo, porque tenía unas rajaduras en la quijada, a cada lado de la boca, y don Miguel decía que el dueño, un artista ambulante, jamás había regresado por él porque quizás le había pasado alguna desgracia. A Amanda le gustaba horrores una María Antonieta de peluca blanca y sombrero emplumado, con traje largo de terciopelo violeta, tal como quedó cuando pasó a la vitrina de convalecientes, pues mucho tiempo estuvo desnuda en el banco del taller de reparaciones en la trastienda donde un viejillo llamado don Nicolás, que era tuerto, se pasaba el día ensartando hilos elásticos con una lezna para pegar los brazos y piernas de los muñecos, y dando pintura a los cuerpos, pues muchos eran de madera, de los que ya no existen, aunque había otros de baquelita, y algunos con cabeza de porcelana; y a esta María Antonieta, cuando la tuvo lista, le pintó con un pincel muy fino un lunar al lado de la boca. A lo mejor le parece que me descarrío en la conversación, y se preguntará: ¿a qué viene la Clínica de los Muñecos?

Lo que ocurre es que ese viejillo Nicolás, que para variar era nica, se pasaba solo en el taller, pues el dueño don Miguel Cantillano casi nunca estaba, por lo menos a la hora en que a nosotras nos tocaba cruzar por allí de ida o de vuelta del Colegio de Señoritas, y era don Nicolás el que salía a recibir a los muñecos enfermos y a entregar a los convalecientes. Según sus cuentas había perdido el ojo por causa de la explosión de un obús en una batalla en Nicaragua contra la Marina de Guerra de Estados Unidos, pero cuál batalla fue ésa, ni cuándo, no lo sé. Y descubrimos que era un viejillo lujurioso. Nos llamaba, que entráramos al taller a verlo trabajar, y en cualquier descuido nos acercaba la mano, por lo que le dije a Amanda que no le volviéramos a hacer caso, y que si tanto nos gustaba admirar a los muñecos que lo hiciéramos desde la calle. Pero ella, rebelde hasta en eso. ¿Qué nos puede hacer un anciano tuerto?, me decía. Y entraba. Entraba hasta el taller, mientras yo me quedaba en la puerta. Y una de esas veces, ya de regreso me dice en el camino: ¿sabés qué me pidió don Nicolás? Que me dejara tocar los senos. Qué viejo más estúpido, le dije yo, ¿cómo se le ocurre una propuesta semejante? Es un sátiro. Esa palabra *sátiro* a mí me sonaba muy fuerte, no sabía de dónde venía, pero aparecía en el periódico: «Sátiro acusado de abusar de una menor». Ella se rió. Los sátiros son seres de la mitología, peludos y con patas de chivo, no como ese viejillo que ya hasta calvo se ha quedado. Peludo o no peludo, ¿cómo se atreve a quererte tocar los pechos?, le dije, enfadada. Pues me los tocó, dijo ella. ¿Cómo así?, le dije yo. Lo dejé que acercara las manos, que me palpara, que me los apretara un poquito. ¿Y por qué hiciste esa locura?, le dije. ¿Qué se me quita con eso?, respondió ella, vieras con qué felicidad me miraba con su ojo bueno mientras mantenía las manos sobre mis pechos, y me dijo que era capaz de regalarme la María Antonieta, pero el problema es que no es suya. Y yo le dije: mirá, Amanda, si volvés a acercarte a ese viejo cochino te denuncio con tu abuelita. Nos peleamos por unos días, nos reconciliamos. Pero nunca volvimos a la Clínica de los Muñecos.

El apartamento en que vivía Amanda con su abuelita, en esa mansión de las víboras que le he dicho, consistía en una salita y un solo dormitorio donde se acomodaban las dos, más la cocina en un cobertizo que daba al patio, y al lado de la cocina los servicios higiénicos. Solas, porque la madre de Amanda, en su justo afán de sentirse apoyada y conseguir estabilidad económica, se había vuelto a casar con un señor llamado Patrick Sanders, un inglés que andaba siempre vestido de dril caqui y sombrero duro de esos que usaban los cazadores en las películas de Tarzán, y que traficaba en el negocio de durmientes de ferrocarril; compraba a los madereros de montaña adentro las trozas, las aserraba en un aserrío de su propiedad que creo se llamaba Harlem Lumber Mill, allá por la plaza Víquez, y creosotaba las piezas de durmientes que vendía por partidas de encargo a la Northern Railway Company, que es la compañía que manejaba los trenes del Atlántico. Ella entró a trabajar en la oficina del aserrío como secretaria de este inglés, y al poco tiempo se entendieron.

Primero vivió Amanda con el nuevo matrimonio en el barrio Otoya, pero pronto hubo serios problemas entre ella y este Patrick Sanders, que además de tener un carácter muy violento y pendenciero, se enamoró perdido de Amanda sin consideración de que era su entenada, una niña menor de catorce años, y la perseguía y acosaba sin respiro. En una ocasión en que la mamá no se hallaba en la casa, mientras Amanda se bañaba se le metió el hombre en la caseta, porque la muy inocente había dejado la puerta sin traba, se encerró con ella y se puso a masturbarse delante de sus ojos, fíjese qué espanto. Amanda, cubierta de semen, se zafó como pudo y salió corriendo envuelta en una toalla, y tiritando de miedo y de frío la encontró la mamá en la puerta de la casa porque se negaba a volver a entrar, le contó lo que había pasado y la señora no le creyó, no me va a creer usted, pero no le creyó, que cómo era posible que saliera con una calumnia semejante contra un hombre tan decente y respetuoso como era Patrick Sanders, etcétera. Dígame, decente y respetuoso, si cada vez que se le pasaban las copas la golpeaba, bien merecido lo tenía por majadera. Y entonces Amanda se fue ese mismo día a vivir con su abuela Emigdia.

Así y todo, este desvergonzado de Patrick Sanders se gozaba en andar contando que él le había quitado la virginidad a Amanda, un hombre tan repugnante de aspecto que jamás Amanda se le iba a entregar, si parecía del color de un camote hervido, sudando siempre grasa y tan pesado de maneras. Hasta que le dieron su merecido. Tuvo una disputa violenta con un maderero de peores pulgas que él, por el asunto del precio de unas trozas, y este maderero lo mató de un solo balazo en la estación del ferrocarril en Turrialba. Así se quedó viuda otra vez doña Julia Starck. Amanda fue a la vela del padrastro y todo, se puso luto como mandaba la costumbre, pero a mí me confesó su regocijo por el suceso, y cuando le reproché que cómo era posible que se alegrara de la muerte de alguien, me dijo que aquello no era «alguien» sino «algo», y que en eso de ser alguien o algo estaba toda la diferencia entre el ser humano y la bestia, aunque la muerte de un mono cara blanca del Parque Zoológico Simón Bolívar le habría dado más lástima.

Nos graduamos de secretarias en el Colegio Superior de Señoritas en el año de 1933 y a este Patrick

Sanders lo mataron un año antes según mis cuentas. No salimos bachilleras porque don Cleto González Víquez, que estaba entonces en la presidencia, decidió por sus pantalones que las niñas mujeres no necesitaban estudios de bachillerato, y los dejó exclusivos para los varones del Liceo de Costa Rica. Vea cómo la rueda regresa siempre para atrás en Costa Rica. El Colegio de Señoritas se restringió entonces a dos secciones: una de economía del hogar y otra de secretariado, con lo que hubo gran oposición del plantel docente y del alumnado, y Madame la Liga renunció en protesta ante la consternación de nosotras sus discípulas que nos fuimos a la huelga. Pero fue una huelga que no duró ni dos días, porque los padres de familia se pusieron del lado del gobierno, y nos sometieron.

Le digo que también yo era oveja negra en mi familia porque me las daba de independiente pero no al grado máximo de Amanda, yo no tenía ese valor, y cuando papá ordenaba algo, la verdad es que bajaba la cabeza, como esa vez de la huelga en el colegio, mientras ella, desoyendo a su abuelita, decidió seguir en la protesta aunque fuera sola, parada en las gradas del portón principal y empuñando el pabellón del colegio que sacó del salón de actos. Se libró por poco de la expulsión.

Y no es que papá señalara a Amanda y le reprochara ser un mal ejemplo para mí, al contrario, ella dormía en casa, almorzaba en casa, nos acompañaba cuando nos íbamos de vacaciones a Puntarenas, algo que papá podía hacer porque en el Banco de Costa Rica, donde trabajaba como jefe de cajeros, le prestaban una casa de veraneo para los empleados que había junto a la vía del tren. Y luego que salimos del colegio y nos graduamos, seguimos siendo muy amigas. Seguimos juntas en clases de inglés durante dos años con Joyce Zurcher como profesora, que no es la Joyce Zurcher de ahora, sino la tía. Y llegó el momento en que Joyce nos dijo: bueno, ya ustedes saben inglés, no les puedo enseñar más, ya no necesitan mis clases. Aprendimos perfectamente, y cuando queríamos decirnos alguna majadería, algún secreto divertido, nos comunicábamos en inglés, que era entonces un idioma raro entre los jóvenes, y nadie nos entendía. Y ya entramos a trabajar. Yo empecé en el Banco Nacional, como taquígrafa y contadora, y Amanda no sé si en la Panaire o en Lacsa, una de esas compañías aéreas.

Se seguía viendo mal que una muchacha casadera y de buena posición social trabajara, pero una cosa es que se vea mal, y otra cosa es la necesidad. Papá, el pobre, sufría porque yo tuviera que entrar a marcar tarjeta en una oficina bancaria a las siete y media de la mañana. Sufría su orgullo, si ya con que él fuera jefe de cajeros del Banco de Costa Rica era suficiente. Un hombre de posición, nada menos que sobrino del presidente Federico Tinoco Granados, a quien llamaban Pellico, que gobernó con mano fuerte junto a su hermano Joaquín Tinoco Granados, ministro de la Guerra. A Joaquín lo mataron en un atentado al salir de su casa, como a dos cuadras de aquí, poco antes de que dejara la presidencia Pellico para irse al destierro, obligado por la presión popular; eso fue en 1919, cuando yo tenía tres años de edad, lo mismo que Amanda, porque nacimos el mismo año.

Un asesino le disparó en la acera a Joaquín y luego huyó, no se sabe por qué el crimen, si por un asunto de faldas, porque era hombre muy dado a los amores clandestinos, o por las pasiones políticas. Acababa de llegar de una reunión espiritista en Guadalupe, con la famosa médium Ofelia Corrales, porque él siempre consultaba las decisiones trascendentales a los difuntos, y ahora se trataba de saber si se iba al exilio a París con su hermano, o se quedaba, cuando recibió una llamada telefónica misteriosa que lo obligó a salir a la calle; al día siguiente, una desconocida de luto cubierta por un velo depositó un manojo de calas en el lugar donde había caído, con lo que cobra fuerzas la teoría de que se trató de un asunto de venganza romántica.

En los círculos donde Amanda y yo nos movíamos, que eran círculos de izquierda, todo el mundo estaba claro de que aquel gobierno de los hermanos Tinoco había sido una dictadura, corta en tiempo, pues apenas duró dos años, pero dictadura al fin y al cabo, con presos y torturas, aunque Dios guarde repetirle eso a papá. Hablaban de esa dictadura de mis parientes y a mí me ardían las orejas y agachaba la cabeza, aunque Amanda me reprendía. ¿Por qué me avergonzaba? ¿Acaso había tenido yo parte en esos desmanes?

Cayeron mis parientes porque al final la gente salió a las calles con los maestros y estudiantes a la cabeza, y hasta asaltaron un periódico defensor del gobierno que se llamaba *La Información,* tiraron las máquinas de escribir y las cajas de los tipógrafos por las ventanas y luego lo incendiaron el edificio. Entonces ya no pudo resistir Pellico, que se distinguía de su hermano Joaquín porque éste era galán y apuesto, y se lucía en su caballo negro, vestido con su uniforme de general prusiano, quepis de plato, pantalón rojo y guerrera azul con laureles y botonadura de oro, más la capa encima de los hombros agarrada al cuello con un broche de orfebrería, mientras Pellico era como mal hecho, con una boca demasiado grande y, además, padecía de una enfermedad rara llamada alopecia total que le había hecho perder el pelo en la cabeza y en todo el cuerpo, por lo que usaba peluca y cejas postizas. Pero ya le dije, papá se ofendía si le hablaban mal de los hermanos Tinoco, y más bien se sentía muy orgulloso de ellos y de su alcurnia, pues los Tinoco eran una de las familias más antiguas de Costa Rica.

¿Cómo no trabajar para ayudar en los gastos de la casa? Papá, muy digno, muy orgulloso de su genealogía, resultaba cada mes ajustado con el salario, y eso lo obligaba a ser riguroso en los gastos, a tal punto que al cine iba sólo cuando daban películas de Norma Shearer, que era una artista que le encantaba, creo que *El amor no muere,* donde ella trabaja con Fredric March y Leslie Howard, la vio no menos de cinco veces; y mamá, que no lo acompañaba debido a eso mismo de la rigidez del gasto, y porque estaba a menudo enferma de fiebres cuartanas, sin levantarse de la cama, vaya a creerlo, lo celaba por esas salidas al cine como si fuera a encontrarse en la oscuridad con alguna amante que se llamara Norma Shearer. Después, cuando mamá murió acabada por las fiebres, al poco tiempo de que yo egresé del Colegio de Señoritas, las salidas al cine de papá se terminaron.

No le he hablado de mamá, se llamaba Laura Emilia, y sus últimos meses los pasó acuñada en unos almohadones, en una silla de ruedas que el doctor Ricardo Moreno Cañas hizo que trajeran a casa desde el Hospital General; ya le hablaré luego del doctor Moreno Cañas, pues su vida se cruzó con la de Amanda. Recuerdo bien esa silla que era de madera, con respaldo y sentadera de junco, y ruedas que parecían adaptadas de una bicicleta. La silla traqueteaba con ruido lúgubre al ser empujada, del dormitorio al comedor, del comedor a la cocina, de la cocina a la sala, un ruido que me producía una gran congoja y que todavía tengo en mi cabeza.

Por el lado de mamá, como le dije, yo vengo de los Ortuño, que son también muy eminentes, con decirle que mi bisabuelo, el alférez Máximo Ortuño, era ayudante de campo del general don Juanito Mora, y por eso estuvo presente en la batalla de Rivas contra los filibusteros de William Walker. Allí agarró la peste del cólera morbus que mató a centenares de soldados de las tropas costarricenses, y que fueron enterrados en fosas comunes, entre ellos mi bisabuelo. Cuando las tropas volvieron de Nicaragua iban regando la peste por el camino y el cólera mató a más de diez mil personas, decía Braulio mi marido que el diez por ciento de la población de entonces.

Amanda dejó la línea aérea y pasó al Registro Civil de las Personas, encargada de una de las ventanillas de la sección de nacimientos, y vea las ocurrencias, cuando alguien es tan bella: como el registro funcionaba en el segundo piso del edificio de Correos, frente a la plaza de la Artillería por un lado, y frente al Club Unión por el otro, a la hora en que cerraban las oficinas los empleados se apiñaban al pie de la escalera para verla bajar, y junto con los empleados los que andaban comprando estampillas y poniendo cartas y retirando paquetes postales. Y un día que bajaba las gradas con todo garbo, como ella sabía hacerlo, la mano puesta con delicadeza en la baranda de la escalera, y luciendo una falda larga voladiza verde jade y una blusa de chifón de cuello estilo chino, del mismo color, la aplaudieron, se lo hubiera podido contar el novelista Joaquín Gutiérrez, que también trabajaba para ese entonces en el Registro Civil, pero ya murió. Mientras tanto fueron sus noviazgos con Gonzalo Macaya, con Roberto Goicoechea... Tantos hombres que caían rendidos a sus pies, que yo riéndome le repetía la fábula en verso del libro de lectura de la primaria: a un panal de rica miel, dos mil moscas acudieron, que por golosas murieron, presas de patas en él...

Lo del noviazgo con Gonzalo Macaya terminó rápido, pues apenas la familia se enteró, la mamá, doña Clotilde, señora presuntuosa que lo creía un príncipe inalcanzable, hizo un berrinche tremendo y lo mandaron de inmediato a estudiar a París. Mientras tanto al pobre Gonzalo lo mantuvieron en una especie de secuestro dentro de la casa, tratado como un niño, porque el temor era que Amanda le pusiera zancadilla para casarse con él. Pero la verdad es que cuando salió su nombre en *La Prensa Libre* en la lista de pasajeros del vapor de la Cunard que tocaba Puerto Limón una vez al mes con destino a Le Havre, ella ni se inmutó. Estábamos esa tarde en la soda La Rosa de Francia, que quedaba en la Avenida

Central, una amiga trajo el periódico que acababa de comprar en la calle, con cara de escándalo, y Amanda, tras echarle una ligera ojeada, siguió mordisqueando su sándwich.

¿De dónde apareció Gonzalo Macaya en la vida de Amanda? Pues porque al graduarnos en el Colegio de Señoritas, además de estudiar inglés, entramos a recibir clases en el Círculo de Amigos del Arte, que quedaba en el pasaje Dent, al lado del hotel Costa Rica. Eran un montón de artistas, filósofos, escritores, a cuáles más divertidos y bohemios algunos, otros ya viejos y serios que peinaban canas pero les halagaba verse admirados en sus cátedras por todas aquellas jovencillas con sus coqueterías graciosas y su perfume de juventud.

Ya le dije que allí nos enseñaba Historia del Arte Teodorico Quirós, aquel que vivía en una casa extraña diseñada por él mismo; pues otro de los profesores, Manuel de la Cruz González, vivía en una casa también diseñada por él, lo mismo de extraña, donde había pintado las paredes como si fuera una selva, con leones, antílopes y cebras, una abría la puerta del baño de visitas y se hallaba con un mono orangután colgado de una liana encima del tanque del inodoro, tan real la pintura que daba miedo sentarse en la taza, no fuera el mono a extender la mano y querer tocarla a una. Otros profesores eran Paco Amighetti, también pintor, mire, allí en esa pared tengo un grabado suyo, esas viejillas que van en procesión vestidas de luto, con las velas en la mano; Max Jiménez, que era de todo, pintor, escritor, escultor, y, además, como era rico y generoso, pagaba de su bolsa el alquiler del local de los Amigos del Arte, y las viandas y los licores de los ágapes celebrados a cada rato en el mismo lugar.

Entonces, Amanda y yo organizamos al grupo de muchachas para recibir esas clases en el pasaje Dent, y ahí estuvimos dos años, de las cuatro de la tarde a las siete de la noche, instruyéndonos con todos esos señores que no nos cobraban un centavo. Éramos un grupo como de quince, algunas de tiempos del colegio, y otras que reclutábamos en fiestas y en tertulias. Muchachas de sociedad en su mayoría, que mientras no se casaran tenían poco que hacer.

Además de los profesores que ya dije, estaba don Joaquín García Monge que nos daba Filosofía Clásica; también un muchacho muy guapo, que no puedo acordarme del nombre, de una familia libanesa muy rica de Guayaquil, exiliado en San José por alborotos políticos, que nos daba no sé qué histórico. ¿Cómo se llamaba eso del desarrollo comunista y toda esa cosa...? Materialismo histórico. Y Gonzalo Macaya, que nos daba Historia de la Música, muy sabio y muy serio a pesar de ser tan jovencito; como que lo estoy viendo, bien peinado, bien vestido, la corbata bien anudada, los zapatos lustrosos, dando su clase como si fuera sólo para Amanda, sin quitarle los ojos. Era el único en todo Costa Rica que sabía de Schönberg y la música dodecafónica, y eso le encantaba a Amanda, siempre en persecución de novedades y extrañezas.

Fue por allí de junio de 1936 que el otro novio que tuvo Amanda para ese tiempo, Roberto Goicoechea, la raptó en media calle. Hubo muchos otros novios y pretendientes, pero no vienen al caso. Éste sí, por la torta que hizo. Era hermano de Tomasito Goicoechea, el que fue por años gerente del Banco de Costa Rica, y de aquella Goicoechea famosa, Luz Marina, a la que pintó Guido Sáenz.

Amanda había sido nombrada candidata al reinado de belleza que inventaron ese año, patrocinado por la cerveza Traube, y salió fotografiada en el periódico *La Hora* en vestido de baño. Eso del vestido de baño disgustó a Goicoechea que le hizo una escena, pero ella más bien aprovechó para cortarlo porque ya la tenía aburrida y no hallaba cómo apeárselo, y aquélla fue su oportunidad dorada. Incomprensible a veces Amanda además de incomprendida. ¿A santo de qué se echaba novios como aquel Roberto Goicoechea?

En primer lugar, él era un hombre mayor que ella, quince o tantos años mayor. Un señor, un señor que no hacía deporte, un señor de antes. Un bachelor al que ya se le había consumido el tiempo en la soltería. Se enloqueció con Amanda y ella, al tratarlo ya como novios, se dio cuenta que no lo soportaba. Era de ojos azules, cejas pobladas, pelo negro liso peinado hacia atrás, muy blanco de cutis, en eso de la estampa no le vamos a poner defectos. Pero ayúdeme a decir ignorante, y muy impertinente, que ni siquiera tenía el don de callarse y desbarraba sobre cualquier tema, y cuando no, se burlaba de las pláticas de Amanda sobre literatura y sobre los libros que ella tanto mencionaba, como por ejemplo *La prisionera* de Marcel Proust que era su tema preferido, y entonces salía Roberto: es que Amanda tiene proustitis, y se reía él solo de su bobería.

¿Qué sabía él quién era Marcel Proust? En Costa Rica muy pocos lo sabían, y esa niña ya se lo había repasado, y en francés, porque traducciones no había para entonces, el francés lo manejábamos porque era una materia obligatoria en el Colegio de Señoritas, lo daba madame Ernestine, la Jiraffe le decíamos, por su cuello largo. Y le digo más: a la Librería Española de don Cayetano Lasaoza, que quedaba frente al Almacén Castro y Quesada, habían venido cinco juegos de esos grandes tomos de Proust, encuadernados en cartón, y Amanda los iba comprando de a poco, ella centavo que caía en sus manos lo ahorraba para comprar libros. Pues le juro que sólo se vendió otro juego, o colección, y me gustaría a estas alturas saber quién lo compró, alguien más en San José, además de Amanda, que se había llevado para su casa a Marcel Proust. Las otras tres colecciones quedaron cogiendo polvo en la librería.

Si me deja buscar..., aquí tengo el recorte de *La Hora,* que es del mes de agosto de 1936:

Amanda Solano, arquetipo de belleza perfecta, una beldad que tiene las medidas exactas de Miss Universo. Hoy día podemos decir que el siglo veinte está representado por un tipo de mujer como ésta, deportista, inteligente, elegante, sobria en el atavío, llena de glamour, y de leve peso, que, sin quitarle fortaleza, la mantiene ágil.

Y vea aquí a Amanda, en vestido de baño de una sola pieza, de tacones altos, lindísima, ésa fue la foto que tanto disgustó a Goicoechea.

Era una situación rara que sólo en ella se daba, que por un lado la buscaban de reina o de novia de cualquier cosa, del Garden Club, del Benemérito Cuerpo de Bomberos, del club de fútbol Orión, de los Juegos Florales que eran hasta ridículos con esa obligación de la reina de coronar en el escenario del teatro Variedades, con una corona de laureles de cartón, a unos poetas que daban lástima, enemistados con el peluquero, las hombreras espolvoreadas de caspa, y con cara de gatos hambrientos; y por otro lado metida en cosas izquierdistas, amiga de los líderes del Bloque de Obreros y Campesinos, de donde salió el Partido Comunista, opuesta a los falangistas admiradores de Primo de Rivera, y preocupada por hacerse literata y escribir novelas como su gran ídolo Marcel Proust. Y eso de ser una beldad, como la llamaban en el periódico, y ser escritora y rebelde, a mucha gente no le calzaba, y más bien desagradaba.

Haga de cuenta una película de gánsteres lo del secuestro. Iba ella de regreso a su trabajo después del almuerzo, caminando por la acera del Club Unión, ya casi para llegar a las puertas del edificio de Correos, cuando se arrimó a la cuneta chirriando los frenos un carro negro, de unos trompudos tacón alto con el radiador visible alzado en la trompa, un Ford V-8 que era entonces novedad, papá lo ambicionaba pero todo era conformarse con ver la propaganda en el periódico, y salieron de adentro dos hombres forzudos que la agarraron y la metieron en el carro y le pusieron una mordaza. El mismo Roberto Goicoechea iba al volante.

Entonces, otros empleados del Registro Civil testigos del hecho corrieron a informarle al director, don Basileo Bustamante, y como don Basileo era muy amigo de papá lo llamó por teléfono al Banco de Costa Rica porque conocía la intimidad entre nosotras dos y sabía que no había hombres en la familia de Amanda que volvieran por ella, y papá inmediatamente se movilizó, alquiló un vehículo, se fue al cuartel de Buenavista a poner la denuncia, le dieron un resguardo de cinco agentes que se montaron en uno de los camioncitos con toldo de lona que tenía la policía, se puso el camioncito detrás del vehículo de papá, y como en San José nada era difícil de averiguar, sobró quien hubiera visto al Ford negro pasar por el paseo Colón, y de allí seguir para el rumbo de Escazú donde Roberto Goicoechea era dueño de una finca, más arriba de Bello Horizonte, todo eso era montaña entonces y las fincas de café metidas en la montaña; pero como no había carretera por donde pudiera pasar un carro hasta la finca, no me crea mucho si le digo que esa finca se llamaba Amberes, el Ford sólo había podido llegar hasta cierto punto del camino, y de allí en adelante era necesario seguir a pie.

Los hombres contratados para ejecutar el secuestro se quedaron en el carro mientras ellos dos siguieron cuesta arriba. Ya Goicoechca le había soltado la mordaza a Amanda y ella lo tomó de la mano, como si ninguna violencia hubiera pasado y siguieran siendo novios en paz, y empezó a buscar cómo apaciguarlo con palabras, tal como se doma a un energúmeno o a un niño malcriado, hasta que lo convenció de que se sentaran a conversar en un tronco al lado del camino. Lo que quería ella era detener el viaje hasta la casa de la finca donde estaría perdida con sólo poner un pie en el umbral. Cuando me contó toda la historia esa misma noche me decía que lo peor de todo era la repulsa que el hombre le daba, la repulsa de sentir que se iba a acostar a la fuerza con él, y así le metió plática en busca de retrasar aquel momento álgido que se le venía encima, quinientas varas más y ya estarían dentro de la casa donde la esperaba de seguro un camastro sin sábanas ni nada en un cuarto lleno de aperos y canastos de recoger café.

Entonces, papá llegó con el resguardo y los encontraron sentados en ese tronco, conversando tranquilamente, y ni el hechor ni los dos matones opusieron resistencia cuando fueron apresados y subidos al camioncito. En San José ya estaba declarado el escándalo porque habían dado la noticia del secuestro en La Voz de la Mejoral, que no era una radio, sino unos altoparlantes colgados en el balcón del segundo piso de una casa en la esquina sureste del Parque Central, al lado de la Botica Francesa, donde después construyeron el edificio Rex; y cuando papá y Amanda llegaban a La Sabana en el carro de alquiler se encontraron con una caravana de vehículos llenos de simpatizantes que venía a su encuentro, y enfilaron todos juntos en una algarabía de bocinas hasta la propia Voz de la Mejoral donde obligaron a Amanda a subir al balcón para dirigirse por el micrófono a la gente, contra el criterio de papá que consideraba, con toda justicia, que incrementar el alboroto la perjudicaba, pues cuando se disipara el entusiasmo de sus partidarios lo que iba a quedar era el baldón en contra de su honor, y así fue.

Pues si salió indemne gracias a su astucia para apaciguar al gañán, eso no quiere decir que no fuera un escándalo de padre y señor mío el que se alzó en su contra. Salgo de este trance virgen y mártir, me dijo, merezco la palma. Porque sabía que aunque se había salvado de aquel hombre, ahora empezaba el martirio, y que le iban a pasar cuenta. Una acumulación de causas, como dicen los abogados.

Primero, lo de su belleza, eso de que era una criatura tremendamente linda y atractiva, más que perturbadora para los hombres, y causa de celos para las mujeres; segundo, la sombra de la madre por aquello del *affaire* de los turrones; tercero, pobrísima, parece mentira pero hay ocasiones en que la pobreza no se perdona, una empleada del Registro Civil, si viera cómo se le habían manchado los dedos de tinta porque el asiento de los nacimientos se tenía que hacer a mano en los libros, y había que mojar el empatador en el tintero, una porquería; y cuarto, sus opiniones en el periódico contra la molicie de las costumbres, contra la estulticia de los señores burgueses y contra la hipocresía social, en esos temas no había quien le callara la boca.

Aquel solterón no perdía nada en la aventura porque acusarlo de rapto ante un juzgado venía a ser una especie de suicidio para ella. Así que papá aconsejó que se quedara todo como estaba, y el jefe de policía permitió que el raptor y sus cómplices se fueran a su casa tranquilos una vez puestos en el cuartel de Buenavista, bajo la única advertencia de no acercarse a la víctima a cien metros a la redonda, dígame qué castigo. Y la que aguantó el vendaval fue Amanda, quién iba a creer que nada había pasado entre ellos aunque no hubieran entrado en la casa, y que de aquel lugar no volvía deshonrada. Papá podía proclamar a los cuatro vientos su inocencia, pero era la palabra de papá contra aquel San José encarnizado que allí tenía la oportunidad de herirla y derribarla. Ya el daño estaba hecho.

Don Basileo le manifestó a papá que él con mucho gusto recibía de vuelta a Amanda, pero dejaba constancia de que en la oficina le iban a hacer la vida imposible, las del personal femenino porque su empeño sería despreciarla, pues igual que Amanda trabajaban allí otras muchachas de sociedad necesitadas de ingresos; y los del personal masculino porque ahora se iban a creer con derecho de estarla pretendiendo como mujer fácil. Vea si no era espinosa aquella situación. Le dio un permiso por enfermedad de quince días, a ver en qué paraba la cosa, y mientras tanto duró la crisis ella se quedaba a dormir en casa con todo el gusto de papá que no consentía en desampararla.

Entonces apareció una tarde Vicky Chaverri de Sauter, la mamá de Maude Sauter, y le dijo a papá que ella dejaba de llamarse Vicky Chaverri si no le conseguía un puesto en la legación de Chile a Amanda, y así quedaría a resguardo de oír ofensas y habladurías, pues ya no tendría que entenderse en tratos con la gente de la aldea. No tenía Vicky la mínima relación con Amanda, ni con su familia, pero donde había algún lío social como aquél ella se entrometía, con su temperamento enérgico, como si alguien le hubiera dado facultades de remendar las honras maltrechas y amparar a las almas afligidas. Una entrometida bondadosa, pero entrometida al fin, digo yo, y algo necia e impertinente, como todas las entrometidas.

Sucede que ella era muy amiga del ministro de la legación de Chile en Costa Rica, Jorge Calvo Ward, que en esos días se hallaba en Panamá porque era ministro en Costa Rica y Panamá, con la sede principal en San José, y sólo era esperar que regresara de su viaje; y esa misma tarde Vicky llevó a Amanda a su casa, y le regaló toda la ropa de moda que Maude su hija había dejado, pues se había casado recién con Leo Marshall, de unos Marshall ingleses que tenían ferreterías en San José, Cartago y Alajuela, y el *trousseau* completo de otro compromiso matrimonial anterior que se deshizo a última hora, Vicky lo tenía guardado, cosas absolutamente divinas: ropa interior de seda, *déshabillés* de encaje, estolas, sombreros, trajes de cóctel, trajes de noche, abrigos con cuellos de piel, prendas extranjeras que Amanda nunca había usado en su vida, y decía: ¿qué hago yo con todo esto? El día que vaya a cocinar yo no puedo con tanto estorbo. Quién piensa en cocinar, le decía yo, si Vicky te regala un ajuar de novia, es porque tiene en la cabeza planes para vos. Y esos planes eran que Calvo Ward, un partido de primera, se casara con ella.

Apenas Calvo Ward regresó de Panamá la colocó en un excelente puesto en la legación de Chile, y para que vea lo que son las coincidencias de la vida, la legación quedaba en esa casa señorial de La California que había sido construida por su abuelo el ingeniero Solano, graduado en Inglaterra. Calvo Ward la llevaba a cócteles y recepciones, ya el ajuar cumpliendo su cometido porque se presentaba vestida de manera regia, y sucedió lo que Vicky pretendía, y tenía que pasar, que Calvo Ward se enamoró perdido de Amanda. Todos los hombres que se le acercaban se enamoraban irremediablemente de ella y era una tragedia constante para ella, pobrecita.

Le propuso matrimonio apenas a la semana de haber entrado a trabajar en la legación, y claro que alentamos a Amanda a que aceptara, Vicky, papá, yo, era una bendición caída del cielo porque después de que se la había robado Goicoechea ya no podía hallar ningún partido decente por causa del repudio contra ella, como si se tratara de la peor de las casquivanas. Y Amanda dijo por fin: bueno, es cierto, ésta es una forma de salir de esta situación. Y aceptó casarse con Calvo Ward.

El matrimonio se hizo a la carrera y la ceremonia fue íntima. Se celebró en la iglesia de la Soledad, a las nueve de la mañana, imagínese qué hora, cuando se están abriendo las mercerías y las oficinas, si para ese tiempo las bodas sonadas eran de noche. Vicky la vistió con el vestido de novia de Maude, la propia Amanda lo adaptó y lo compuso a su medida. Ya supondrá que su madre Julia brilló por su ausencia, qué cosas, una madre y una hija que nunca se entendieron. Yo fui madrina, papá padrino, y estuvieron presentes su abuela Emigdia, por supuesto Vicky, los funcionarios diplomáticos chilenos, y varias del grupo de íntimas en el Colegio de Señoritas que no la abandonaron aunque estuvieran de por medio las calumnias. El novio alistó un cóctel en la legación, con arreglos florales y meseros de guantes blancos que servían copas de champaña del mejor, porque Calvo Ward era hombre refinado, eso por qué negarlo.

Estando ahí en el cóctel, me llama Amanda y me dice: mirá, vení para acá, vámonos para el baño, que tengo que hablar con vos. Nos fuimos al baño, ella puso llave, y le digo: bueno, ¿qué es lo que pasa, qué es la cosa? Es que Jorge me dijo en el carro cuando veníamos de la iglesia que está con gonorrea y no sé qué es eso. Averiguame qué es lo que tengo que hacer, y también averiguame qué cosa es sífilis, porque dice que también tiene sífilis.

Entonces yo volví al salón donde se daba el cóctel, llamé a papá y le dije: ¿qué es gonorrea y qué es sífilis? Se lo pregunté así, con toda naturalidad, sin bajar ni siquiera mucho la voz, porque, claro, ni Amanda ni yo sabíamos de qué se trataban semejantes cuestiones. Aunque cueste creerlo éramos unas inocentes palomas, y ella con tanta fama de mujer perdida. En el Colegio de Señoritas había la clase de Eugenesia, pero la profesora, que se llamaba doña Etelvina Collado, enfermera graduada, era poco explícita, con decirle que se ponía tinta como un tomate con sólo señalar en el puntero los órganos reproductivos masculino y femenino pintados en una lámina, y se atragantaba con sólo pronunciar la palabra *cópula*. O *ayuntamiento carnal,* como diría Marina Carmona.

Tinto como un tomate se puso también papá, se quedó mudo, y por fin me dijo: acompáñeme a la casa inmediatamente, mi hijita. Y nos fuimos para la casa. Entonces sacó un libro de una vitrina que manejaba cerrada con una llave colgada del llavero del que nunca se despegaba, y me dijo: tome, aquí tiene, lea y entérese. Y desapareció, avergonzado de presenciar que yo leyera ese libro. Porque él no me podía explicar, le daba pena explicarme, igual que le pasaba con los órganos de reproducción sexual a doña Etelvina, la enfermera graduada.

El libro empastado en color verde se llamaba *Vademécum de los casados,* y todos los términos estaban puestos por orden alfabético como en un diccionario en el que sólo había palabras específicas al asunto, tales como *coito, feto, glande, menstruación, placenta, vulva,* ya me entiende, y entonces busqué *gonorrea* y después *sífilis,* y leí todo lo que había que leer sobre las dos enfermedades. Nunca aprendí tanto en tan pocos minutos. Busqué a papá, que se paseaba nervioso, como enjaulado, y nos fuimos de vuelta a la embajada, yo con el libro en la mano, que alcancé a envolver en papel plateado como si fuera un regalo de boda, en carrera abierta porque a la una de la tarde salía el tren para Limón donde iban a coger el barco de la Grace Line que tocaba el puerto de Cristóbal en Panamá, pues en Panamá iban a pasar su luna de miel. Vea qué espanto.

Cuando volvimos ya estaba Amanda vestida muy chic para el viaje, con uno de los trajes del *trousseau* de Maude Sauter, un conjunto de dos piezas gris perla, con bordados de parra en la chaqueta, y un sombrero de alas cortas del mismo color, con redecilla pendiente hasta la altura de los ojos. Entonces la llamé aparte como si fuera a entregarle el regalo, nos encerramos otra vez en el baño, y ella sentada en el borde del bidé y yo en la tapa del inodoro, desempaqué el libro, y le dije: mirá, esto no puede seguir adelante porque este hombre es como si tuviera lepra, pero peor, y de ninguna manera podés tener relaciones de ninguna clase con él porque te infecta y corrés peligro de muerte, así como estás oyendo. Y le fui leyendo unas partes, y ella fue hojeando otras, los peligros de quedarse ciega la persona, la espiroqueta pálida que se metía como un taladro en el cerebro y era causante de locura, y vimos las fotos espantosas de los chancros que aparecen no sólo en los órganos sexuales sino también en los brazos, en la espalda y hasta en la boca, y ella muy serena.

La distancia entre el tiempo del colegio y aquel momento, si lo medimos en años era casi nada, éramos las mismas dos chiquillas encerradas en un baño, con la diferencia de que, en lugar de estarnos contando tonterías de amores fantasiosos, sosteníamos una plática de vida o muerte sobre perversidades y sobre degeneración. Me devolvió el libro, y me dijo: lo hecho está hecho y no tiene remedio, no hay cómo devolverse de esto. Y vi, según la expresión de su cara, que era inútil toda discusión, la expresión de alguien que sabe que le espera la horca en el patíbulo y no hay manera de salvarse.

Entonces, en los pocos minutos que nos quedaban, la aconsejé que pusiera las más de las veces pretextos de jaqueca y esas cosas, y cuando no hubiera remedio, que por lo menos lo obligara a usar preservativos, eso lo mencionaba continuamente el libro, que no se dejara besar en la boca, que se bañara siempre después de tener relaciones, que se desinfectara sus partes con Zonite, véame a mí de pronto experta en cosas de las que nada sabía más que por medio de aquel libro secreto de papá que volvimos a empacar en el papel plateado para que lo metiera en una de las valijas que ya estaban sacando para llevarlas a la estación del Atlántico.

Para papá y para mí, únicos sabedores de la desgracia, fue como despedir un funeral cuando agitamos los pañuelos en el andén de la estación al momento en que el tren comenzó a alejarse. Si Amanda había sentido asco ante la idea de que Goicoechea la tocara, o que la tocara Patrick Sanders, había que figurarse qué no sentiría de repulsión ahora que un hombre enfermo, capaz de contagiarla, iba a acostarse con ella. Era como para ponerse a gritar.

Y comenzaron a llegar sus cartas. Terribles. Ya la sífilis le había causado a aquel infeliz daños cerebrales. Le daban accesos de melancolía unas veces, y otras de furia, y todo eso, imagínese, en plena luna de miel. En ese tiempo la sífilis no se curaba, ni se soñaba con la penicilina. Existía un tratamiento con unas inyecciones llamadas Salvarsán, que estaban hechas a base de arsénico, la misma Amanda era quien se las ponía. Era una carta a la semana la que recibía de ella, y vivía en angustias esperando la siguiente que siempre venía a ser peor.

Hay enfermos que ya sin remedio se vuelven crueles y buscan contaminar lo más bello que encuentran, según hay novelas donde aparecen esta clase de personajes. Pues aquí tenemos uno en la vida real. ¿Por qué sino por maldad fue a proponerle matrimonio a aquella indefensa, sabiendo el mal que tenía?

En eso hubo la visita a San José del doctor Belisario Porras, que había sido tres veces presidente de Panamá, acompañado de su segunda esposa costarricense, Alicia Castro, prima mía. Nos invitaron a cenar a papá y a mí al Club Unión, ¿sabe que el antiguo club que existía cuando secuestraron enfrente a Amanda se quemó hace años? Lo volvieron a hacer moderno, sólo que es un espanto cómo quedó. Como mi tema de toda la noche era siempre Amanda, el doctor Porras me dijo: ¿quieres ir a Panamá? Vente con nosotros, y te quedas en nuestra casa. Papá aprobó la invitación.

Apenas llegué al Banco Nacional al día siguiente me fui donde don Julio Peña, que era mi jefe, y le solicité el permiso que me firmó sin dilación. Jamás iba a decirme que no. Don Julio era tímido y apocado, quizás por su origen humilde, pero el esfuerzo y el deseo de superación lo habían llevado hasta su puesto de jefe de sucursales en el banco, que ocupó hasta su muerte; muy devoto de las alcurnias y los apellidos, podía recorrer rama por rama el árbol genealógico de la familia Tinoco sin equivocarse, y con eso buscaba halagarme, como si más bien fuera él mi subalterno. Cada vez que me encontraba en los pasillos me cortaba el paso y me repetía el cuento de nuestra parentela con los Aycinena, que eran de Guatemala y tenían título de marqueses. Blasón con tres franjas de plata en campo de azur, señorita, me recitaba riendo, como si lo del blasón le diera una gran felicidad. Eso era conmigo, pero con los empleados de menor categoría se volvía una fiera temible.

El doctor Porras y mi prima Alicia habían llegado en el vapor *Tacoma* que tocaba Puntarenas, y tenían su pasaje para dentro de dos días; así que ellos se fueron adelante porque ya no había tiempo de hacer mis arreglos de pasaporte y de visas, pero de todos modos viajar por mar, con la lentitud que tienen los barcos, hubiera sido un tormento para mí, Amanda presente todo el tiempo en mi cabeza; de modo que a la semana siguiente cogí el avión de la Taca que salía de La Sabana, un aparato hecho de madera barnizada y de metal, imagínese los aviones de aquel tiempo que, cuando hacía calor durante el vuelo, repartían unos abanicos muy bonitos para que una se soplara la cara; y vea qué suerte, un mes después ese mismo avión se cayó sobre la sierra de Talamanca, y no quedó ningún sobreviviente.

Llegada a Panamá, sólo dejé mis maletas en la residencia del doctor Porras, que mandó su carro a buscarme al aeropuerto, y me fui corriendo en busca de Amanda al hotel Panamericano donde estaba hospedada. La hallé sola porque el marido había sido internado desde hacía tres días en el hospital Gorgas, que pertenecía a la Zona del Canal, y el médico, un famoso doctor Queen, fue claro en decirle que la hospitalización iría para largo. Así que la convencí de venirse conmigo a Costa Rica porque allí no estaba haciendo nada, eran prohibidas las visitas y lo tenían aislado en un pabellón aparte.

Debido a su situación Amanda no había tenido oportunidad de conocer los sitios interesantes de Panamá, como las esclusas del canal, pero eso se solventó porque el doctor Porras y mi prima Alicia nos pasearon que dio gusto, y además ofrecieron ágapes y cenas muy concurridas por lo mejor de la sociedad panameña. Por el semblante alegre y despejado de Amanda esos días, y por lo ligera y despreocupada que se volvió su plática, saco cuentas de que logró quitarse de la cabeza, aunque fuera temporalmente, al esposo sifilítico recluido en el hospital, y el drama sin solución de su matrimonio, y así, contentas ambas, nos volvimos en ese mismo avión que ya le faltaba poco para caerse. Pusimos un cablegrama a papá para que nos esperara en La Sabana, y estaba con él en la pista Vicky de Sauter, parada en sus trece que Amanda debía irse con ella a su casa, y se salió con su voluntad. Total, no me importó, pero ya no era lo mismo, tenía que visitar a Amanda en casa ajena y ya no podíamos platicar a solas, siempre Vicky de por medio. Pobrecita, ya murió hace años.

Una semana después sucedió lo sorpresivo, y es que se fue Amanda para Chile, algo que ni a ella se le había pasado por la cabeza. El doctor Hermann Max era una eminencia en cuestiones de bancos, había venido para asesorar al gobierno de don León Cortés en la reforma de la moneda, y conocía muy bien a la familia Calvo Ward, muy prominente en Santiago, así que se puso a hacer todos los arreglos para llevarse a Amanda, porque ya terminaba su misión y se regresaba en compañía de su esposa Nena. Otro entrometido de buena voluntad, como Vicky de Sauter. Nadie se atrevía a decirle no, ni el presidente de la República que aceptó sus recomendaciones sobre la moneda sin quitarles una coma.

Su plan era desembarcar en Panamá, sacar a Jorge del hospital Gorgas, y seguir viaje en el vapor todos juntos, pues según su criterio, era en Chile donde iba a hallar curación a sus males de neurastenia aguda, en el seno de su familia, a pesar de que sus padres ya habían muerto, y en medio de su ambiente; por lo visto ignoraba la realidad de la enfermedad. Y, otra vez, Amanda prisionera del destino. No se atrevió a explicar al doctor Max la verdad, y se dejó llevar. Para ella, que se sintió siempre mujer tan libre, aquel matrimonio era una cadena pesada de la que no se podía desprender, no había manera. Es mi marido, me dijo cuando le hice ver el error de aceptar el viaje. Un argumento de tres palabras.

En Panamá el doctor Queens debe haber desengañado al doctor Max, pero de todas maneras sacó al paciente del hospital y el viaje siguió adelante. Y qué desconsolados fueron desde el principio los días de Amanda en Santiago de Chile. Lea un artículo que escribió allá sobre unos guasos que están bailando cueca, tristes y borrachos, el día de la Independencia en un parque, y se va a dar cuenta de su estado de ánimo.

A Jorge lo metieron el mismo día de la llegada en un sanatorio, y Amanda quedó en manos de las cuñadas, viviendo en casa de una de ellas, creo que Alicia se llamaba. Así es, Alicia y Gabriela eran sus nombres, las dos ellas muy popof, muy estiradas. Vivían en los Barrios Altos, en Vitacura una, en Las Condes la otra. ¿Usted conoce Santiago? Yo no, cuando mi marido Braulio y yo nos casamos, planeamos un viaje de luna de miel a Río de Janeiro, Buenos Aires y Santiago, pero a mí me dio una gripe tremenda en Buenos Aires, y suspendimos la gira.

Desde el principio comenzaron los problemas y desprecios. Por ejemplo, se encontró Amanda con que iban a entrar las chiquitas de Alicia al colegio y no estaban listos todavía los uniformes porque la costurera tenía tres días de estar enferma, y entonces se ofreció ella misma, de muy buena voluntad: consíganme una máquina de coser, yo los hago. ¿Máquina de coser en aquella casa? ¿Acaso se había casado Jorge con una modistilla cualquiera? Ya le he dicho que Amanda era una criatura que lo que tocaba lo hacía perfecto. Si era de coser una prenda, la cosía lindísimo; si era de dibujar, dibujaba con primor; si era asunto de cocinar, cocinaba platos riquísimos; si era mecanografía, tecleaba como un rayo. Y las cuñadas aquellas no la comprendieron.

Amanda prefería no salir del cuarto para no enfrentarse a las malas caras y a las burlas solapadas de Alicia, prefería quedarse sin comer antes de sentarse a la mesa y sufrir el silencio con que la condenaban ella y su marido. Llegaba Gabriela a tomar el té, llegaban las amigas, y no la invitaban. Qué cartas las que me mandaba, qué humillaciones, qué tristeza de verse acorralada en país extranjero. Dos semanas duró esa situación, y vea cómo vino a resolverse.

Jorge se salió escondido del sanatorio una mañana, se fue a casa de un amigo suyo muy íntimo y se llevó una pistola porque sabía dónde guardaba aquel amigo sus armas, y de allí se fue al Cementerio General donde se pegó un tiro en la cabeza, arrodillado frente a la tumba de sus padres, en el mausoleo de la familia. Imagínese qué asunto macabro, parecería inventado por un novelista del tipo Xavier de Montépin; yo leía esas novelas de Montépin, que a Amanda le caían mal. Para ella, Marcel Proust. Me acuerdo de *Las confesiones de un bohemio*, *La señorita Lucifer*, *La máscara roja*.

Pero no es que yo leyera solamente a Montépin, entre todas las del grupo leíamos muchísimos libros desde que estábamos en el Colegio de Señoritas, no tanto como Amanda, pero leíamos, *La montaña mágica* de Thomas Mann, *El lobo estepario* de Hermann Hesse, *Veinticuatro horas en la vida de una mujer* de Stefan Zweig, y también a Proust, aunque para qué decirle, a Proust me asomaba con buena voluntad aunque se me enredaba mucho, era como una especie de espiral que nunca terminaba de desenrollarse. Y, además, tantos tomos, no en balde vivía encerrado dentro de un cajón de corcho, escribiendo en la cama, sin ver nunca la calle debido a su asma crónica, y cuando por fin salió a una cena una noche invernal de viento frío, le dio una pulmonía y se murió. Era lógico que así sucediera, cómo se le ocurrió exponerse así. Pero ya vuelvo al suicidio de Jorge Calvo Ward.

Seguramente ha oído historias de que se mató en el regazo de Amanda, en el dormitorio de la casa, pero ésas son invenciones porque, en primer lugar, nunca tuvieron casa en Santiago, él en el sanatorio y ella con la cuñada aguantando su amargura. Entonces, una vez enterrado el marido al lado de sus padres, en el mismo mausoleo donde se había matado, Amanda quedó sola, y en una situación muy difícil, porque si la rechazaban con desprecio en vida del esposo, cómo no sería ahora viuda, cuando ya nada tenía que ver con las cuñadas tufosas. De manera que el hombre murió y ella se vino gracias a la ayuda del doctor Max que la auxilió con el dinero del pasaje. Ya le dije, otro entrometido de buena fe. Y allí terminó ese episodio de su vida que duró apenas lo que dura un soplo de viento. La raptó Goicoechea en junio de 1936, se casó en julio con Calvo Ward, y en octubre ya estaba de regreso en San José, viuda y más fregada que antes, sin trabajo ni nada, a los veinte años de edad.

Cuando vino de regreso se fue a vivir con los Gallegos Echeverría, sus parientes por parte materna, papás de Marianita Gallegos, que vivían donde está ahora la capillita del barrio Amón, aquí a la vuelta. Eran parientes, pero sin gran cercanía. Si me pregunta por qué esa decisión, no tengo una respuesta más que general, y es que ella andaba un poco al garete, con el rumbo perdido; papá, por supuesto, le ofreció que se quedara en casa, pero ella se sentía apenada, dijo que después de unas semanas se pasaría con nosotros, pero no fue así. Tampoco aceptó hospedarse en casa de Vicky de Sauter, pero creo que esta vez Vicky ya no fue tan insistente como antes, quizás ahora estaba dedicada a otro tema, a alguna otra protegida de necesidad más reciente.

Y, lo peor, vino enferma, por supuesto. Se le pegó la porquería esa del marido. Y entonces fueron los problemas tremendos para curarse porque no en cualquier médico podía confiar, y, además, los parientes donde estaba posando no sabían nada de que la sífilis hubiera estado de por medio en su matrimonio, era algo que seguía como un secreto, de modo que para ella ver a un médico tenía que ser un asunto cuidadoso, tratado con la debida reserva.

Por dicha dimos con el doctor Ricardo Moreno Cañas, el médico que había atendido a mamá, todo un caballero, un científico de primera, que se había graduado en la Universidad de Ginebra y había sido jefe de ambulancias en el frente de Verdún en la Primera Guerra Mundial, por lo que lo condecoraron con la Legión de Honor los franceses. Era famosísimo. A un muchacho de Desamparados al que un marido celoso le había metido un balazo en el codo y otro en el corazón en plena Avenida Central, lo operó de mil maravillas; el codo era una tontera para él, pero en lo que respecta al corazón le abrió el pecho, tomó el corazón entre sus manos, lo pinchó calculando el ritmo de las palpitaciones, y sacó la bala. Aquella cirugía le dio fama de milagroso, y lo mismo hacía con piernas deformes, brazos contrahechos, con jorobados de nacimiento, todo lo componía.

Muy apuesto y sumamente elegante en el vestir. Y qué delicadeza. Yo acompañaba a Amanda a esas consultas en su clínica que quedaba en Las Arcadas, al costado de la catedral, vecina al sitio donde antes recibimos aquellas clases organizadas por los Amigos del Arte. Hacía que Amanda fuera a desnudarse detrás de una mampara y se salía del consultorio con el pretexto de fumar un cigarrillo, venía ella vestida con una bata larga hasta los tobillos a acostarse en la camilla, y mientras no estuviera ella ya acostada no volvía él a entrar para practicarle examen físico completo, paciente y meticuloso, dedo por dedo, uña por uña, cuello, abdomen, extremidades, buscando señales de alguna lesión en la piel, entiendo yo, luego repercusión con sus dedos de uñas muy bien manicuradas, unos dedos largos, como de pianista, y por último la auscultaba con el estetoscopio. Y, por supuesto, revisaba con lupa los exámenes de sangre ordenados al laboratorio del hospital San Juan de Dios. Lo primero, le dijo que la enfermedad estaba en una fase primaria, y que podía ser controlada; ya ve, una de las cosas que favoreció a Amanda fue que por la misma gravedad en que se hallaba el esposo sus relaciones maritales fueron bastante esporádicas. Caramba, tanto tiempo que ha pasado, y siempre da no sé qué de penilla referirse a esas cosas íntimas.

Pero todo lo que le ocurría a Amanda traía siempre su lado oscuro, qué tuerce el de esa chiquilla. Por un lado, lo del contagio venéreo aparecía benigno, pero por el otro, el doctor Moreno Cañas insistía en escucharle los latidos del corazón más de la cuenta, según notaba yo; le ponía el estetoscopio en una posición y en otra, en el pecho, en la espalda, y se quedaba escuchando un rato largo, era de esos médicos de antes que podían averiguarlo todo con el oído. Y debido a esa paciencia le descubrió a Amanda un soplo en el corazón, que él diagnosticó como lesión congénita en la válvula mitral. Y es lo que a fin de cuentas se la llevó a la tumba a los cuarenta años de edad, vaya poquedad lo que ella vivió.

Qué persona magnífica el doctor Moreno Cañas. Él mismo le ponía las inyecciones de Salvarsán, la mimaba y la consentía, la tranquilizaba. Le mandaba tónicos de hierro y fósforo, jabones medicinales para la lozanía de la piel. Un ángel del Señor. Y un hombre de conversación cultural, muy bien leído, y partidario de las ideas sociales modernas del catolicismo, los derechos de los trabajadores y esas cuestiones del Código del Trabajo y el

Seguro Social que estaban de moda en Costa Rica, y de las que monseñor Sanabria hablaba desde el púlpito en la catedral. Y su popularidad, pues igual atendía al rico que al obrero, sin cobrar un centavo a los pobres. Lo eligieron diputado, y en la Asamblea Legislativa decía discursos encendidos contra la United Fruit, contra la compañía de luz y fuerza. Los pulpos extranjeros que nos asfixian, decía en esos discursos que la gente se detenía a oír donde hubiera un aparato de radio encendido. Un nacionalista apasionado al que sus enemigos acusaban de demagogo, ya sabe usted cómo es la política de amarga. Y al año de tener en tratamiento a Amanda, para el tiempo que apareció la candidatura presidencial del doctor Calderón Guardia, otro médico también muy popular, mataron al doctor Moreno Cañas que ya se sonaba también como candidato del partido opuesto. Fue el 23 de agosto de 1936. Qué tremendo crimen, nadie podía creerlo.

Se dijo que los partidarios del doctor Calderón Guardia habían instigado al hechor para así quitar del camino a un rival peligroso, y se dijo también que el presidente don León Cortés, decidido a dejar al doctor Calderón Guardia como heredero, tenía que ver en la conspiración; y don León, quizás para quitarse aquella sombra de encima, fue a la Penitenciaría Central y en persona interrogó al asesino por varias horas. ¿No le parece una vagabundería, que todo un presidente haga un interrogatorio como si fuera un policía cualquiera?

La verdad es que lo mató un paciente, resentido porque ya iban varias operaciones inútiles que le había hecho para emparejarle el brazo derecho, que por un defecto de nacimiento era más corto que el izquierdo; y este paciente, un muchacho desequilibrado que según las averiguaciones de las autoridades le sacaba los ojos con una navaja a los gallos y a las gallinas por pura diversión, penetró silencioso una noche a la casa del doctor Moreno Cañas, pues la puerta se mantenía sin llave para que cualquiera enfermo que lo buscara entrara sin dificultad, lo halló sentado en la sala en espera de que la esposa lo llamara para cenar, y en presencia de sus dos niñas le pegó cuatro tiros, vea qué espanto, y de allí se fue a balacear al doctor Echandi Lahman, el médico ayudante de esas operaciones fracasadas, que venía saliendo apresurado de su casa para dirigirse a la casa del doctor Moreno Cañas, porque ya estaban dando por radio la noticia del asesinato, y allí mismo en el jardín de la entrada lo mató también, y después se fue por la calle matando al que se encontraba en el camino hasta que por fin los detectives que iban tras sus pasos lo capturaron.

Ya veo que está esperando lo que voy a decirle: pues sí, el doctor Moreno Cañas le mostró inclinaciones sentimentales a Amanda. Pero ella regresaba demolida, no le apetecían nuevos amores, me decía que necesitaba un tiempo de calma espiritual, porque era como si hubiera jineteado sin descanso en los últimos meses un toro bravo de esos que jugaban en los turnos de fin de año en la plaza González Víquez, y claro que yo la comprendía. Pero yo le decía que la pretensión de aquel caballero tan fino y considerado, y tan eminente, debía al menos alegrarla, porque eso significaba que si no tenía miedo al contagio, su enfermedad no era peligrosa. Aunque claro, era un hombre casado, un cuarentón apuesto, pero casado.

Años después me escribió Amanda desde México, ya viviendo en el apartamento de Edith Mora, y me decía: qué te parece que Edith se ha puesto en comunicación con el espíritu del doctor Moreno Cañas quien se haya dispuesto a atenderme en consulta y ponerme en tratamiento, anoche mismo empezamos, me acosté en la cama, me puse mi camisón, y después de las invocaciones de Edith sentí que el agua que ella había puesto en una palangana se agitaba, y es que el doctor estaba laván-

dose las manos antes de proceder a mi reconocimiento...,
y así por el estilo seguía. Yo iba a escribirle de inmediato,
creo que hasta redacté la carta diciéndole: cuidado, Edith
está mal de la chaveta, la locura se pasa; pero me contuve
de enviársela porque vaya y la carta caía en manos de
Edith, para qué enemistades.

El doctor Moreno Cañas es ahora como un santo
en Costa Rica. Le rezan oraciones que usted compra en
el mercado Borbón de San José, donde venden también
estampas con su foto, entre las del Padre Eterno, la Santísima Trinidad, la Virgen del Carmen con los pecadores
a sus plantas ardiendo en llamas, San Miguel con su espada de fuego, San Antonio con el Niño Dios en sus brazos, la monja Santa Rita de Casia, abogada de imposibles, San Martín de Porres el morenito de la escoba,
la Niña Marisa, el Padre Pío; le mantienen enflorada la
tumba, y cuando le piden una curación le dejan una palangana de agua y una toalla limpia para que se lave las
manos, así como hacía Edith.

He hablado con médicos de ahora y me aseguran que la lesión cardíaca de Amanda era una secuela de
la sífilis, lo mismo que los males del riñón y del bazo,
algo que en aquel tiempo el doctor Moreno Cañas no
podía saber, porque no había ese desarrollo de la ciencia. De modo que de ser ése el caso, la mató la sífilis de
todos modos. O, más bien, la mató el rapto aquel de Goicoechea porque la obligó a buscar un matrimonio de conveniencia para librarse de las habladurías, y fue a dar
con un infectado.

Si yo creyera en las sesiones espiritistas, tal como
creía Edith, me gustaría preguntarle al doctor Moreno
Cañas, ya que en el más allá debe estar enterado de los
avances de la ciencia, si de haber sabido entonces que el
soplo cardíaco de Amanda era causado por la misma sífilis, y que por tanto su vida sería corta, hubiera seguido
adelante en sus pretensiones con ella, hasta el punto de

divorciarse de su esposa y todo eso; pero tampoco tuve en vida tanta confianza con él como para venir ahora a plantearle semejante pregunta, y, además, es muy difícil que alguien le diga a una la verdad a ese respecto, aunque sea en espíritu, y aunque ese espíritu sea tan eminente como el del doctor Moreno Cañas; lo que pasa es que esas contestaciones se dan con la cabeza de ahora, y no con la de ayer, y puede alguien decir sí, cuando ayer hubiera dicho no, además de que siempre se quiere salir bien de estos trances, y lo mejor es responder: claro que sí, que me hubiera casado con ella. Cuando le aburran estas elucubraciones mías, deténgame.

Al poco tiempo de regresar de Chile consiguió trabajo en las oficinas de la compañía Taca, gracias a que hablaba el inglés correctamente, a su buena estampa y todo, y a que ya tenía experiencia en el teje y maneje de boletos aéreos, y pasó a ser algo así como la asistenta del gerente, un mister Collins, que Amanda decía en broma al referirse a él «mister Tom Collins». Estamos hablando ya de los comienzos de 1937.

Y, claro, una muchacha de veintiún años no cumplidos, por viuda que sea, quiere recuperar su vida, andar en las tertulias, salir con los amigos, aunque fuera de medio luto como se vestía ella, faldas grises o de florecillas negras, blusas blancas. Figúrese si hubiera hecho caso a la convención social de entonces que mandaba guardarle un año de luto riguroso a un marido, todo negro desde el vestido manga larga a las medias y zapatos, y lo mismo el sombrero y el velillo. Y eso de que llegaran a buscarla en grupo sus amistades a la casa de los Gallegos Echeverría vino causando problemas, eran unos parientes muy estrictos por chapados a la antigua, y peor si quienes la visitaban y llegaban a sacarla eran los cabecillas comunistas, aunque algunos fueran los mismos muchachos de sociedad metidos a revoltosos, y los artistas bohemios que olían de lejos a licor y tenían fama de morfinómanos aunque ésas eran algaradas, jamás vi a ninguno de ellos inyectarse morfina.

¿Cómo veíamos nosotras las chiquillas a los comunistas cuando aparecieron? Como animales raros. Cuando supimos que habían abierto la oficina del partido en el pasaje Rescia, que quedaba en la avenida 12, frente a la escuela Porfirio Brenes, las del grupo del Colegio de Señoritas fuimos a asomarnos, sería el año 1932, y dimos varios paseos frente a la puerta, que era una puerta cualquiera, así, encristalada, y detrás de una especie de baranda de madera estaba un señor de corbata escribiendo en una máquina, el saco colgado del espaldar de la silla, muy pulcro y elegante, pero muy feo, la quijada grande, con unos anteojos de carey, y de tanto que pasábamos al fin se levantó de la silla y vino a asomarse, y entonces todas las colegialas uniformadas huimos salvo Amanda que se quedó a esperarlo, y platicaron. Y ese hombre feo era Manuel Mora, nada menos que el jefe de los comunistas, organizador de las huelgas, y que años después, cuando vinieron las reformas sociales del presidente Calderón Guardia en 1943, salió en un desfile, de pie en un jeep descubierto junto con el propio Calderón Guardia y con monseñor Sanabria, para que se viera que esas reformas las respaldaban Dios y el diablo.

Por eso de sentirse incómoda, a los seis meses dejó Amanda la casa de sus parientes, y tomó una de esas decisiones que sorprendían a quienes la rodeábamos, pues resolvió irse a vivir con su madre, con la que ya sabemos que no se llevaba para nada, y peor, siempre casada con el Patrick Sanders aquel que se le había metido en la caseta del baño para masturbarse frente a ella. De modo que déjeme ver. La muerte de Patrick Sanders, cuando lo matan en el pleito por los durmientes de ferrocarril en Turrialba, entonces tiene que haber sido después. Esa casa donde se fue a vivir con la mamá quedaba del edificio de Correos cincuenta varas al norte, una casa de alto que había allí. Y allí se fue a vivir la abuela Emigdia también, que estaba cada vez más pobre. Ya habían nacido los dos hijos de Julia en ese segundo matrimonio, un varón y una chiquita, Bernard y Gretel, a la que Amanda quería con locura. Pero el hombre seguía siendo muy violento y muy difícil, otra vez volvieron los problemas, y yo le insistía que por qué pugnaba siempre por ir a meterse en enredos cuando sabía que en casa era bienvenida; pero ella se quedaba callada, y entonces yo le decía: ese silencio tuyo es tu respuesta, ya sé lo que está pasando por tu cabeza, que todo es debido a la fuerza del destino, y que nadie puede contra el destino. Pero no hay destino que valga, lo que pasa es que siempre te estás equivocando en los asuntos de tu vida, cuando ese hombre quiera abusar de vos otra vez, me vas a dar la razón. Pero entonces lo mataron por impetuoso, y ella pegó un luto con otro, el del marido y el del padrastro, porque ya le dije que cumplió con la formalidad, fuera él como hubiera sido.

Ahora viene el boicot de la Liga Antifascista contra el recital del declamador español González Marín en el teatro Raventós, un franquista que andaba en gira de propaganda por toda América, y que llegó a Costa Rica invitado por la Liga Falangista. Eso fue a mediados de 1937. Yo no pude asistir porque papá no me dejó, algo olió de raro en que quisiera ir a meterme a un acto cultural de quienes yo llamaba constantemente reaccionarios y enemigos del pueblo.

Había varios de los conspiradores metidos en el público, armados la mayoría de bolsas de huevos y naranjas podridas, y entre ellos estaba Amanda, sólo que su papel era subir hasta donde estaba la caja de los fusibles al lado de la caseta de proyección de las películas, ayudada por un empleado del teatro que era comunista, y desde allí esperar la señal, que consistía en un grito que iba a dar Joaquín Gutiérrez, el novelista del que ya hablamos;

el grito era «¡cállese, majadero!», con lo que se desataba la lluvia de huevos y naranjas sobre el escenario, y acto seguido Amanda bajaba la cuchilla de la caja de fusibles, y así es como ocurrió. Y cuando el teatro se quedó en la tiniebla, y se armó la tremolina, un piquete de comunistas y antifascistas que había en la calle con banderas de la República Española irrumpió en el teatro dando mueras al fascismo, para reforzar a los de adentro, y llegaron entonces los del resguardo, alumbrándose con focos de mano, y hubo golpeados y presos. Todo salió en el periódico *La Hora,* y papá, alarmado y enojado, me regañaba como si yo hubiera estado allí. En la crónica mencionaban a Amanda como responsable de haber apagado las luces, y entonces mister Collins, presionado por la Cámara Española de Comercio, la destituyó de su puesto en Taca. Y el escándalo que corrió por San José, del que papá se hacía eco, una viuda comprometida en semejantes alborotos subversivos.

De esas trifulcas nació el noviazgo y consiguiente casamiento de Amanda con Horacio Zamora Moss, que era del Partido Comunista, una nueva cruz para ella ese matrimonio por todo lo que luego vamos a ver. Pero antes apareció en su vida Nicanor Zavaleta, un músico peruano famoso que tocaba el arpa como un querube, al que conoció en el viaje de regreso de Chile. Cuando el vapor donde ella venía de Valparaíso tocó El Callao se subió Zavaleta, contratado para una gira de conciertos que empezaba en Panamá y seguía por Costa Rica y México. No sé qué pasó entre ellos en el barco, pero Amanda me ponía a Zavaleta por las nubes, y cuando llegó por avión desde Panamá fuimos a esperarlo a La Sabana en una gran comitiva que ella organizó, con ramos de flores y todo. Él venía enamorado de Amanda, por supuesto, ya sabemos que todos los que la veían se enamoraban de ella, y al empezar su concierto de arpa en el Teatro Nacional se lo dedicó, y entonces ya vinieron los comentarios sediciosos. Se quedó Zavaleta tres meses en San José, para ver si lograba conquistarla y casarse con ella pero nada pudo, lo único que logró fue perder sus contratos en México.

¿Por qué no hizo caso Amanda de la propuesta matrimonial de Zavaleta, que era inmejorable? Primero, Zavaleta le ponía como atractivo que siempre andarían de país en país, pero ella más bien le tenía miedo a viajar de manera constante como sucede en la vida de los artistas. ¿Cómo me voy a pasar la vida abriendo y cerrando maletas y cambiando de hoteles?, ¿y a qué horas entonces voy a tener un hijo?, me decía, ¿a qué horas voy a escribir mis libros? Y, segundo, como él era una luminaria en el arte, ella no quería ser un segundo violín de nadie. Eso que quede claro. Quería ser Amanda Solano, no la esposa de Nicanor Zavaleta. El resultado es que no se casó con él, y yo creo que cometió un grave error, pero bueno, Amanda era una mujer que tenía un gran ego, vea que también nos daban conferencias sobre los descubrimientos del doctor Freud en las clases del Círculo de Amigos del Arte, el ego y esos bretes de la personalidad.

Entonces apareció Horacio Zamora Moss, que era hijo de un señor exiliado nicaragüense, don Justo Pastor Zamora, siempre hemos vivido llenos de exiliados nicaragüenses en Costa Rica. Había aparecido en la vida de ella desde los tiempos del Colegio de Señoritas, un muchacho de lentes, flaco y moreno, que estudiaba en el Colegio Metodista, muy aplicado, de cuadro de honor, y creo que entonces fueron noviecillos de cartas van cartas vienen; pero cuando ella regresó viuda de Chile se volvió a retomar aquel hilo, todo como resultado de las cuestiones políticas en las que Amanda se metía con entusiasmo, pues Horacio Zamora Moss andaba en esa bolina de comunistas y antifascistas alborotadores, y fue de los cabecillas del apagón del teatro Raventós. Y cuando la despidieron de Taca le mandó una gran canasta de rosas que debe haberle costado un ojo de la cara, y un día de tantos aparecieron convertidos en novios formales.

Me parece que habían vuelto a encontrarse en una de esas reuniones comunistas que había en la casa de Emilia Prieto, una militante de las más revoltosas, que después se casó con Paco Amighetti, no sé por qué, porque Paco lo que menos tenía era de comunista, un artista pacífico subido a su torre de marfil, aficionado al coñac Martell tres estrellas y que hablaba suave, con la parsimonia de un cura misionero. Ella cantaba en los actos políticos con su guitarra las canciones de los republicanos españoles en guerra contra los soldados de Franco, si me quieres escribir ya sabes mi paradero y otros himnos, y todo el mundo en esa casa tirado al suelo pintando cartelones y mantas a favor de la República, y había también un mimeógrafo imprimiendo volantes, y a pesar de que Paco no era comunista ni nada parecido, como le digo, era él quien dibujaba con un punzón en los esténciles la hoz y el martillo, por puro amor a Emilia, pero sin que le faltara su copa de coñac al lado. Y Emilia, que además era celosísima, una vez le quemó todas las pinturas a Paco cuando se dio cuenta de que la estaba cambiando por Flora Luján, mujer bellísima, prima hermana de Maruja Castro Luján, que también andaba en ese bullicio y un día se suicidó.

Horacio Zamora Moss, pues, era un muchacho muy ambicioso, con ganas de figurar, y metido en el Partido Comunista no quería ser allí cualquier cosa. Siempre estaba con su corbata de pajarita, muy limpio y planchado el traje aunque sólo tuviera dos, al lado de Manuel Mora, que ya sabemos que era el jefe máximo de todos los comunistas, y el gran dolor de cabeza del presidente don Ricardo Jiménez en las huelgas bananeras del Atlántico en 1934, cuando estudiábamos nosotras en el Colegio de Señoritas, y los trabajadores se armaron en milicias y pusieron su cuartel en el campamento de Veintiséis Millas, y hubo combates con las tropas del gobierno, incendio de las bodegas y de las plantaciones, y hasta muertos. Los periódicos, que estaban todos contra los huelguistas, le echaban la culpa a los nicas, calificados siempre de revoltosos, y es que había miles de nicas empleados en las bananeras.

Por fin triunfaron en sus demandas los comunistas, derrotaron a mister Chittenden, que era el gerente de la bananera, y don Ricardo tuvo que ceder. Y Amanda le preguntaba a papá: ¿cómo es posible que don Ricardo pueda ser justo con los trabajadores si fue por años el abogado de la United Fruit Company? Él, muy malhumorado, le respondía que ésos no eran asuntos de una niña de colegio, y la mandaba callar. Porque papá adoraba a don Ricardo, era su dios; y cuando Amanda se había ido, me decía: esta chiquita debería respetar a don Ricardo, por lo menos por ser su familiar. Porque venían del mismo tronco de Cartago, los Solano y los Jiménez, como ya le dije.

Y ahora los comunistas andaban todo el día en la calle en manifestaciones, que si los derechos de los trabajadores, que si el salario mínimo, que si el país de los sóviets, que si la Tercera Internacional, cosas que nunca se habían visto en Costa Rica, y después viene la guerra civil de España, los franquistas contra los republicanos, la Liga Antifascista que la controlaban los mismos comunistas de Manuel Mora, y Amanda allí, y Horacio Zamora Moss allí, por eso soy del parecer de que la casó la política.

En el caso de Calvo Ward la casó la necesidad, aunque ella buscaba adornar el noviazgo con otros colores delante de sus amistades: es que Jorge es un sueño de hombre, tan sensible, vieran lo que sabe de literatura, le encanta lo que escribo, quiere que me publiquen mis libros en Chile. ¿Cuáles libros, si hasta entonces no había escrito más que articulillos en el *Repertorio Americano* de

don Joaquín García Monge? Pero ahora, con Zamora
Moss, Amanda estaba inventando al héroe político, hecho en su cabeza a la medida de sus deseos y de su imaginación, de su calentura ideológica, diría yo, porque se
había vuelto muy radical. Bueno, todas nosotras éramos
republicanas españolas igual que Amanda, igual que toda
la gente joven de esa época, no importa que fuéramos de
sociedad. Primero lo de la República Española y después
Hitler y Mussolini, que ya comenzó la guerra en julio de
1938. Las de ese mismo grupo que recibimos conferencias sobre el materialismo histórico con el libanés de
Guayaquil que le dije, que ya me acordé, era de apellido
Adoum, le pusimos telegramas a Chamberlain reclamán-
dole su flojera con Hitler, fue divertidísimo. Nos movíamos en esos ambientes peligrosos. Dios guarde y papá
supiera que yo andaba en una manifestación del brazo
con Manuel Mora, que era Satanás en persona, y ahora
vea a Manuel, que en paz descanse: proclamado Benemérito de la Patria por la Asamblea Legislativa, sólo le
falta salir en los billetes. Qué hombre más feo era Manuel Mora, de todos modos.

No puedo decir si Amanda llegó a tener carné del
Partido Comunista, pero sí sé que acompañaba a su novio oficial en las tareas prosaicas que le dejaban, por
ejemplo barrer el piso y colocar las sillas para las reuniones del partido, algo a lo que yo jamás hubiera llegado
por amor a ningún hombre, pero ella me decía que hasta
el propio Manuel Mora, a pesar de ser el jefe del partido,
hacía esa clase de tareas porque en el comunismo todos
eran iguales, como en los conventos donde los priores se
humillaban en los trabajos más bajos. Nunca vi a Manuel Mora con la escoba en la mano, debo ser sincera.

El 3 de julio de 1937 se casó Amanda con su
príncipe comunista, que era ya un príncipe destronado,
porque acababa de perder una elección donde le disputó
el puesto de secretario general del Partido Comunista

a Manuel Mora, vea qué atrevimiento. Por causa de esa derrota se hizo luego partidario de las ideas cristianas de la Iglesia, y dejó el marxismo. Para entonces ella se había peleado otra vez con la mamá, ya muerto el bendito Patrick Sanders, y yo me la traje a casa. De casa salió para su segunda boda, como había salido para la primera, sólo que esta vez no fue papá el padrino, sino don Joaquín García Monge, que era una especie de tutor espiritual de ella, creo que ya se lo dije. La víspera de la boda, acostadas las dos lado a lado en la misma cama, y despiertas pasada la medianoche, perdidas en pláticas, hasta el último momento le insistí: no te cases con ese hombre, te vas a arrepentir. Pero sabiendo que era inútil, pues cuando ella decía el verde es rojo, no había manera.

Yo estaba convencida de que iban de cabeza al desastre porque, en primer lugar, los dos eran de condiciones sociales muy diferentes, aunque igualados por la pobreza. No sé si me entiende. Es que Amanda venía de una buena familia, por muchas que fueran las escaseces de su vida, y en el caso de Horacio, ¿qué pata había puesto ese huevo? Usted me podrá argumentar que de qué valían esas diferencias si ninguno tenía en qué caerse muerto. Está bien, lo admito. Ella desempleada, y él un muchacho sin segunda camisa que ponerse, aunque coleccionara corbatas de pajarita, que había abandonado los estudios de abogacía para irse a trabajar de peón a las bananeras de Golfito en el Pacífico, de donde vino enfermo de malaria. Eso lo contaba él con orgullo, poniéndolo como si hubiera sido una experiencia que fue a buscar voluntariamente, de vivir en las condiciones que vivían los peones; pero a nadie se le ocultaba que lo había empujado la necesidad.

De modo que no podía poner casa propia, y se fueron a vivir arrimados al papá, don Justo Pastor, en las cercanías del paseo Colón, donde tampoco iban a encontrar ningún oasis. El señor ejercía como abogado, pero desde hacía años pasaba grandes dificultades, y para empezar, la casa estaba hipotecada. Aparentemente había gastado lo que tenía en ayudar a los exiliados de Nicaragua con préstamos y en darles de comer. Eso, al menos, es lo que me contaba Amanda; pero yo sospecho que debió haber alguna otra mujer de por medio, los nicas son enamoradizos, no me diga que no, y usted sabe la ruina que es mantener dos hogares con un mismo ingreso.

Amanda consiguió un puestecito en Tributación Directa, y no sé si Horacio había vuelto para entonces a los estudios de Derecho, o qué hacía él. Pero todo vino a ponerse peor cuando expulsaron al papá del país; capturaron a don Justo Pastor unos señores del cuerpo de detectives una mañana al salir de la casa para su oficina de abogado, lo llevaron al aeropuerto de La Sabana, y lo montaron en un avión de la Taca que salía rumbo a San Salvador. Era presidente don León Cortés, el que interrogó personalmente al asesino del doctor Moreno Cañas, y que tiene esa estatua de cuerpo entero allí mismo en La Sabana. ¿Conoce el puente de los Negritos, en el barrio Escalante, por donde pasaba encima el ferrocarril del Atlántico? Pues se llama así porque don León Cortés dio un decreto ordenando que las personas de raza negra que venían de Puerto Limón hasta allí podían llegar, tenían prohibido entrar en la capital.

La expulsión fue porque don Justo Pastor hizo una campaña furibunda contra la visita a Costa Rica del general Anastasio Somoza García, presidente de Nicaragua, que venía invitado oficial de don León Cortés, y entonces el gobierno lo declaró extranjero indeseable. Según me parece, en esa expulsión influyó que hacía años este señor se había prestado a ser padrino de otro nicaragüense, Salomón de la Selva, usted lo conoce bien, poeta y periodista, en un duelo a muerte con pistolas al que lo retó don León Cortés, después de una polémica muy fuerte, no sé por qué asunto, que tuvieron en las páginas de *El Diario de Costa Rica;* Salomón de la Selva escribió que un León Cortés no podía ser más que un león de circo, y eso puso furioso a don León, que entonces era diputado. No hubo duelo ni nada, los duelos estaban prohibidos en Costa Rica, pero eso de que don Justo Pastor apareciera como padrino por parte de Salomón de la Selva don León Cortés no lo olvidó en su época de presidente, y al mismo tiempo que quedaba bien con el general Somoza, se vengó.

Entonces, como nadie le hacía frente a la deuda que pesaba sobre la casa, procedieron los abogados del Banco Nacional a la ejecución de la hipoteca, y tuvieron que salir los Zamora desahuciados, Amanda entre ellos. La mamá, doña Josefa, fue a juntarse con su marido a México, donde ya estaba viviendo exiliado, los otros hermanos cogieron su camino, y Horacio y Amanda alquilaron una casita en el barrio Aranjuez, de unas que construía un italiano, Marco Polo Margaritondo, un barítono que se quedó perdido en Costa Rica cuando se deshizo la compañía Candini en la que cantaba, y se dedicó a construir esas casitas en serie. Cómo pasó del bel canto a constructor, no sé, pero era bastante amanerado, de los que ahora llaman gays. Casas parecidas a jaulitas de canario, o de periquitos de la suerte, con rejas de arabesco en los ventanales y una torrecilla que remataba el techo de latón.

Eso del desbarajuste de la hipoteca pasó en el año 1939, ya cuando me había casado. Me casé con Braulio el 15 de septiembre de 1938, dígame usted, el día de la independencia nacional, cuando yo perdía la mía. Dios guarde que él me hubiera escuchado esta expresión, no entendía de bromas grandes ni chiquitas. Al convertirme en señora de mi hogar tuve que dejar mi puesto de jefa de las sucursales del Banco Nacional, en el que me habían nombrado en reposición de don Julio Peña tras su fallecimiento de un infarto al miocardio, elegantísima con mi aparato de radio en la oficina, porque todo se manejaba por radio con las sucursales.

No fui muy visitante de esa casita de los periquitos de la suerte del barrio Aranjuez. Primero, creo que Braulio mi marido y Horacio no se gustaban, o por lo menos tenían muy poco en común, empezando por sus ideas contrapuestas, y eso ya pone una dificultad, porque una ya no es soltera, ya no puede andar en visitas por su propia cuenta. Además, en esa casa no se podía dar ni vuelta, todo era minúsculo, y Horacio lo acaparaba todo. En la mesa del comedor había instalado su máquina de escribir, y alrededor de la máquina de escribir todo estaba ocupado por libros empastados, códigos, tratados de derecho. No sé dónde comían. Era el tiempo en que él estaba dedicado a preparar las leyes sociales del doctor Calderón Guardia, que había subido a la presidencia después de don León Cortés, y venía dispuesto a favorecer a los trabajadores con el seguro social y las leyes del trabajo, gozando del apoyo de monseñor Sanabria, que era ya arzobispo de San José, y también del apoyo de Manuel Mora, ya se lo expliqué. Horacio no era abogado ni nada, un simple estudiante de Derecho, pero el doctor Calderón Guardia le había dado esa responsabilidad de hacer los proyectos de ley, y cuando una aparecía en esa casa él ni siquiera levantaba la vista, dedicado a su quehacer sin fin.

Era un tirano insensible al hecho de que tenía a su lado a una mujer que quería ser escritora y no había en la casa un pedacito libre para ella; y en lugar de hacer sus reuniones en la oficina, las hacía en la casa, y Amanda de criada preparando café y sándwiches. No comía pan de panadería, entonces ella tenía que amasar el pan de los sándwiches. Sus camisas debían ser planchadas con los cuellos tiesos, los puños tiesos, y no admitía que nadie que no fuera ella le planchara las camisas. Entonces allá te va Amanda a colar café, a amasar pan, a planchar camisas, cosas que debió aprender por causa de aquella tiranía, aunque ya le dije que tenía esa virtud de hacer las cosas bien, todo perfecto. Si se trataba de ser la mejor planchadora, era la mejor planchadora, aunque yo la veía y me decía: ¿qué es este absurdo? Amanda salió preparada del colegio para otra clase de trabajo, no para hacer oficios domésticos. Y la escritora, ¿dónde está la escritora? ¿Dónde quedó?

El hombre era temático. Tenía un cepillo de dientes para cada día, porque no le gustaba que los cepillos de dientes se le pusieran viejos, y los iba rotando. Y cepillos para los zapatos, cepillos para la ropa, cepillos para el pelo. Dios libre tocarle aquellos cepillos en el orden en que los mantenía, pobre del que lo hiciera, es decir, pobre de Amanda. ¿Y cuál era el colmo? Que se dirigía a Amanda para los asuntos de la casa por medio de memorándums que escribía en su máquina, y yo le decía a ella: ¡Virgen de los Ángeles!, no pretenderá que también le respondás por memorándum.

Después se pasaron a vivir a San Juan de Tibás a una casa un poco más grande, ya él con un puesto oficial en el gobierno del doctor Calderón Guardia, pero era un puesto mal pagado, el doctor proclamaba que servir al país no era para enriquecerse y había mandado a bajar los sueldos. Y sucede entonces que Amanda sale embarazada, ya estamos a finales de 1940, y viene esa dicha para ella en medio de todo, una dicha que, cuándo no, se le iba a volver tormento. Y parece que el cielo se le abre, porque también logra terminar su primer libro, una novela que si no me equivoco se llamaba *Casta sombría,* y que como casi todo lo de ella se perdió; tantos son los títulos de libros desaparecidos de Amanda que ahora se mencionan, que a veces me entran dudas de si en realidad los escribió, o sólo pensó que iba a escribirlos, o era el mismo libro con diferentes títulos, vaya una a saber. La cosa es que en ese tiempo ella escribe ese libro, *Casta sombría,* que trataba de sus recuerdos de infancia mezcla-

dos con historias de las familias costarricenses tradiciona-
les y arruinadas, y ponía también de por medio sus propias desgracias sentimentales. Es lo que recuerdo de los
capítulos que me dio a leer. Y entonces, el marido decide
que él va a presentarla a la crítica internacional por medio de un prólogo. ¿Quién era Horacio para presentar a
Amanda a la crítica internacional?

Pasó otro detalle. Nora Esquivel Yglesias, prima
de mi esposo, montó *El cascanueces* en el Teatro Nacional, y Amanda diseñó el vestuario y cosió todos los trajes,
de los niños, de los muñecos, de los arlequines, de los
comparsas, un trabajo que le costó desvelos. Entonces recibió invitación de honor para el estreno, y el sobre decía: «Señora Amanda Solano». Y entonces Horacio dijo:
usted no va. Usted no es Amanda Solano, usted es
Amanda de Zamora. Por supuesto, de ahí resultó un
pleito serio, porque Amanda de todos modos se fue a la
función. Es que si la buscaban en ese terreno, ella tenía
una personalidad fuerte, y la de él, ya no se diga. Tenían
que chocar.

¿A qué horas escribía Amanda su literatura con
aquel sultán mandando dentro de la casa? ¿Y dónde? Tengo entendido que Pepe Marín Cañas le daba en las tardes
un rinconcito en *El Diario de Costa Rica,* o se iba a la casa
de don Joaquín García Monge para usar su biblioteca en
las horas que a él le tocaban sus clases de literatura en el
Liceo de Costa Rica. O escribiría a medianoche, qué sé
yo. Escribía también artículos en los periódicos, atacaba
el arte mediocre, a los costumbristas, se burlaba de la literatura donde los personajes eran los conchos campesinos,
y muchos se sentían ofendidos. La atacaban, hablaban
mal de ella, pero no podían ignorarla.

Escribió una segunda novela, *Por tierra firme.* Me
la dio a leer también, al menos algunos capítulos, y no
encuentro en mi memoria más que escasas diferencias
con lo que escribió en *Casta sombría.* Es lo que pienso.

Su novela siempre era una misma, le daba vueltas a un solo tema que era su propia vida, sus antepasados, la Costa Rica de siempre que no se movía. La editorial Farrar abrió un concurso hispanoamericano, y había un jurado en Costa Rica para escoger la mejor novela que iría a competir a Nueva York. *Por tierra firme* ganó el primer lugar. Pero como era un primer lugar compartido con otros dos escritores, Fabián Dobles y Pepe Marín Cañas, que era su amigo, que la promovió para reina de belleza en *El Diario de Costa Rica* y le daba un rinconcito para que pudiera escribir, Amanda la mandó a retirar prohibiendo que se enviara al concurso. Ya le dije, ella era primer violín, o nada. ¿Dónde está esa novela? Perdida también, no se sabe dónde quedó.

Su hijo Claudio nació en la clínica Bíblica en septiembre de 1941. Y el día que tocaba la salida ya se pasaba de la hora y no se había pagado la cuenta sin que Horacio apareciera, hasta que llegó muy contento diciendo que venía de cobrar un cachito del segundo premio de la Lotería del Asilo Chapuí que había comprado el sábado anterior de regreso de la oficina de un usurero en el Mercado Central, que no le había querido prestar nada por falta de alguna prenda de garantía. Y se puso a hacer unos cálculos, el número premiado era el 2652, y como Amanda y él tenían la misma edad de veintiséis años, multiplicado por dos daba cincuenta y dos; yo hice las cuentas al aire y me percaté de que aquello era una mentira, Amanda tenía veinticinco años, así que la multiplicación no daba, y tampoco nadie podía comprobar si el cuento de la lotería era cierto, pero qué más da. Pagó, y santas paces.

Esa relación era ya un fracaso y el nacimiento de Claudio no pudo enderezarla en nada. Dos años después el pleito entre ellos seguía candente, y mi consejo fue que hiciera una separación temporal, para que se vieran las caras de lejos, y pensaran con calma si se convenían. Me dijo que tenía razón, que era lo mejor. Y vea con lo que sale. Se va a México, a vivir un tiempo con sus suegros, llevándose al niño, no sé por qué razón este señor Zamora se había quedado en el exilio si ya no existía persecución en su contra. ¿Cómo vas a encontrar paz mental si no salís de esa misma familia?, le dije. Pero su argumento fue que los abuelos no conocían al nieto, como si eso fuera lo que estuviera en juego.

Y se fue. Pero antes de irse le hizo un retrato precioso Margarita Bertheau, una pintora muy amiga nuestra. Véalo aquí en esta revista del Ministerio de Cultura donde lo han reproducido, ahora lo tienen en el Museo de La Sabana. Esos ojos entrecerrados, la boca en una mueca como de dolor, son prueba del tormento que lleva por dentro, aunque los colores sean unos colores alegres, despejados. Y fíjese que aunque la cortina que aparece recogida al lado tiene unas figuras rojas sobre fondo claro, con unos trazos de azul, que dan una idea de luz, como que es de mañana, en la ventana al fondo hay una oscuridad detrás de los vidrios, como que es de noche. Ésa era su vida, de la luz a la oscuridad. Y hay una sombra que Margarita le puso, que pasa por su mejilla y llega al cuello.

¿Cuál es la Amanda verdadera? Usted la ve en las fotos y en los cuadros que le hicieron, y para mí hay cada vez una Amanda distinta, que ni yo misma puedo unirlas en mi mente. Serán chifladuras mías, pero cuando las tengo frente a mis ojos, imagino que todas ellas son hermanas parecidas en lo físico, en los gestos, pero no son la misma. Todas las mujeres de esas fotos y retratos son Amanda, y no lo son. Y como en mi memoria Amanda se va borrando, y ya no puedo hacerme una idea de un solo rostro suyo si no es con ayuda de esas instantáneas, o fotos de estudio, o cuadros para los que posó, insisto en reunir a todas esas Amandas en una sola, y entonces es cuando, otra vez, se me dispersa.

Cuando Margarita Bertheau le hizo ese óleo en 1943, salió alguien diciendo en un periódico que Amanda Solano se había convertido en la Elizabeth Siddal costarricense, aquella inglesa que fue modelo de varios pintores en el siglo diecinueve, y por causa de que uno de ellos la mantuvo acostada en el agua en pleno invierno para pintarla como si fuera Ofelia ahogada entre los lirios, la muchacha agarró pulmonía y después tuberculosis, hasta que se murió. Como también era poetisa y artista, entonces vino eso de la Elizabeth Siddal nacional, porque a Amanda la retrataron todos los artistas, no sólo Margarita Bertheau. Hay una lista, Manuel de la Cruz, Quico Quirós, Paco Amighetti, y era la musa de todos ellos. Ella escribió entonces un artículo en *El Diario de Costa Rica* donde decía que el «fulano nacional» no era más que un asunto de mediocridad, como si los grandes artistas sólo pudieran tener en estas tierras hijos bastardos, que eso era lo mismo que decir de Costa Rica «la Suiza centroamericana» porque siempre estábamos imitando y nos estábamos comparando; que ella era Amanda Solano, y punto. A lo mejor el que lo dijo lo hizo con buena intención, pero ella no perdonaba nada, no perdonaba a nadie, y por eso no caía bien.

Las noticias que me mandaba por carta desde México como que eran buenas. Estaba revisando su primera novela, *Casta sombría,* y había una editorial llamada Leyenda que iba a publicársela con un prólogo de don Alfonso Reyes, porque había llevado cartas de presentación de don Joaquín García Monge para toda aquella gente de allá, don Alfonso, el poeta Carlos Pellicer, el pintor Diego Rivera, y también estaba allá Salomón de la Selva, el que le dije que iba a batirse en duelo con don León Cortés, y que tenía amistad con ella.

Volvió en 1945, sin novela publicada ni nada, sólo a divorciarse. ¿Sabe lo que era ser una mujer divorciada en Costa Rica? Si a las viudas las asediaban los hombres, a las divorciadas peor, y además, las insultaban, sobre todo las mismas mujeres. Amanda se bajaba del tranvía, y si alguien la reconocía, allá te va de chifletas y ofensas, gente desconocida que no tenía nada que ver con ella, mecanógrafas, empleadas de mercerías y de mostradores de farmacia. Y la disputa por la patria potestad de Claudio en los juzgados, un espectáculo, con crónicas en los periódicos y gente que escribía artículos opinando. Horacio apoyado por los mejores abogados, y ella, que para algunas cosas era una fiera en celo, y para otras una mansa gata angora, aparecía mal asesorada y pasiva delante del juez, tanto que todo hacía creer que iba a perder el pleito. Pero sorpresivamente le concedieron la custodia del niño, y él se trasladó a vivir a Guatemala.

Se va Horacio porque el presidente Calderón Guardia ha terminado su período, toma la presidencia don Teodoro Picado, sobrino de aquel científico de las serpientes que compartía la mansión con la abuela de Amanda, Clorito Picado, y entonces lo contrata en Guatemala el gobierno del profesor Juan José Arévalo. Allá ha habido una revolución, han derrocado al dictador Ubico, y Arévalo quiere un seguro social y unas leyes del trabajo como en Costa Rica.

Y entonces, cuando viene la Navidad de ese mismo año, le propone a Amanda en una carta que le lleve al niño a Guatemala para que pasen la Nochebuena todos juntos, y manda los pasajes por avión y todo. Y ella, la muy burra, acepta. Sucede a finales de noviembre. Estaba recién operada de un riñón, no sé qué cosa le habían hecho en el riñón, pero se hallaba baldada en una cama de la sala general de mujeres del hospital San Juan de Dios, y la herida drenaba por un tubo de goma un líquido que iba a dar a un recipiente enlozado al pie de la cama. Un verdadero cadáver. Se quejaba de ver doble, porque empezaba a padecer de desenfoques visuales, y de unos dolores de cabeza horribles, de terrores nocturnos.

Y allí sentada al lado de su cama en el hospital, le dije: vos le llevás ese niño a Horacio, y no sale más de Guatemala. Me dejo de llamar Gloria si no te lo quita. ¿Cómo se te ocurre?, me respondió, con una sonrisa débil. Bueno, Amanda, así va a ser, le dije yo. Qué ideas las tuyas, ¿qué va a hacer Horacio con Claudio? Él es un hombre que trabaja día y noche, ya sabés cómo es de maniático en eso de redactar códigos y leyes, no se va a convertir en niñera. Amanda, oíme por una vez en tu vida, estás corriendo un riesgo tremendo. Con el carácter de Horacio, que vos conocés mejor que yo, el niño no sale de Guatemala. Y ella se quedó callada. No me digás que estás pensando en una reconciliación, le dije. Y siguió callada. Pero si ese hombre ya se divorció de vos, todo es un plan bien premeditado para quitarte al niño. Y más silencio. Ay, los silencios de Amanda, qué pésimas señales de desgracias traían siempre.

Cogieron el avión el mismo 24 de diciembre en la mañana, los recibió él en el salón de protocolo del aeropuerto La Aurora, tuvieron la cena de Nochebuena en el hotel donde se hospedaba, fue a enseñarles al día siguiente la casa donde iban a vivir, un chalet que todavía estaban pintando, el chalet Floresta, cercano al hipódromo, y ella, tan ilusionada, me escribía que era un primor de lugar, y que Horacio le había dado carta blanca para comprar los muebles en los almacenes y decorarlo, que ella había escogido muebles coloniales hechos en Totonicapán, y yo, en mis cartas, implacable: ¿no te das cuenta que de esposa has pasado a ser amante, mientras ese desalmado cierra la trampa sobre tu cabeza? Pero ella en sus trece que no, Horacio había cambiado un mundo, si lo viera, era otro, pasaban los fines de semana viajando por Antigua, por Panajachel, por Chichicastenango, iban a fiestas y recepciones, a veces dos o tres en una sola noche, él disponía de automóvil oficial, tenía chofer, por donde quiera se le abrían al hombre las puertas, la primera la del despacho presidencial en el Palacio Nacional, y ella tenía ya grandes amigos escritores, por ejemplo el director de *El Imparcial,* David Vela, el poeta Antonio Morales Nadler, Mario Monteforte Toledo, que era escritor y presidente del Congreso Nacional, asistía a reuniones de artistas, a las exposiciones, feliz andaba ella.

Entonces, de pronto, se cumplió mi pronóstico, y el lobo feroz volvió a sacar las uñas. Fue terrible, era terrible leer sus cartas que ahora venían llenas de aflicción. Jodiéndola todo el tiempo, perdone la palabra, decidido a hacerle la vida imposible. Amanda era de un talento maravilloso, pero no sabía manejar su vida. Tenía ese problema, las decisiones sentimentales que tomaba no eran las correctas. Se debió haber casado con Nicanor Zavaleta. Él sí que la entendía y la respetaba, y le decía: pero Amanda, vas a conocer a la mejor gente del mundo, las grandes capitales... ¿Qué más quería?

Y entonces dejó a Horacio y se fue a vivir aparte con el niño, a una pensión que se llamaba Asturias, y consiguió un trabajo en Aviateca. Hasta allí todo bien. Pero un domingo se presentó él a prestar a Claudio para llevarlo a pasear al parque La Aurora, donde iban siempre porque había caballitos pony, y pasadas ya las ocho, no aparecían. Tardísimo. Amanda, desesperada, se fue al chalet Floresta a golpear la puerta pero todo estaba oscuro, de modo que pasó la noche en vela, y al día siguiente, para agravar las cosas, se presentan las autoridades de migración a notificarla que como su permiso de residencia se hallaba vencido era necesario que saliera del país para solicitar desde afuera la renovación. Una manera de expulsarla. Buscó a sus amigos que tenían conexiones y nadie pudo valerla, ni siquiera Monteforte Toledo, que era un figurín de la política, lo único que hizo fue darle auxilio económico para que pudiera salir del país. Horacio era íntimo de los que mandaban cerca del profesor Arévalo, y así no tuvo ella más remedio que obedecer, y se fue por tierra a la frontera con México, escoltada, a coger el tren en Tapachula, dejando atrás a su hijo que era su adoración.

¿Servía Amanda para ser madre, con toda aquella ingenuidad y aquella inconstancia, aquella insatisfacción con ella misma? Además, se enamoraba mucho, para ella los hombres eran una necesidad, y cuando no hallaba uno de la medida de sus sueños, lo inventaba, ya le dije, ésa era su gran desgracia. No voy a hacerle una lista, pero allí en Guatemala se enamoró, para empezar, del tal Monteforte Toledo, al que se halló en una recepción de la embajada de Italia, según me contó en una carta, un hombre elegante que hacía equitación todas las mañanas, un deporte de aristócratas siendo él izquierdista, y también se enamoró de Morales Nadler, al que le dedicó un artículo en *El Imparcial* diciendo que era un poeta apolíneo, de música pura y blanca. No sé si sería tal, nunca leí sus poesías. La dejaban, sufría un mundo, y de nuevo estaba ya puesta en otro romance.

No, no servía como madre. Un hijo la hacía sentirse con las alas recortadas, porque la ambición constante de su vida era volar y necesitaba cielo abierto, pero eso no significa que no idolatrara al chiquito, y que no estuviera dispuesta a pelear por él como una verdadera leona, que fue lo que hizo esa vez. Un día recibo carta de ella desde México y leo: ya estoy aquí con Claudio, me lo traje. ¿Cómo, Horacio se lo había concedido voluntariamente? Nada de eso, empeñó en el Monte de Piedad unas joyas recibidas de la abuela Emigdia, arregló la visa, compró pasaje, se montó en el avión, cogió un taxi en el aeropuerto La Aurora y se fue directo al colegio de los hermanos maristas donde Claudio estaba en el Kindergarten, le dijo al chofer del taxi que la esperara, aprovechó la hora del recreo, lo sacó sin que nadie notara, y de inmediato de vuelta al aeropuerto para tomar el vuelo de regreso a México. No sé cómo hizo, fingió que el niño estaba enfermo con fiebre, lo envolvió en una cobija, y así lo metió al avión, no sé bien. Una humillación para Horacio, claro está. Y el hombre preparó el contragolpe, valiéndose de todo su poder.

Le prestaron un avión de la Fuerza Aérea de Guatemala y apareció en México, ya con todos los datos del sitio donde vivía Amanda, porque había contratado una agencia de detectives, o la misma embajada de Guatemala había logrado la información. Era por el rumbo de la carretera a Toluca, una casita de campo que le había facilitado la poetisa Pita Amor por gestión de otros poetas, entiendo yo. Horacio encontró a Claudio jugando afuera con otros güilillas, mientras Amanda cocinaba el almuerzo, y el niño, claro, no se asustó de ver al papá ni lo rechazó, como tampoco había rechazado a Amanda al verla en el patio del colegio, se fue con él por su gusto, y así ya esa noche estaba durmiendo en Guatemala en su cuarto del chalet El Encanto. ¿Floresta? Bueno, del chalet Floresta. Y ahora sí Amanda no tenía más que quedarse con el aguijón clavado. Otro secuestro como el primero era ya imposible, el hombre tenía bien vigilado al niño en el colegio, y había amenazado a los curas con una demanda judicial si la dejaban acercarse. Además, ¿con qué? Sin medio centavo, viviendo en casa ajena, enferma.

Volvió entonces a Costa Rica, entre varias amigas la ayudamos con el pasaje. Pero aquí en el ambiente de la capital seguía esa necedad, ese disgusto embozado contra lo que ella quería ser en la vida. Una envidia total. Amigas, claro que siempre tenía varias, muy sinceras, que la queríamos de verdad, pero eso a ella no le bastaba, hubiera querido un reconocimiento para lo que ella significaba como escritora, y yo le decía: Amanda, todo esto no es más que una exageración de tu parte. ¿Quiénes te van a dar ese reconocimiento? Aquí no hay más que dos periódicos, no hay críticos, los escritores son cuatro. ¿Quién lee en Costa Rica? Los libros le estorban la digestión a mucha gente, además, la forma en que escribís no es para cualquiera, y para empezar, ¿dónde están tus libros publicados? ¿De qué novela tuya querés que se ocupen si todavía no publicás ninguna?

Pero ella no dejaba de sentirse despreciada, tanto que cogió viaje de nuevo para Guatemala al poco tiempo. Ya llevaba adelantada otra novela que se iba a llamar *La puerta cerrada,* y que yo estaba segura que iba a seguir el mismo camino de las demás, el de no ver la luz nunca. Y ya puesta de nuevo allá me escribe: Gloria, he decidido hacerme guatemalteca. ¡Ay, por Dios! ¿Guatemalteca? ¿Qué le había dado de bueno Guatemala para hacerse ciudadana guatemalteca? Nadie había levantado un dedo allá cuando le quitaron a su hijo. Pero bueno, seguía teniendo a Claudio en la cabeza, a lo mejor creía que así podía recuperarlo. Y después me encuentro a don Joaquín García Monge una noche en el Teatro Nacional, y me dice: qué curioso, Amanda me escribe en una carta que quiere que la borren de la lista de los costarricenses, no quiere saber nada de Costa Rica, que ahora ella y su obra pertenecen a Guatemala.

Y al año siguiente, que es ya 1948, vuelve ella otra vez a Costa Rica, y mientras se halla aquí en San José, recibe un cablegrama de su amigo David Vela dándole la noticia de que la han premiado en Guatemala en el concurso 15 de Septiembre por *La puerta cerrada.* Una sorpresa para mí que hubiera terminado esa novela, y que la hubiera mandado al concurso. Se gana un premio, un acontecimiento, y solamente en *La Nación* sale una notica ínfima, donde ni siquiera ponen el nombre de la novela. La felicitan en esa notica, y allí acaba todo. Silencio mortal después. ¿Y qué otra cosa esperaba, digo yo, si ya no quería ser tica? Mayor entonces el resentimiento de ella contra Costa Rica, y mayor el resentimiento en Costa Rica contra ella. En las reuniones sociales, cuando salía a colación el nombre de Amanda, se oía decir: ¿Amanda? ¡Ay, qué pereza! O sea: no tengo paciencia para esa clase de majaderas.

¿Y cuál era la cantinela de Amanda? Que éste es un país sin drama, sin tormentas ni contrastes, ni en la geografía ni en la historia. Que hasta las montañas, como estas que rodean el valle central, son inofensivas. Y eso caía mal. Inofensivas serán, no le quito razón, pero mi opinión es que en medio de toda esta fealdad y hacinamiento en que vivimos en San José, lo único que queda es levantar la vista y mirar las montañas, benditas sean ellas. Yo me las sé de memoria. Tarbaca, Aserrí y Alajuelita al sur. Al norte, las alturas de Heredia y los cerros de Moravia y Coronado. Y de todos modos están los volcanes que de vez en cuando se rebelan, como cuando hizo erupción el Irazú y murió mi esposo Braulio víctima de una piedra encendida que lanzó el volcán. Se lo cuento después.

Ella se quejaba de que lo apacible del ambiente se reflejaba en el carácter abúlico de la gente, y de allí venía la facilidad con que nos conformábamos. Se quejaba del miedo que todo el mundo tenía a destacarse, que era, decía ella, como una epidemia. Porque al que quería sobresalir en estatura por encima de los otros, empezaban a bajarle el piso al suave, sin aspavientos, hasta que volvía al nivel de los demás. Ella hablaba del palanganeo. ¿Sabe qué cosa es el palanganeo? Imagine a alguien que lleva cargada una palangana llena de agua, y entonces tiene que ir midiendo los pasos para no derramarla. Eso es Costa Rica, ir despacio para no derramar el agua, decía Amanda. O el nadadito de perro. Nada de cruzar el río de manera briosa, sino como nadan los perros, con paciencia, con modo.

¿Es eso malo? Ella insistía que sí, que de esa manera no se iba a ninguna parte porque no podían surgir personalidades fuertes; singularidades, era la palabra que usaba. Podemos tener coros, pero no solistas, decía. Pero

¿no es de esa falta de ambiciones, de esa conformidad, de donde viene la democracia que nos ha dado tanta fama? Dictaduras hemos tenido, es cierto, la de los hermanos Tinoco, los parientes de mi esposo, que por dichas fue cortísima. Nada de dictaduras de medio siglo, como en Nicaragua. ¿No es Nicaragua un país de contrastes violentos como prefería Amanda? Grandes conmociones, grandes llamaradas, y grandes dictadores; si comparamos a los Tinoco con los Somoza, los Tinoco vienen a ser niños de biberón. Aunque también tienen allá grandes poetas, no se puede negar. Singularidades, como quería Amanda. Yo conocí a Pablo Antonio Cuadra, su hermana Leonor vivía en Los Yoses, y él venía a visitarla. Tienen ustedes a Rubén Darío, por supuesto, a Salomón de la Selva, el del duelo con don León Cortés. Pero singularidades también son los dictadores. ¿Hay que pagar ese precio entonces?

¿Qué resuelve eso de las grandes conmociones? Pepe Figueres quitó el ejército cuando triunfó su revolución en 1948, una revolución contra un fraude electoral, modesta si la compara con las guerras de Nicaragua, porque sólo duró meses; pero nos quedamos sin ejército, vea qué ganancia. De manera que nadie saca la cabeza en Costa Rica, pero tampoco nadie saca los rifles, no hay para qué. Una vez leí en un periódico unas opiniones de José Coronel Urtecho, otro de los poetas nicaragüenses, que seguramente fue amigo de usted. Venía a veces a San José desde la finca donde vivía junto al río San Juan, de este lado de la frontera con Nicaragua, y lo conocí porque era cuñado de Julita Kautz, que jugaba canasta conmigo en el Country Club de Escazú; pues en esa entrevista dijo que los costarricenses sólo íbamos a la guerra para no tener que volver a ir a la guerra. Ingenioso, ¿verdad?

Se fue de vuelta de nuevo Amanda a Guatemala, siempre en busca del hijo, y a cosechar su triunfo. Nada del hijo, y en cuanto a cosechar el triunfo, no sé si en Guatemala le harían más caso que aquí, a pesar de que ya era guatemalteca hecha y derecha. ¿No había envidias allá también, digo yo, y la misma ignorancia? Yo notaba un gran desaliento en sus cartas, una gran frustración. Me contaba que todos los días antes de acostarse le escribía una carta a Claudio, y que empezaba y terminaba llorando cada vez, cartas que nunca enviaba pues no era ése su propósito, sólo escribirlas, porque no había forma de hacérselas llegar al niño que ahora permanecía en régimen de internado en el colegio de los curas. Usted me puede decir que aquello era una terapia, pero yo no lo veo así, porque escribir esas cartas la hacía sufrir, y su estado más bien empeoraba. Y siempre sus problemas sentimentales, sus enredos con los hombres, un desengaño y otro desengaño, los endiosaba para bajarlos después del pedestal.

Ahora se me ocurre una cosa: ¿no sería que esos hombres de que me hablaba en sus cartas no fueron en realidad tantos? ¿No le pasaría lo mismo que con sus novelas, que imaginaba los títulos y los argumentos, y nunca las escribía? Puede que hayan sido nada más personajes suyos, creados por ella en su cabeza, capaz de inventarles cualidades físicas y morales, de concebirlos apuestos y talentosos, galantes y sensibles, para después, en su misma fantasía, caer en el desengaño. No sé. Un bruto me dijo una vez, cuando nos cruzamos a la salida de un restaurante, ya muerta Amanda, que si no pensaba yo que ella había sido ninfómana, y yo por poco le doy una bofetada. No quiero mencionar su nombre porque entonces va a aparecer en lo que usted publique, y no quiero darle ese gusto.

Acosada por sus decepciones amorosas, reales o fabricadas, también se fue volviendo insoportable, pobre cabecita. Por cualquier cosa se peleaba con sus amigos de Guatemala, me lo contaba en sus cartas, y después llora-

ba llena de arrepentimiento, gente que la había tratado
bien, que la había servido. Y yo le decía: estás neurasténi-
ca, Amanda, tenés que ver a los doctores, te estás acabando la vida. El mundo que me rodea es incompatible conmigo, me dice en una de esas cartas; y yo, que con ella no
tenía pelos en la lengua, le contesto: la señora genial se
halla más arriba del mundo de los mortales, y no desea
trato con ellos, la felicito... Vea cómo era su inestabilidad, que decide otra vez irse a México, rodando todo el
tiempo. Y empeoraba en lo físico también. Ahora resultaba que tenía una enfermedad del bazo, una inflama-
ción, o hemorragia, y los médicos en México le diagnos-
tican que se trata de una idiopatía. ¿Qué es aquello?
«Enfermedad de causa desconocida.» Vaya pues, para eso
yo también sería doctora, a lo que no puedo averiguar, le
pongo ese nombre.

    Entonces se encuentra en México con un ameri-
cano marchante de arte que compraba los cuadros de
Diego Rivera para venderlos en Nueva York, no me pregunte cómo se llamaba porque no me acuerdo; y así, enferma y todo, le propone que se vaya con él a Estados
Unidos, que allá la va a poner en manos de los mejores
especialistas, que la va a tratar a cuerpo de reina, el cuento de siempre. Pero este hombre era un alcohólico, dro-
gadicto y no sé qué, que la deja abandonada en Nueva
York, se fueron por tren, imagínese qué sufrimiento
aquel largo viaje y ella con su enfermedad, y cuando se ve
sola, mal, muy mal, agarra otro tren y se va para Washington donde vivía Ninfa Santos, otra compañera del
colegio de las que ya le mencioné, que trabajaba en la
embajada de Costa Rica, y viene Ninfa y la interna de
urgencia en un hospital, ya *in artículo mortis,* un hospital
público, de caridad, más bajo no podía rodar. Y allí, los
médicos deciden que la única manera de salvarla es sa-
cándole el bazo para parar aquella hemorragia. La meten
al quirófano, le extirpan el bazo, y entonces lo que pasa

es que ya sin bazo se queda sin defensas, una falta de defensas terrible, se le provoca una infección, y no hay manera de que le cierren las heridas. Se moría. Y Ninfa Santos hizo que llegara un sacerdote a darle los santos óleos, y recogieron entre varios de la colonia costarricense para comprarle el ataúd.

Pero pese a todo, su organismo le respondió. Estamos hablando del año 1949 y ella era una mujer de apenas treinta y tres años. Salió del coma, se fue recuperando, y vea la maravilla: al mes siguiente pudo coger el avión y venirse para Costa Rica gracias a que el gobierno de la revolución de Pepe Figueres pagó los gastos del pasaje. Ya estando aquí recibió correspondencia de Edith Mora, que estaba para entonces viviendo en Guatemala, invitándola a que se fuera para allá donde iba a encontrar mejores oportunidades económicas, los del grupo literario Saker-Ti, un nombre indígena que no sé qué quiere decir, habían fundado una revista y pagaban las colaboraciones, lo mismo que pagaban honorarios por recitales y lecturas públicas. Yo no le hubiera hecho caso a Edith pero ella sí le hizo, y volvió a Guatemala. Como yo suponía, aquello de las mejores oportunidades eran ilusiones de Edith, y al tiempo ya estaba de nuevo Amanda en San José, con una mano adelante y otra atrás, igual que antes.

Otra persona. Una Amanda cada vez más demacrada, y es cuando empieza a usar más maquillaje, se repinta más las cejas en arco, se da un tono más alto de carmín en las mejillas, usa un preparado de cera mercolizada para el deterioro del cutis, pero nada de eso la quita de parecer que tiene diez años más. No es que hubiera perdido la belleza, pero era ya una belleza otoñal, como dicen los poetas.

Y aquella herida de la operación, el tajo para sacarle el bazo, siempre abierta, supurando, había que aplicarle fomentos de sábila y hamamelis. Nunca más le sanó. Era una pena verla con las gasas y el esparadrapo que tenía que cambiarse dos veces al día, y, además de todo eso, el mal de su lesión mitral que le quitaba la respiración; subía cuatro gradas, y ya era un sofoco. Y las defensas bajas, expuesta a que cualquier catarro se le convirtiera en pulmonía. Pero, aun así, la misma Amanda de siempre, víctima de las decepciones sentimentales que le caían como granizo, y tan susceptible. Por una de esas rupturas amorosas que ni me acuerdo con quién, y porque se sentía siempre hostigada en Costa Rica, articulillos que salían en los periódicos y que ella tomaba como ataques solapados, se regresó de nuevo a México.

Allá va entonces otra vez el cometa errante, amargada de que la llamaran «la escritora guatemalteca» cuando se referían a ella en esos artículos tontos, envidiosos. ¿Por qué se sorprendía de aquel calificativo si ella misma había dicho que no quería ser más costarricense, que la borraran, que su vida y su obra eran para Guatemala? Y lo peor es que aquello de renunciar a Costa Rica no había sido más que un desplante, un capricho de niña mimada, como si yo no la hubiera conocido tan bien. Una veleidad, de las muchas veleidades suyas.

Lo de ese viaje a México fue en 1950, pocos meses después de que un 13 de mayo se habían robado a la Virgen de los Ángeles de su altar en el santuario de Cartago, la Virgen con todas sus joyas, y el país entero entró en conmoción como si hubiera llovido la peor de las desgracias. Monseñor Sanabria andaba en Roma en visita a Pío XII, y mandó a decir desde allá en un radiograma que leyeron en la misa del domingo en todas las iglesias, que se guardara la calma, que el Papa estaba orando para que la imagen regresara a su santuario. Y a la semana ya habían devuelto los ladrones a la Negrita, como se le llama cariñosamente a la Virgen de los Ángeles, patrona de Costa Rica. Dos años después murió monseñor Sanabria, y se dijo que había ofrecido su vida a cambio de que ella volviera sana y salva.

El viaje de Amanda fue en agosto, me acuerdo porque el día que la acompañé al aeropuerto de La Sabana para despedirla enterraban al tenor de fama mundial Melico Salazar, el único capaz de sustituir a Enrico Caruso; se enfermó una vez Caruso de la garganta, el mismo día de la premier de *Pagliacci* en la Ópera Metropolitana de Filadelfia, y mandaron a traer a Nueva York a Melico en tren expreso para que cantara en su lugar en el papel de Canio. Lo aplaudieron de pie quince minutos, con lo que según los periódicos de Estados Unidos se ofendió Caruso. Ahora había muerto en San José en la pobreza, en su casa del barrio Otoya, frente a la casa de las Carruchas, que la llamaban así porque había en la puerta una cortina curiosa hecha de carruchas de hilo; y, para colmo, el gobierno de don Otilio Ulate, que siguió al gobierno de la revolución de Figueres, le había quitado la pensión que tenía como gloria nacional, en venganza porque Melico figuraba como partidario del doctor Calderón Guardia, que estaba ahora en el exilio en México. Pero lo velaron en el Foyer del Teatro Nacional, y los niños de los colegios desfilaron uniformados delante del catafalco. Vea qué contradicciones, el mismo gobierno que le había quitado la pensión lo enterraba con toda pompa, el presidente y los ministros a la cabeza del desfile, la banda municipal de San José que tocaba «El duelo de la patria», y un camión del cuerpo de bomberos abría paso con su sirena.

¿Por qué me descarrilo? Porque por los altoparlantes del aeropuerto se escuchaba la transmisión que la emisora Alma Tica hacía de los funerales, los discursos, las marchas fúnebres y todo eso, y Amanda, que iba tan corronga, con sombrero de velillo, tacones altos y un traje sastre de hombreras altas que le quedaba precioso, me comentó: ya tengo el primer requisito para ser gloriosa, la pobreza; ahora sólo falta que me entierren con discursos.

Bueno, ya ve cómo fue enterrada, primero de forma anónima en México, y luego traída aquí a los años, sin pompa ni discursos, y otra vez anónima, porque ni placa grande ni chiquita tiene su tumba. Nunca se ha visto semejante abandono. ¿Y dónde está el monumento a Amanda? El busto chiquitico en los jardines del Teatro Nacional nada más. Melico tiene una estatua en Cartago, y al teatro Raventós, que lo compró el gobierno, le pusieron teatro Melico Salazar. ¿Dónde está la escuela, o la biblioteca Amanda Solano? Melico sustituyó a Caruso, está bien, eso fue glorioso, pero Amanda nunca quiso ser sustituta de nadie, menos segundo violín, si no recuerde por qué no quiso casarse con Nicanor Zavaleta.

Y en 1950, también se volvió a casar Horacio en Guatemala con una dama de alcurnia, me parece que se llama Ana Paulina la señora, no lo sé bien porque no los frecuento, aunque viven en San José desde hace muchos años. Entonces el niño quedó calzado en aquel matrimonio, y Amanda, siempre ambulante, cada vez con menos esperanza de recuperarlo. Imagínelos delante de un juez a Horacio y a Amanda en cualquier parte, en Guatemala o en Costa Rica. ¿A quién iba a favorecer una sentencia? ¿A la madre sin ingresos fijos, sin hogar fijo, sin pareja fija? Y tan enferma, además. ¿O al padre, encumbrado en el gobierno de Guatemala, con excelentes ingresos, y casado con toda formalidad? Me pongo la mano en la conciencia y me digo: Gloria, si vos fueras ese juez y quisieras ser imparcial, ¿a quién le darías a ese chiquito? Con dolor de mi alma, creo que tendría que haber fallado contra Amanda, y que no me oiga desde su tumba esta barbaridad que estoy diciendo.

Bueno, pues regresa a México, y me escribe que un director de cine está interesado en hacerle pruebas para una película, y que van a tomarle unas fotografías. De esas fotografías que le tomaron, tengo yo una que está colocada en la sala, venga que se la muestro.

Cuando me la mandó por correo yo dije: esto es como un milagro. Vea qué belleza. Fíjese en esa pose, y lo bien que le va ese vestido negro largo, plisado en forma de abanico, y la cara, así de medio perfil, fíjese en esa mano desgajada sobre el pecho, la mirada dirigida hacia abajo que sólo se ven los párpados sombreados bajo el trazo de carbón de las cejas. Un milagro, porque se había ido de aquí tan desmejorada, tan cadavérica, y en esa foto es toda una artista de cine seductora. Pero nunca hicieron la mentada película. Al tiempo le pregunté en una carta qué había pasado, y ella no le dio importancia al tema, igual que cuando le pregunté: ¿y la novela aquella que estabas escribiendo, una que se llamaba *Un lobo en la majada*? Ya la había olvidado también. Lo que sé es que vivo rodeada de lobos, de lobos hambrientos, pero cómo me gustan los lobos, me dijo esa vez por respuesta.

Se hospedaba en pensiones donde vivían estudiantes universitarios centroamericanos, empleados de los ministerios, cabareteras, actores de cine de esos de reparto. Una de ellas se llamaba posada Carmela, y quedaba en la calle Isabel la Católica, entre la 5 de Mayo y Tacuba, propiedad de una señora yucateca, doña Carmela Peniche. Tengo en mi cabeza el dato exacto porque Amanda me escribió contándome de un suceso sangriento que allí hubo, y me mandó el recorte de periódico, cuando un mago ambulante llamado Leoncio Villoro, que actuaba en cumpleaños infantiles, apuñaló en un seno a doña Carmela, que al parecer era su amante a pesar de tratarse de una persona mayor, y debidamente casada con un esposo pacífico, don Cayetano Peniche, que aseaba los cuartos, hacía la compra, y servía la mesa de los comensales. Ella fue a parar al hospital, y el mago a la cárcel, y Amanda pensó que de allí le podía salir un cuento de ribetes humorísticos. ¿Usted le ve el humor a ese suceso tan macabro?

Después se pasó a vivir a un edificio de apartamentos. Acérqueme un sobre que está en esa carpeta, la de color verde. La carta no sé qué se hizo, pero en el sobre está la dirección: Río Mississippi 117, colonia Cuauhtémoc, apartamento 11. Se pasó allí cuando se sintió un poco más estable, porque se había encontrado una socia mexicana para poner una tienda de modas. Nunca me aclaró quién era esa socia. Amanda hacía los diseños de los vestidos, dirigía a las costureras, y la tienda empezó a tener éxito, vestidos a la última moda y a precios favorables. Ya estamos hablando del año 1952. Y aquí viene algo espantoso que le ocurre, nunca se libró Amanda del espanto.

Resulta que se enamora de ella Manuela Torres, que había nacido aquí, en Santa Bárbara de Heredia, y se fue a México a rodar fortuna buscando ser cantante de rancheras. Pero esa mujer era como el demonio, caprichosa y voluble, dada al vicio, porque vivía dedicada al tequila, y con ése su otro vicio, que ahora no lo llaman así y cada vez se ve más natural, de ser lesbiana. Y una lesbiana conquistadora, que le puso sitio a Amanda, buscando sonsacarla con halagos. La invitaba a cada rato a salir, para que viviera el ambiente nocturno de México, según le soplaba al oído, y Amanda tan inocente, encantada de aquella nueva vida. ¿Conoce el Tenampa? Es esa cantina famosa, yo estuve una vez allí de turista con mi marido en un viaje de placer que hicimos a México ya muerta Amanda. Pues cada noche Amanda en el Tenampa con cantantes y artistas, me contaba de Agustín Lara, de Pedro Vargas, de José Alfredo Jiménez, de los guitarristas del trío Los Panchos, de Los Tecolines, todos esos que una veía en las películas, en grandes amistades con Amanda, a veces amanecía en aquella compañía de eternos bebedores, o tal vez oyendo tocar a los mariachis en la plaza Garibaldi, que también conocí en ese mismo viaje.

Todo era la trampa de la mujer esa que la quería conquistar. La iba a dejar a su casa en su carro, ya cuando pintaban las luces del día, la perversa ebria, y Amanda sobria, porque para ella las bebidas alcohólicas eran mortales en su estado de salud. Hasta que una vez le hizo un avance. Por debajo de la mesa, sentadas allí en el Tenampa, empezó a jugarle la pierna con la mano y Amanda se paró de un brinco, más asustada que enojada. Entonces la otra, que ya estaba muy pasada de tragos, empezó a llorar, a decirle palabras de amor, y a querer acariciarle el rostro, sin que los demás acompañantes se alarmaran ni nada porque ya estaban acostumbrados a sus enamoramientos, y Amanda lo que hizo fue decir que iba al baño, que ya volvía, y no volvió. Por el contrario, cogió un taxi y se fue para su casa. Y me escribe entonces contándome todo el cuento: ay, Gloria, si no puedo con los hombres, ¿cómo voy a poder también con las mujeres?

Pero no vaya a creer que eso terminó allí. Un anochecer, que está Amanda cerrando el establecimiento de modas, se aparece la arpía, ahora más tomada que nunca, y sin decir agua va, ni saludar a Amanda ni nada, agarra unas tijeras de una de las mesas de costura, y empieza a tijeretear la ropa que estaba colgada de los percheros. Tijereteaba con furia los vestidos, me decía Amanda, mientras la trataba a ella de cabrona para arriba, cabrona para abajo; y cuando terminó de hacer el estropicio, todas aquellas prendas primorosas la mitad de arriba colgada de las perchas y la otra mitad revuelta en el suelo, Amanda, aterrada en un rincón, pensó que se le iba a venir encima con las tijeras, pero gracias a Dios lo que sucedió fue que la energúmena salió a la calle, llevándose las tijeras. Y ahora, ¿cómo iba Amanda a explicarle a su socia el desastre? No se atrevía a exponerle el motivo de aquella venganza, y no sé qué versión le daría, pero la cosa es que la socia se enojó, y amenazó con demandarla en los tribunales. Lo único que le faltaba, que la llevaran presa.

Para colmo, cae gravemente enferma otra vez, víctima de una pulmonía que la hace ir a parar al hospital, acuérdese que se había quedado sin defensas después de la operación del bazo en Washington. Entonces, cuando sale del hospital, la recoge Edith Mora y se la lleva a vivir a su casa, deprimida, al grado que ni siquiera quiere comer. Yo creo que todo esto ya viene siendo en 1953. Algo se recuperó bajo los cuidados de Edith, que vivía en una calle que se llamaba Río Neva, un edificio donde había a la entrada una acacia, luego lo demolieron.

Allí estuvimos de visita mi esposo Braulio y yo en ese viaje de recreo que hicimos a México, ya Edith sólo un remedo de aquella muchacha que rivalizaba en belleza con Amanda. No era solamente su aspecto físico, sino que se había vuelto descuidada, no digo que la pobreza en que vivía no contribuyera a eso; nos recibió vestida con un salto de cama bastante anciano, el pelo teñido color de achiote, y olía a licor. Era como una muñeca descalabrada de grandes ojos verdes, como una de aquellas del estante de los pacientes enfermos de la Clínica de los Muñecos.

Y lo peor su carácter hosco, agrio, una pésima impresión para mi marido oírla hablar tan mal de Costa Rica, no opiniones, sino insultos, otra que renegaba de Costa Rica, igual que Amanda, pero Amanda lo había hecho de manera más elegante. Igual que reniega también Manuela Torres, que de esas tres costarricenses fue la que quedó más famosa. ¿La ha visto cantando en las películas de Almodóvar? Yo no voy al cine, pero lo he leído en las revistas, y allí salen también las opiniones que da contra su país, con gran resentimiento. Que en Costa Rica la desprecian, que ignoran su nombre, que nunca le han abierto las puertas del Teatro Nacional para que cante sus rancheras, lo cual es una mentira porque en tiempos en que fue ministro de Cultura Guido Sáenz la invitaron y dio una función de gala.

Edith, entonces, imposible, y la visita se hizo corta. Lo único que tenía para ofrecer era tequila del más barato, tampoco la culpo, su situación económica era desesperada, sobreviviendo de unos artículos que publicaba en una revista *Alarma,* que era hasta allá de anticomunista, algo del gusto de mi marido, y ni así pudieron congeniar.

Pero no olvido que fue la única que ya por último amparó a Amanda, y por eso tengo allí su fotografía, la que está sobre la repisa, al otro lado de la otra donde aparecemos mi esposo y yo, tomada en Río de Janeiro, en el viaje de luna de miel. La puse joven, no iba a poner una de cuando estaba ya insoportable y arruinada.

Según empecé a contarle antes, Braulio murió cuando en 1964 hizo una gran erupción el volcán Irazú, que cubrió de arena todo el valle central por semanas, hasta que se atascaron los tragantes y los techos se caían bajo el peso de la arena. Y la gente, en lugar de tomarlo como una calamidad, iba en romerías a presenciar la erupción, llegando a pie hasta las faldas del volcán para divisar las corrientes de lava y admirar las explosiones de gases que aventaban piedras encendidas. Él fue con unos amigos, porque llevaban a un americano de la revista *Life* que quería tomar fotos, y una de esas piedras, que eran como proyectiles envueltos en llamas, le cayó en la cabeza y lo mató de manera instantánea. Pero volvamos a la terraza, que estar de pie tanto tiempo no me conviene por las várices.

Amanda regresó a Costa Rica la última vez en 1954. Fue en octubre, había grandes temporales y el cielo de la meseta teñido de un gris oscuro que lo encogía a uno de pena y de tedio. Esos arroyos que pasan por San José y que llamamos ríos, el Virilla, el Torres, el Ocloro, se habían desbordado y se sentía el aire como pegajoso de moho. Yo estaba de casualidad en San José, porque para entonces mi marido había sido contratado en Venezuela por el Banco Central de allá, y nos habíamos trasladado a vivir a Caracas. Él era muy amigo de los dueños de una compañía de aviación que hacía viajes dentro de Venezuela, y cada tanto tiempo traían sus aviones bimotores a Costa Rica para que les remodelaran la parte interior; aquí les ponían las alfombras, los asientos forrados en tela, las cortinillas y todo eso, y entonces yo me venía de gratis en el avión desnudo, todo el viaje sentada en una llanta, y cuando quedaba listo me regresaba sola, muy oronda, como única pasajera.

Fue por esa casualidad que pude ver a Amanda. Seguía sin cerrarse la herida de la vieja operación y daba angustia verla haciéndose aquellas curaciones que ya se ve que nunca iban a terminar. En su cartera, que ahora usaba una cartera de charol grande, andaba un vaso con un desinfectante, otro con el hamamelis, un pomo de ungüento de sábila, unos apósitos de gasa, el esparadrapo y unas tijeras, todo eso en lugar de los asuntos que las mujeres usan para el maquillaje.

Y entonces me pidió que me la llevara para Venezuela. Yo le dije: bueno, voy a hablar con mi marido, primero tengo que consultarle para ver si está de acuerdo. El caso es que apenas volví a Caracas le dije a Braulio: mirá, Amanda quiere venirse para acá con nosotros. Él me contestó: muy difícil lo veo, porque está marcada como de izquierda y este gobierno es muy sensible en esos asuntos. Eran los tiempos del gobierno del general Marcos Pérez Jiménez, de mano fuerte. Todo lo manejaban allí los militares, y había una policía secreta temible que dirigía un hombre al que llamaban el Borugo, que en las recepciones se comportaba como un caballero de plática galante y divertida, pero según su fama torturaba a los prisioneros personalmente en una silla de dentistería, armado de un taladro para perforarles sin anestesia los dientes sanos, semejante ogro. Entonces tuve que escribirle a Amanda a Costa Rica y decirle con toda franqueza: lo siento mucho, pero no podés venirte con nosotros porque dañaría la posición de mi marido en el Banco Central y no podemos correr ese riesgo.

Ella se regresó para México ya la última vez, y tengo la sospecha de que esa carta la resintió, porque a partir de entonces las suyas para mí se espaciaron, o es que su enfermedad no le permitía escribir tanto. ¿Cuántas veces no he pensado que mejor le hubiera dicho: mirá, aquí lo que hay es una dictadura tremenda, enemiga de los izquierdistas y Dios guarde vayas a caer en manos del Borugo y te lleven a alguna cárcel secreta de donde ni mi marido ni yo podremos sacarte? No sé, serán aprensiones mías, pero ya no fue lo mismo entre las dos.

Amanda murió un domingo de julio de 1956, el año en que nació en Costa Rica «el niño un millón», porque habíamos llegado a un millón de habitantes, y a ese niño lo llenaron de regalos las casas comerciales, y se hizo famoso. El otro día leí en *La Nación* un artículo, fueron a buscar a ese niño un millón y encontraron que se había vuelto un alcohólico nefasto que maltrataba a su mujer, había sido guardia civil, lo echaron por lo mismo del vicio del licor, y ahora arrastraba un carretón en el mercado de Alajuela. Vea cuánto desperdicio de homenajes.

Yo la noticia de su muerte la tuve porque me llamó Olga de Benedictis por teléfono a la hora del almuerzo. Acabábamos de sentarnos a la mesa. Ya el contrato de Braulio en Venezuela había terminado y estábamos de regreso en San José, dichosamente, porque no faltaba mucho para que derrocaran a Pérez Jiménez con grandes asonadas y turbulencias en las calles.

Me llamó Olga para decirme aquello de la muerte de Amanda como un rumor, porque los periódicos no habían publicado nada al respecto. Hasta que se confirmó la noticia cuando Paco Marín Cañas, que vivía allá, hermano de Pepe Marín Cañas, el amigo de Amanda que había sido director de *El Diario de Costa Rica,* vino de visita a San José por esos mismos días y contó que había asistido al entierro. Entonces ya no hubo duda.

Murió en el apartamento de Edith, en la calle Río Neva, donde se había pasado a vivir ya del todo, porque antes estuvo posando en la casa de un pintor de murales que se llamaba Reyes Meza, y de su esposa María Luisa Algarra, que era exiliada española de la República y escribía obras de teatro para niños; fue de las cosas que me contó Amanda en una de sus últimas cartas esporádicas.

Edith salió a comprarle un jugo de frutas a una pulpería que había en la esquina, y cuando volvió la encontró muerta en el sofá de la sala, envuelta en un zarape que ella le había puesto encima porque siempre se estaba quejando de frío. Eso nos lo contó la propia Edith la vez que la visitamos: en ese sofá donde están sentados ustedes, allí se quedó muerta; entré de la calle, y creyendo que estaba dormida, me fui con cautela a la cocina a servirle el jugo en un vaso, pero cuando rato después me acerqué a darle de beber, calculando que ya podría estar despierta, me di cuenta que aquella placidez extraña era el sueño de la muerte.

Hicieron otra colecta, como la de Washington, para poder comprar la caja y pagar el terraje en el Panteón Francés. La enterraron al día siguiente, lunes en la mañana. Fueron muy pocos los que concurrieron al entierro según Paco Marín Cañas, dos o tres automóviles que iban detrás de la carroza fúnebre. Un anonimato completo porque su muerte pasó desapercibida en los círculos intelectuales de México, de eso se quejaba también Edith. Y uno que colaboró de todo corazón, y estuvo presente, decía ella misma, fue Salomón de la Selva, el poeta nicaragüense que había llamado a don León Cortés un león de circo, ¿ya le conté lo del duelo a que lo retó don León? Hágame ver cuando me repita, que tampoco es que mi cabeza esté recién salida de la fábrica. En ese mismo fólder verde hay una foto del lugar donde la enterraron en el Panteón Francés, que Braulio tomó en ese viaje de recreo que hicimos a México. ¿La encontró?

Fíjese. No tiene lápida, ni su nombre, ni nada. Un simple mojón con un número. Compare a ver si no me sé de memoria el número: 7-363.

¿Ya le dije que quien trajo sus restos a Costa Rica en 1961 fue Olga de Benedictis, compañera de colegio de nosotras? La misma que me dio la noticia de su muerte en forma de rumor. Se casó con Mario Echandi, creo que ya se lo dije también, y cuando Mario llegó a la presidencia lo puso loco hasta que logró que el gobierno corriera con los gastos de la repatriación; pero Mario también repatrió un año antes los restos de Pellico Tinoco desde París, adonde se había ido al exilio, y donde había terminado como crupier en los casinos, muy pobre y arruinado, viviendo en el barrio obrero de Charonne, fíjese qué revoluta toda ésa, Amanda y Pellico Tinoco. Y cuando volvieron ambos al país, o lo que quedaba de ellos, poco caso que les hicieron, con peor suerte Pellico si se quiere, porque el funeral fue el día de las elecciones de Kennedy contra Nixon y nadie pensaba más que en eso.

La enterraron en el Cementerio General, al lado de su abuela Emigdia Gallegos, la señora que quedó viuda cuando el tranvía mató al ingeniero Starck. ¿Ya visitó la tumba? Me gustaría mucho acompañarlo, pero salir de esta casa se me vuelve peor que escalar una montaña como esas que se ven desde aquí.

Nada del otro mundo en cuanto a ceremonias se refiere, y siempre la misma indiferencia del país. Nada de colegiales con flores ni tributos oficiales como los que le dieron a Melico Salazar. Más bien algunos que poco la habían querido, y que se daban humos de grandes críticos, sacaron análisis sobre su obra en *La Nación,* en *La República* y en *La Prensa Libre,* buscando desmerecerla. Pura tinta envenenada, que si usted tocaba esos periódicos, le quedaba el veneno en las manos. Que fue una escritora fallida, que su única novela realizada había sido la primera, la que ganó la eliminatoria del concurso de la editorial de Nueva York, porque era una novela de juventud, y boberías de ésas. Dígame a ver: ¿cómo podían hablar de su primera novela, que nadie leyó, porque nunca se publicó?

Cinco años después de su muerte seguían sin absolverla de los cargos que le hicieron en vida. Aquí, para la inquina solapada y para la falsa piedad somos maestros, y también para pretender admiración. Como al descuido hablaban en esos artículos de su vida conflictiva, de sus problemas sentimentales, de su inestabilidad familiar, de su incapacidad de adaptación al medio social costarricense, sin olvidarse del desplante de su renuncia a la nacionalidad, de su ego exaltado, y hasta de su salud, como si éste fuera otro cargo, porque decían que su salud influyó en su vida emocional y en su misma capacidad para escribir. ¿Qué más decían? Que su obra quedó estancada porque ella no se empeñó lo suficiente, o porque las influencias de que fue víctima, empezando por la de Marcel Proust, terminaron con su originalidad, y la alejaron de la raíz nacional. ¡La raíz nacional, por Dios santo! ¡Cuánta conchería! ¡Cuánto Aquileo!

Pues ése fue el saludo que dieron a sus restos mortales cuando volvieron a Costa Rica. Amanda siempre andaba recitando unos versos de César Vallejo, que a ver si me acuerdo: «de puro calor tengo frío, hermana envidia...». ¿Cómo es que sigue? «Lamen mi sombra leones y el ratón me muerde el nombre, madre alma mía...» Eso es, así es. Pues cuando la atacaban, cuando leía una crítica malsana en su contra, entonces era como que le tocaban un resorte en la boca y le salía decir: ... hermana envidia...

La relación que nosotras dos teníamos era maravillosa. Yo, a pesar de que ni pintaba ni dibujaba, ni escribía ni hacía nada de esas cosas, era íntima amiga de aquel grupo de bohemios que adoraban a Amanda, ya le conté: Max Jiménez, el mecenas de los artistas, Quico Quirós, el de las vírgenes católicas y las estatuas desnudas; Maruja Castro, la que se suicidó con un veneno en la campiña Güetar; Francisco Amighetti, el bohemio pacífico que hacía grabados de beatas vestidas de negro y santos en procesiones; Flora Luján, que después se casó con Paco porque se lo quitó a Emilia Pietro la cantante comunista; Manuel de la Cruz González, el de las cebras y los leones, primo hermano de Flora y de Maruja, todos éramos una maleta. Lo que gozábamos en el Círculo de Amigos del Arte allí en Las Arcadas, donde había un mural precioso de Manuel de la Cruz que ya no existe porque lo destruyeron. Todo lo destruyen.

También íbamos Amanda y yo a recibir clases de piano en el segundo piso de la tienda La Americana, frente a la librería Watson, en la Avenida Central, unas clases que daba una francesa, madame Delagneau. Pero espérese. Eso de las clases de piano fue antes, todavía alumnas del Colegio de Señoritas. Era una pieza con piso de tarima, dividida por un tabique, vacía de todo mueble más que el piano y un enorme diván forrado de damasco oscuro, casi pegado al suelo, con los cojines raídos. Madame Delagneau tocaba «La catedral sumergida» de Debussy, y quería que la aprendiéramos, pero aquello era palabras mayores. Al otro lado del tabique que dividía la pieza, un tal mister Roberts enseñaba inglés con himnos religiosos protestantes que sus alumnos debían cantar en coro, lo que irritaba a madame Delagneau porque no la dejaba concentrarse en sus clases, y, a veces, en venganza, tocaba la «Heroica» de Chopin a grandes porrazos.

Y Amanda desde entonces admirada y perseguida, siempre a su lado la hermana envidia. ¿Le he dicho de su timidez? Pues era tímida, nadie lo diría. Una mujer que escogía a los hombres, tímida, pero así era, se encendía como una amapola si alguien alababa delante de ella sus escritos, o su belleza. Una belleza subversiva. ¿Cómo una belleza que podemos llamar serena, como el agua de un estanque tranquilo, puede ser subversiva? Pues el hombre que metía la mano en ese estanque sereno se quemaba, era una belleza que quemaba.

Edith era otro tipo de belleza, una belleza de ojos verdes, pero con un toque algo vulgar. Y ya ve cómo murió Edith, peor que Amanda, porque al menos Amanda la tuvo a ella de auxilio y compañía. Pero Edith murió en la soledad más absoluta. Un día que parece que se estaba preparando para bañarse tuvo un síncope o algo. Vea qué horror. La hallaron a los muchos días porque los vecinos denunciaron la pestilencia a las autoridades, forzaron la puerta y estaba desnuda, tendida en el piso del cuarto de baño, junto a la tina rebosante de agua.

Se me ha olvidado tomarme mis pastillas. Siempre las tengo a mano, así no molesto a Casilda. Ninguna es medicina que necesite receta, ni tiene el doctor que ver con ellas, son recomendaciones de mis amigas, las amigas que quedan. A ver: este vaso es calcio y fósforo, y éste es ácido fólico, que dicen que es para la memoria. Cuando llega una a los noventa, la memoria es como un tren que nos va dejando, y sólo se le oye pitar lejos.

¿Cómo es que dice Amanda en uno de sus escritos? Tal vez sólo a la muerte se llega demasiado temprano. Qué temprano llegó ella. Yo ya doblé hace rato sus años de vida, y en fin de cuentas fui yo la que me convertí en prisionera, como la mentada prisionera de Proust; podría salir a las calles, para eso tengo carro con chofer, pero es Casilda la que lo usa para los mandados de la casa. ¿Qué voy a salir a hacer? ¿Qué voy a ver? Un San José desconocido. Me visitan mis hijos, traen a los nietos, los nietos traen a los bisnietos, pero a estas alturas no son más que visitas de cortesía, se aburren. Mi tema es Amanda, mis hijos lo dicen: mamá es la mayor experta en Amanda Solano; un tema que a ellos no les interesa. Y cuántas veces no me despierto de noche oyendo aquellas risas del patio de recreo en el Colegio de Señoritas, y la risa de Amanda, que era una risa en la que había una cierta melancolía desde entonces; una risa atemorizada, como si su alegría fuera el cristal de una copa fácil de romper con un golpecito.

Amanda, la incorregible. Metía alboroto. Cómo metía alboroto. Al portero, que igual que San Pedro llevaba colgando de la cintura todas las llaves del colegio en un manojo, le decía: don Evangelista, présteme la llave de la sirena. Y él, tan dócil, le entregaba el manojo, abría ella la puerta del altillo donde estaba el *switch* que hacía sonar la sirena de entrada y salida de clases y de los recreos, lo conectaba, y salían las niñas en desbandada de las aulas.

¿No le he contado lo del gordo Quintales? Pues es que había un gordo que le decían el gordo Quintales. Cómo sudaba, y los anteojos de carey parecían enterrados en su cara de tan gordo. Primero había sido propietario de una fábrica de juguetes de celuloide que cogió fuego, y ahora de un estudio de grabación allí por la plaza de la Artillería, cerca de donde quedaba la Liga Antifascista que tenía su oficina propiamente frente a la estatua del sabio Pasteur; y como era enamorado de Edith Mora, cada vez que pasábamos se salía a lanzarle piropos, fíjese usted, aquel gordo que quebraría una romana enamorado de una niña frágil y delgadita como Edith. En una de esas pasadas le ofreció que le grababa un disco de sus canciones, y Amanda se adelanta y le dice: ella no canta, escribe poemas. Pues le grabo gratis sus poesías, respondió él, con la baba que se le salía, y así se hizo al día siguiente, llegamos todas juntas al estudio, y él grabó el disco con las poesías que Edith leyó en un micrófono, y se lo entregó en un sobre de papel manila, la etiqueta del disco escrita a máquina en tinta morada por él mismo, y dijimos: ¿ahora qué hacemos con este disco? Yo sé, dijo Amanda, llevémoslo a La Voz de la Mejoral que lo pongan para que se oiga en la calle. ¿Se acuerda de La Voz de la Mejoral, donde años después iban a anunciar la noticia del secuestro de Amanda? Pues muy amables aceptaron poner el disco. Nos fuimos todas al Parque Central, y nos sentamos en una banca a oír las poesías de Edith mientras nos comíamos un cono de sorbete de la sorbetería El Buen Samaritano.

Oiga. Fíjese la hora que es. Ya está oscureciendo, se nos pasó la hora del almuerzo y yo no le ofrecí nada, se nos pasó la tarde. Viene la noche. Jesús, cómo se va el tiempo.

Las islas de la agonía y los montes de la estupidez ajena

Esta mañana me toca visitar en la Biblioteca Nacional a Marina Carmona, la otra amiga de toda la vida de Amanda. El edificio, de comienzos de la década de los años setenta del siglo veinte, diseñado al estilo Van der Rohe, tiene amplios ventanales de vidrio en la primera planta, donde funcionan las salas de lectura, pero en la fachada de cemento sin revoque de los dos pisos superiores, en lugar de ventanas se abren hendijas estrechas como las troneras de un cuartel. En lo alto del frontispicio, al que se llega por una amplia escalinata, se alza una losa convexa sostenida por dos airosos pilares, lo que recuerda el portal de un monasterio zen.

Marina se jubiló hace cerca de treinta años, y trabajó por otros treinta al lado de don Julián Marchena, el antiguo director de la Biblioteca, cuando ésta funcionaba en la 1.ª avenida en un hermoso edificio neoclásico demolido en los años sesenta para instalar en el predio un estacionamiento de vehículos, sin que alcanzaran a arrancar por completo el mosaico del piso. Las primeras hiladas de cantería de los viejos muros fueron dejadas también, para delimitar el estacionamiento.

El guarda me indica la escalera por donde se sube hacia las dependencias de Investigación y Bibliografía, a cuya cabeza estuvo Marina largo tiempo, una especialidad lejana a su formación, porque se graduó en Pedagogía en la Universidad de Chile, y luego hizo una maestría en Psicopedagogía en la Universidad de Columbia; cuando regresó a establecerse en Costa Rica su profesión no servía a nadie, el único puesto que le ofrecieron fue en la

Biblioteca. Tras su jubilación le permitieron quedarse en su cubículo de siempre, como el incunable de una biblioteca donde no los hay, me ha dicho por teléfono riéndose, con una risa cordial, revestida, sin embargo, de cierta gravedad pedagógica. Las veces que hablamos en preparación de esta entrevista me ha llamado la atención la manera precisa que tiene de formar sus frases, como si las redactara, y de espaciar las palabras y poner los énfasis donde se debe, como si dictara a un taquígrafo, y como si sólo le faltara ir agregando en voz alta las indicaciones de puntuación precisas: punto y aparte, punto y seguido, coma, dos puntos. Mientras tanto, los vocablos que utiliza han caído muchos de ellos en desuso, y otros debieron ser raros, como conservados en formol, aun en su tiempo.

Hay un atasco de tráfico en la avenida 3.ª, el antiguo paseo de las Damas, y el coro insolente de bocinas alcanza a penetrar por las troneras que, al admitir de manera tan escasa la luz de la calle, dejan los pasillos a merced de las lámparas fluorescentes fijadas al cielo falso de poroplast, en el que la humedad ha puesto sus huellas, como de manos sucias.

Toco a la puerta y la misma voz firme y gruesa del teléfono, que cobra tonos de bajo profundo, me invita a pasar adelante. Es la misma voz nunca desprovista de autoridad con que mi profesora del quinto grado de primaria entonaba las declinaciones verbales y nominales sin quitar los ojos de la *Gramática castellana* de G. M. Bruño.

El pequeño despacho huele a papel viejo tostado por el sol y a cola de empastar. Marina está sentada tras el escritorio que en preparación de nuestra entrevista se halla amontonado de libros de actas forrados de lona que contienen recortes de periódicos pegados a sus páginas con goma, carpetas de austero color gris con tarjetones de notas y más recortes sueltos, y dos volúmenes con cartas encuadernadas, según iré viendo, y sus ojos pequeños de animal de monte me escrutan tras los lentes en forma de alas de mariposa. De facciones morenas, lleva el pelo cano bien ajustado en una moña, falda y chaqueta gris de tela gruesa con un broche de falsa pedrería en la solapa, y los labios pintados de un color ciclamen oscuro, tan apretados que parecen moler las palabras. Como tiene la costumbre de mecerse mientras habla, me tocará oír, mientras dura la plática, el rechinar de los resortes sin grasa del sillón.

A su espalda, en la pared divisoria pintada de color beige, hay un retrato del sacerdote y general Jorge Volio Jiménez, revistando tropas campesinas en uniforme militar; otro de monseñor Sanabria, de cara bonachona y rasgos algo indígenas, vestido con sus arreos arzobispales, y, al centro, uno de Amanda. Sobre un archivador metálico descansa un ventilador que parece de juguete, y arrimado al archivador, un andarivel plegable; sé que tuvo una caída, y se fracturó la cadera: es la edad de los huesos porosos, dice abarcando con un desdeñoso ademán el andarivel, cuando no se sabe si es que una se rompe la cadera porque se cae, o se cae porque se rompe la cadera.

Estrecha mi mano con sacudidas cordiales, y sus ojos me someten a un detenido examen. En el escritorio hay también una bandeja donde reposa una jarra de vidrio con agua, cubierta por una servilleta bordada en cruz, y dos vasos que ella procede a llenar de inmediato hasta la mitad, una vez que he tomado asiento en la silleta metálica que tiene escrita en el espaldar la larga tirada de números del registro de inventario. La jarra cubierta por la servilleta bordada me recuerda también a mi maestra de primaria, que sólo la colocaba sobre su mesa en el aula el día de los exámenes de fin de año, para marcar la solemnidad de la ocasión, junto a los tres vasos, uno por cada examinador, mientras en las paredes se aglomeraban los mapas y cuerpos humanos con sus órganos a la vista, dibujados por los alumnos.

Aquí tiene a la fea de la historia, dice, y antes de que estalle su corta carcajada, sus oscuras pupilas de comadreja se iluminan, magnificadas por los lentes. Yo finjo que busco a alguien más en la habitación, como una cortesía improvisada que de pronto más bien me azora.

Yo misma, la fea de la historia soy yo misma, no se empeñe en buscar, vuelve ella a reír, con más ganas. Es cierto que la vejez afea y todo lo descompone, pero es que desde joven carecí de atractivos físicos. Ni siquiera podía preciarme de tener buena estatura, y nunca aprendí a caminar derecha, quizás porque me agobiaba ese mismo sentimiento de culpa por mi fealdad. Y ser fea delante de Amanda, o delante de Edith, no hacía sino empeorar mi complejo. Dígame si no tengo razón, vea allí a Amanda.

Me levanto para contemplar la fotografía de formato mediano colgada al centro de la pared, impresa en cartón granulado según puede verse tras el vidrio de la retratera. «Danton Charpentier, 1936», leo en voz alta la firma del fotógrafo que aparece al pie de la cartulina.

Un fotógrafo suizo que estuvo muy de moda en San José, con estudio abierto al lado del salón de baile Guadalajara, uno que lindaba con el Teatro Nacional, dice, toda esa manzana que fue derruida para dar lugar a la plaza de la Cultura. Feliz idea en lo que hace a la plaza, y así de paso fue eliminado ese salón de baile, un bataclán de larga data que contaminaba con su música pedestre las presentaciones del teatro. Imagine esos bufidos de primate característicos de los mambos de Pérez Prado, en medio del aria «Un bel di vedremo»...

Es un retrato de viuda, se lo hizo tomar a su retorno de Chile, tras su malhadado connubio, continúa. Fíjese en la finura del trabajo a pincel de las pestañas, es lo que se llamaba el rímel fotográfico; los fotógrafos trabajaban con pinceles, esfumino, carboncillo, como verdaderos maquillistas. El maestro Charpentier, pese a su senectud, tenía el pulso muy firme, vea el trazo de carbón con que delineó las cejas.

El trazo de las cejas da al rostro un aire de suspensión entre el susto y la sorpresa, sin que la mirada deje de parecer ausente, y ha quitado conciencia a esa mirada, o le da una apariencia de indiferencia que se parece a la interrogación. Un rostro de armonía sin reparos, el cabello partido a la mitad que se abre en dos suaves bucles lustrosos, la frente despejada, las orejas finas y casi invisibles, la boca pequeña y calculadamente sensual. Y en el cuello cerrado del vestido oscuro, el bordado de hilos de plata semeja un collar de complicados arabescos en varias vueltas, o más bien un pectoral. La dedicatoria escrita en tinta azul, que el tiempo no ha desleído, dice: Para Marina, de la Docta Simpatía, con un beso, A.

Voy a empezar por explicarle eso de la Docta Simpatía, dice, mientras retorno a mi asiento.

En el Colegio de Señoritas leíamos por obligación didáctica los cuentos de *Las mil y una noches,* en la versión francesa del doctor Mardrus, entre ellos el de la Docta Simpatía. ¿Lo conoce? La Docta Simpatía es una joven esclava nubia que, gracias a su dominio de todas las ramas posibles del conocimiento, salva de la ruina a su amo, que ha dilapidado su fortuna, cuando la lleva a comparecer, por propia iniciativa de ella, delante del califa Harún Al Raschid para que una asamblea de sabios y maestros de las ciencias y las artes la examine. Interrogada día y noche, responde sin tropiezos sobre retórica, poesía, filosofía, música, astronomía, y además de saber de memoria el Libro Sublime, y las reglas de su interpretación, compone versos, conoce los relatos de la antigüedad, canta con voz sobrenatural, es maestra en la danza, y toca como ninguna la cítara y el laúd. Un portento, además, de belleza y encantos sensuales, sólo comparable a las huríes del paraíso. El califa paga un precio exorbitante por ella, y su antiguo propietario se retira del palacio, más rico de lo que nunca había llegado a ser.

Ya entiende la razón por la que sus amigas de colegio llamábamos a Amanda la Docta Simpatía. Ella era también una suma de gracias. Asombraba por su erudición, y visto aquel despliegue de conocimientos en una adolescente, dueña de una prodigiosa memoria retentiva, era motivo de admiración general. Desde niña evidenció disposición para la danza, gracias a la flexibilidad de su cuerpo, el donaire de movimientos y la segura expresión de sus gestos; tuvo talento para la pintura al óleo y la acuarela, lo mismo que en la cerámica; probó su habilidad para la talla en madera y el modelado en yeso; y al juzgar la tesitura y temple de su voz, el maestro Castagnoni, nuestro profesor de música, la consideró una mezzosoprano de prometedoras posibilidades. Entonaba lo mismo las arias de *Carmen* que los yaravíes melancólicos del altiplano peruano, y las canciones rancheras mexicanas, sobre todo los huapangos, que necesitan de un *tour de force* en los falsetes. Y, obvio, su excelencia en la literatura. Maestra en el relato. En la novela fue un genio. Y no exagero.

He empezado a grabar. Al ver el pequeño aparato sobre el escritorio, guarda silencio, y lo retiro para apagarlo, pero ella me detiene con un gesto.

No, no se preocupe, déjelo. Me entusiasman siempre las novedades de la técnica. Pensaba en la vez que fuimos todas haciendo compañía a Edith, que grabaría poemas suyos, muy primerizos, en un estudio fonográfico recién instalado en las cercanías de la plaza de la Artillería por don Romualdo Poll, dueño a la vez de una tienda de gramófonos y victrolas. Eran unos discos de pizarra, fáciles de quebrarse, y ese disco de Edith lo sufragamos de nuestro peculio, ahorrando del dinerillo que nos entregaban nuestras familias para la colación a la hora del recreo. ¿Qué habrá sido de ese disco? Don Manolo Raventós lo puso una vez, como cortesía suya, a la mitad de un programa de óperas que tenía en la emisora Alma Tica, y que se llamaba Ópera a la Carta. Ésa fue la gloria efímera de ese disco de poesías de Edith.

Notará que no tengo la fotografía de Edith en la pared, al lado de Amanda. No. No terminó bien nuestra relación al cabo de los años. Su carácter se tornó áspero, violento, y así se revela en sus cartas, plenas de acritud; me tomó antipatías que yo no merecía. Me hirió. De los desacuerdos literarios pasó al enojo personal. Y estuvieron también de por medio las desavenencias políticas, porque yo seguí siendo siempre antiimperialista, partidaria del progreso social, de allí que vea usted en esa misma pared en que he colocado a Amanda, a monseñor Sanabria y al general Volio; mientras Edith destiló su amargura por la vía de la adhesión al imperio, y en la plenitud de la guerra fría se colocó en la tienda contraria a la Unión Soviética y a la Tercera Internacional, donde yo me hallaba.

Hay quienes sostienen que Edith llegó a desquiciarse mentalmente, pero yo no lo juzgo así, falta como me hallo de elementos de juicio serios para aseverarlo; pero hubo esa variación radical en su conducta, sin que pueda explicarme el porqué, aunque los textos científicos indican que semejantes cambios, así de abruptos, se deben generalmente a desaciertos mentales; lo digo como profesional de la materia. Si eso fue así, que su psiquis sufrió quebrantos, algo que la exime de toda responsabilidad, cometo seguramente una injusticia al no colocarla en su sitial, al lado de Amanda, y será mi deber repararla oportunamente.

Edith llegó tarde a nuestro grupo, por razón de su menor cuantía en años, unos pocos, y fue nuestro Benjamín. No me atrevo a hablarle de sentimientos maternales de mi parte en época tan temprana, pero la puse de alguna manera bajo mi protección. Los lazos afectivos, por supuesto, siempre estuvieron de primeros, aunque no puede dejarse de lado las identidades políticas que se eslabonan desde la adolescencia; y cuando luego se rompen esos eslabones, hay también fracturas en los sentimientos.

Pero también estaban de por medio los lazos esotéricos, nuestra identificación bajo el signo de la doctrina Rosacruz. En algún esbozo biográfico de Edith he leído que se hizo Rosacruz en México, acogida por la Fraternidad Luz de Oriente. Es un error. Todas lo fuimos desde el Colegio de Señoritas, y Amanda también, gracias a madame Esther de Mezzerville, la egregia directora del plantel. Sembraba en terreno fértil en nuestras almas adolescentes al plantearnos el misterio como símbolo, y la pertenencia a una hermandad secreta nos seducía. Y entre las creencias esotéricas y las posiciones de izquierda militante, hubo una cierta amalgama, por extraño que parezca. Pero ¿no fue espiritualista su compatriota epónimo, el general Sandino, maestro de la Escuela del Magnetismo Universal, y a la vez luchador antiimperialista? Monseñor Sanabria llegó a ser señalado de masón por sus detractores de la derecha, y el general Volio, pese a haber sido ungido como sacerdote en Europa, también fue ordenado maestro masón en la Logia de los Discípulos de Temis de Bruselas. Era ya la resaca de la ola de los dos siglos anteriores, pues los masones, campeones de la revolución francesa, fueron también adalides de la independencia de Latinoamérica, laicos, curas, militares, conspiradores clandestinos todos ellos. Eran los comunistas de entonces, militantes de una internacional perseguida, culpados de difundir ideas exóticas y expuestos al garrote vil de la inquisición. «Albañiles febriles», como los llamaba el propio general Volio.

Madame de Mezzerville nos despertó la afición por la filosofía de los misterios recónditos, con una propuesta final de concordia entre los seres humanos, y de paz universal. Cuando tuvo un número de cinco iniciadas, que era la cifra cabalística, realizó la ceremonia de iniciación en el aula magna, donde se celebraban los actos públicos del colegio, esta vez fuera de las horas escolares y a puerta cerrada. Y la parte principal del rito fue la rasgadura del velo, dos metros de tul que nosotras mismas habíamos comprado por su encargo en el almacén de telas de Bejos Yamuni en la Avenida Central. Rasgó el cendal por la mitad, con la fuerza de sus manos, y eso significaba que se despejaba el obstáculo para que pudiéramos contemplar el rostro de la sabiduría, antes oculto a nuestros ojos.

Edith siguió avanzando en los conocimientos esotéricos hasta alcanzar el Segundo Grado Superior del Templo, al contrario de Amanda, que llegó a olvidarlos. Cuando aún sosteníamos correspondencia me contó Edith de ciertas experiencias que le ocurrieron en México, provocadas gracias a su entendimiento con lo trascendente: cometas diminutos que destellaban en vuelo frente a sus ojos cual joyas aéreas diamantinas, y filamentos luminosos que brotaban de su propio cuerpo como las hebras de una gran cabellera. A la vez trabó conocimiento en Oaxaca con la chamana María Sabino, que le enseñó el secreto para que las legumbres y frutas conservaran su frescura del primer día, como recién llevadas del mercado, y para que las hierbas aromáticas retoñaran dentro del refrigerador. Déjeme considerar todo eso con una sonrisa de desdén racional.

Se ha dicho que para ese mismo tiempo sostenía conversaciones espiritistas con el doctor Moreno Cañas acerca de la salud de Amanda, actuando como intermediaria, y que a través de ella el doctor recetaba a su paciente medicamentos. ¿Usted sabe que había sido el médico de cabecera de Amanda? Al doctor Moreno Cañas se le atribuyen toda clase de curaciones milagrosas, y hasta se le rezan oraciones como si fuera un santo. Pamplinas. Son leyendas surgidas del candor de las mentes pueriles. Y no es que yo sea reacia a aceptar las manifestaciones del mundo parasicológico que comprende la comunicación con el reino de los muertos. Bastaron para esa comprensión mis lecturas de Jung en mis años de formación profesional; pero frente a esos asertos que hablan de consultas, auscultaciones y cirugías practicadas por las manos invisibles del doctor Moreno Cañas, un hombre de bien, y un humanista a carta cabal, guardo estrictas reservas.

Algún chusco podría preguntar si un médico que cura desde el más allá utiliza la ciencia que conoció en vida, o en cambio tiene facultades para apropiarse de los constantes progresos médicos; si es el primer caso, se hallaría bastante desvalido para enfrentar los males de sus pacientes. Tome en cuenta que hoy en día sanar una lesión de la válvula mitral, como la que aquejaba a Amanda, se hace mediante cirugía ambulatoria, por medio de la endoscopia.

Claro, el doctor Moreno Cañas hizo una cirugía de corazón abierto para extraer una bala en tiempos en que los medios científicos médicos eran precarios, no sólo en Costa Rica, también en los nosocomios más avanzados del mundo, Berlín o Rochester. Y según los cándidos, como he comentado, sigue practicando esas operaciones milagrosas después de muerto. Sus pacientes, tras rezarle antes de dormirse, y prepararse con abstinencia de alimentos para la cirugía, se entregan al sueño y despiertan con dolores iguales a los de las heridas quirúrgicas. Pero, ya ve, y perdone mi socarronería, que con Amanda no se dio esa situación, pues nunca la operó desde el más allá de su lesión cardíaca, ante la que al fin sucumbió. Esté seguro de que ella nunca se hubiera prestado a ser instrumento de esas patrañas.

Al poco tiempo tocó a nuestras puertas el marxismo. Desde adolescente yo anhelaba satisfacciones más trascendentes, y las encontré en el naciente Movimiento de Obreros y Campesinos, que dio paso luego a la fundación del Partido Comunista de Costa Rica en 1931, para la fecha en que se crearon también partidos de trabajadores similares en los otros países centroamericanos. Todo ello fue consecuencia de la aparición de las plantaciones bananeras. En la dialéctica de nuestra historia, a la United Fruit debemos el surgimiento del movimiento obrero, pues hasta entonces, ya entrado el siglo veinte, no había en Costa Rica sino mutuales y pequeños sindicatos de artesanos, los más beligerantes los sindicatos de zapateros. La clase obrera debería erigirle un monumento a mister Keith, el fundador de la frutera, y al cancerbero de la misma, el feroz gerente mister Chittenden.

Y ya debe saberlo, que tanto en el sindicato de zapateros de San José, como en las plantaciones de banano de Limón y Golfito, los líderes más aguerridos eran nicaragüenses, aguerridos e inteligentes, chispeantes como pocos, y qué sentido del humor, señor mío, qué coraje a la hora de burlarse de sus propias tribulaciones. Y poetas, no pocos de ellos vanguardistas, los había entre esos contingentes de trabajadores nicaragüenses, Manolo Cuadra un ejemplo excelso.

Don Joaquín García Monge, cuyo retrato falta también aquí detrás de mí, el gran maestro y ejemplar antiimperialista, escribió en el *Repertorio Americano* unas páginas sentidas dedicadas a la muerte de Caballón, que así llamaban a un zapatero nicaragüense de manos prodigiosas, originario de Chichigalpa, alistador en la zapatería Record de la Avenida Central. Mientras trabajaba en su banco del taller, en la trastienda de la zapatería, al son del martillo cantaba un solo del coro de los gitanos de *El trovador,* con voz tan de trueno, escribe don Joaquín, que hacía estremecer las vitrinas donde se exhibían los zapatos y detenía a las gentes en las aceras; y con la misma voz de trueno relataba historias asombrosas de su invención, o las repetía al dedillo de cosecha ajena, escogidas de las novelas de Charles Dickens, Alejandro Dumas o Victor Hugo, manteniendo en embeleso a los obreros. Era un gigante en estatura física y moral, y solía decir discursos completos mientras dormía, tan obsesionado se hallaba con la defensa de los derechos de los de su clase. Organizó los sindicatos de zapateros en San José, y luego el partido lo envió al puerto de Golfito para iguales tareas proselitistas, y allí falleció de una mordedura de serpiente terciopelo, tan letal su veneno que el sabio en ofidios, el doctor Clorito Picado, no logró nunca descubrir un antídoto. Pero aun así, como era tan gigante, el veneno tardó tres días en llevarlo a la muerte.

Yo era una chiquilla, éramos chiquillas todas, pero induje a Edith y a Amanda a sumar sus simpatías por aquel movimiento, y cuando recibimos las primeras lecciones de materialismo histórico en el Círculo de Amigos del Arte, ya dejado atrás el Colegio de Señoritas, pudimos entender mejor la perspectiva de la lucha de clases. Porque éste no era un país tan inocente como siempre se le quiere presentar, una suerte de cromo para turistas, con sus montes azulados y sus carretas de Sarchí pintadas con geométricos adornos coloridos, ajeno a los conflictos causados por las injusticias.

El Colegio de Señoritas, que era una de las instituciones sobrevivientes de la visión de progreso de los gobiernos liberales del siglo diecinueve, algo insólito en una sociedad patriarcal, que se abrieran las puertas de un centro educativo laico dedicado a insuflar conocimientos en la mujer más allá de la buena marcha del hogar. Contradictorio, pero así fue, y todavía alcanzamos a ser beneficiarias de aquel espíritu republicano que ya para entonces expiraba.

Ya el latifundio había hecho desaparecer la pequeña propiedad rural que le había dado al país ese carácter bucólico tan llevado y traído. Se habían convertido en gamonales los caficultores de la meseta, y en el

Atlántico se cernía la sombra ominosa de la United Fruit, dueña ya de las mejores tierras fértiles, que al establecer las pingües plantaciones bananeras creaba una clase desconocida antes, la clase proletaria de peones asalariados. Fue cuando nació, ya lo mencioné, el Partido Comunista.

Teníamos encima, además, la férrea camisa de fuerza de la debacle mundial provocada por la quiebra bursátil en Estados Unidos, y el presidente don Cleto González Víquez agotó sus posibilidades de hacer frente a la crisis que significaba desempleo creciente y escasez de alimentos. La oligarquía pensó entonces de nuevo en don Ricardo Jiménez, y fue una comisión de notables a ofrecerle la presidencia a su finca Pan de Azúcar en Tucurrique, donde se hallaba retirado produciendo panela para la Fábrica Nacional de Licores. Tenía setenta y tres años. Entre don Ricardo y don Cleto, se habían repartido el poder a lo largo del siglo, delegados por los caficultores.

Pero la historia política de Costa Rica no es sino una especie de representación continua donde los actores están cambiando siempre de atuendo, y ya veremos otras veces a don Ricardo contradiciendo los intereses de la United Fruit, en posiciones nacionalistas, a pesar de que había sido su abogado, como ocurrió en ocasión de la gran huelga bananera, cuando mister Chittenden no quiso negociar con los sindicatos que se hallaban bajo la égida del partido. Él impuso su autoridad como presidente, y buscó un arreglo directo con los comunistas que dirigían la huelga. Fue cuando el Comité Central había enviado a Caballón a Golfito, donde se hallaban las plantaciones del Pacífico.

Las elecciones fueron en 1932, cuando nosotras cifrábamos los quince o dieciséis años de edad. Ganó don Ricardo sin mayoría absoluta, y hubo un intento de golpe de estado con la toma del cuartel de Bellavista, donde funciona ahora el Museo Nacional; el general Volio, que había salido tercero en aquella contienda, participó en el intento, por espíritu antioligárquico, aunque es una falla suya haber tomado parte en un cuartelazo de calidad tan bochornosa; luego, gracias a los votos de su fracción parlamentaria, la Asamblea Legislativa seleccionó por fin a don Ricardo, y el general fue escogido a cambio como vicepresidente. Algo por lo que también le critico acerbamente, pues en un momento de fragilidad transó con sus ambiciones de poder.

Una batalla bizarra fue aquella del cuartel de Bellavista, donde los insurrectos se defendían con armas deficientes detrás de los muros en la altura, y las tropas del gobierno, acarreadas desde la estación del Pacífico en los vagones del tranvía, se acercaban a la fortaleza mientras los fusiles disparaban a través de las ventanillas, resultando no pocas víctimas entre simples transeúntes y semovientes en el desconcierto del fuego cruzado. Hubo quince personas muertas, y abundantes heridos.

También se intentó tomar el cuartel de Grecia. Nuestra humilde y provinciana ciudad de Grecia, no la Grecia eterna. Los campesinos que fundaron esas poblaciones y cantones costarricenses tenían una cultura clásica, por lo visto, porque sembraron nuestra geografía de nombres como Grecia, Atenas, Esparta..., y aún tuvimos Cartago, nuestra primera capital, de donde proviene la familia de Amanda por la rama paterna. Tome en cuenta que de las cincuenta familias que vivían en Cartago en 1573, diez años después de su fundación por el adelantado Francisco Vásquez de Coronado, la familia Solano era una de ellas.

Personalidad única en la historia de Costa Rica el general Volio. Recibió las órdenes sagradas de manos del célebre cardenal Mercier tras sus estudios en la Universidad de Lovaina y en el Seminario Mayor de San Sulpicio, en París, y obtuvo el doctorado en Filosofía en la Universidad de Friburgo. Fue distinguido, ademâs, como Caballero de la Orden del Temple. Peleó en Nicaragua en 1912 del lado de los patriotas del general Benjamín Zeledón contra las tropas de la marinería de guerra de Estados Unidos, y tras ser herido en combate fue proclamado general en León, adonde entró conduciendo una carreta de bueyes llena de soldados muertos que él había levantado en el campo de batalla para que no fueran pasto de los buitres.

Se enfrentó con hidalguía a la dictadura de los hermanos Tinoco, sostenida por la United Fruit y los grandes potentados de este país, y la combatió con las armas; hizo en 1926 un intento de regresar a Nicaragua, donde había estallado una nueva guerra civil, a pelear en la columna del general Sandino contra las tropas conservadoras respaldadas por las fuerzas de ocupación, otra vez el Coloso del Norte de por medio, pero la fatiga cerebral lo detuvo en la marcha antes de atravesar la frontera. Recogido en Liberia por sus familiares, fue trasladado a Bélgica para ser internado en un sanatorio de enfermos mentales, pues su razón sufría mengua. Regresó sin embargo completamente recuperado para fundar el Partido Reformista, que tenía por símbolo la lechuza de Minerva, partido de avanzadas ideas sociales en su programa, con decir que proponía la igualdad de salario entre hombres y mujeres, la entrega de tierras a los campesinos, y la nacionalización de las riquezas naturales, tan temprano como a finales de los años veinte.

Le conocimos cuando madame De Mezzerville le giró invitación para comparecer delante del alumnado. Parecía un campesino, en el aspecto y en el habla, y hasta en el corte de pelo, rasurado en las sienes, sin nada de cura, ni nada de militar. Y subido al estrado del salón de actos, comenzó diciendo algo que no olvidé: «La Historia y la Filosofía se diferencian en que la Historia cuenta cosas que no conoce nadie con palabras que sabe todo el mundo; en tanto que la Filosofía cuenta cosas que sabe todo el mundo con palabras que no conoce nadie». Qué sencillez tan sabia.

Pero cuando se fundó el Bloque de Obreros y Campesinos en 1931, ya mi corazón estaba con la lucha proletaria, y desde la reducida atalaya de mi tierna adolescencia podía distinguir entre el reformismo burgués de mi ídolo, el general y sacerdote, y la reciedumbre de la «causa incandescente» de los trabajadores, como dijo en un discurso Carlos Luis Fallas, el insigne autor de la novela *Mamita Yunai,* uno de los fundadores del partido, zapatero igual que nuestro Caballón, el que pronunciaba discursos dormido.

Amanda y Edith simpatizaban también con el general Volio. Las tres simpatizábamos con él, pero de lejos. Nadie iba a reparar en unas chiquillas que se asomaban de vez en cuando a los mítines del Partido Reformista en el teatro Líbano en el paso de la Vaca, un lugar vecino al Mercado Central de Abastos, poco recomendable para nuestras familias, fueran de alcurnia, aunque empobrecidas, como las de Amanda y Edith, o de la clase media, como la mía, hija como era yo de un supervisor de pesos y medidas de la Fábrica Nacional de Licores, que operaba aquí al lado, Facundo Carmona Regás, emigrante catalán.

Se asombraría de la dilatada cantidad de catalanes que se fincaron en Costa Rica desde el siglo diecinueve. Sin los catalanes, duros y sobrios, emprendedores y cabezones, la historia de Costa Rica se contaría quizás de otra manera. Unos vinieron a abrir brecha en las labores agrícolas, que renovaron, otros a ejercer profesiones liberales, médicos y demás, y otros a cumplir tareas técnicas, como mi padre.

Mi padre, nacido en Manresa, fue llevado de niño a Cuba por mis abuelos, y aprendió el oficio de supervisor en la destilería Arrechabala de La Habana, oficio que ya dominaba muy bien cuando, recién casado, lo llamaron a servir en la Fábrica Nacional de Licores, en proceso entonces de ser ampliada y remodelada para modernizar su producción, y así se estableció aquí con mi madre, Soledad Miró, oriunda de Matanzas.

Lástima que no guarde una foto suya en esta oficina. Tendría que mostrársela en casa para que vea cuán hermosa fue, de una belleza diferente a la de Amanda; era el tiempo en que las mujeres se cuidaban poco de la abundancia de sus carnes, algo que más bien realzaba sus encantos, suficientes para que en Cuba sirviera de modelo para la estampa de la tapa de una caja de tabacos de la fábrica Fonseca. Murió muy joven, atacada de disentería, cuando las condiciones de salubridad en San José eran más que precarias, con las aguas negras corriendo libremente por las calles, y así me acomodé a vivir en soledad con mi padre, la única hija mujer de su matrimonio, nacida cuando recién arribaron a Costa Rica. Mis dos hermanos, Francisco y Ricardo, emigraron muy jóvenes a la costa oeste de Estados Unidos, y allá murieron, Ricardo hace apenas tres años en Fresno, California.

Una tarde nos quedamos las tres, Amanda, Edith y yo, en el aula vacía después que había sonado la sirena que marcaba la salida de las clases. Discutimos, y acordamos dar el paso de apoyar al naciente movimiento proletario, sin dejar por eso nuestras simpatías con el general Volio. Y para no desilusionar a madame De Mezzerville, no abandonamos tampoco nuestra pertenencia secreta al capítulo de la sociedad Rosacruz que ella había fundado con nosotras, y que dependía de la Antigua y Mística Orden fundada en San José de California. Como ya le expresé, de las tres, Edith es la única que llegaría lejos en lo esotérico.

Falta ahora que le hable de monseñor Sanabria, y de la admiración que despertó en nosotras. Igual que en el siglo diecinueve la fundación del Colegio de Señoritas fue una flor del páramo, como rareza de la inspiración liberal, mayor rareza aún venía a ser que de la iglesia reaccionaria surgiera, además de un personaje como el general Volio, otro como monseñor Sanabria.

Por eso cuelga también en la pared frente a usted su fotografía. Primero, mi admiración ante su talento. A los veinte años era doctor en Teología, graduado en el Colegio Pío Latino de Roma, a los veintiocho vicario general de la Arquidiócesis de San José, a los treinta canónigo teologal, a los treinta y ocho obispo de Alajuela, a los cuarenta arzobispo de San José. Pero su vida no nos diría nada si se hubiera quedado hasta su muerte simplemente como arzobispo, que estaba destinado a serlo, un arzobispo como tantos otros del continente, imbuido de las ideas conservadoras de la época. Por eso coloco de inmediato mi admiración por sus ideas de cambio social, que representaron un hito en Costa Rica. Para hacerlas valer contaba con un arma poderosa, la encíclica *Rerum novarum* de León XIII, ya antigua para entonces si usted quiere, pero muy útil todavía en este país, pues proclamaba los derechos de los trabajadores, que aquí eran nulos. Una encíclica para adormecer la conciencia de la clase proletaria y favorecer los intereses capitalistas, decían algunos compañeros del partido entonces, pero ésas vienen a ser futilezas frente al uso que le dio monseñor Sanabria al documento papal.

Las reformas sociales profundas del gobierno del doctor Calderón Guardia sólo fueron posibles gracias al respaldo de monseñor Sanabria, némesis de la oligarquía furibunda, y gracias también al respaldo del Partido Comunista. Una triple alianza, y mire qué alianza: Calderón Guardia, el médico de los pobres; monseñor Sanabria, el obispo socialista; Manuel Mora, el líder comunista. Y como resultado, el seguro social, el código del trabajo, la derogación de las leyes de la economía liberal decimonónica que castigaban el llamado delito de vagancia con trabajos forzados a favor de los dueños de las plantaciones de café.

En el año de 1943, una semana antes de las elecciones que ganó don Teodoro Picado con el respaldo del Partido Comunista, al final del mandato del doctor Calderón Guardia, monseñor Sanabria pronunció en la concurrida misa dominical de las diez de la mañana en la catedral un célebre sermón en el que quitaba todo impedimento a los católicos para ingresar a las filas comunistas. Se podía ser católico y tener carné comunista sin cargos de conciencia, sentenció desde el púlpito. La prensa reaccionaria llenó sus páginas de vituperios en su contra, y aparecieron caricaturas en las que se le ponía con una hoz y un martillo colgando del cuello, en lugar de la cruz pectoral de su ministerio.

Lo vi la primera vez de niña, llevando él la custodia en la procesión de Corpus Christi que recorría las calles de San José, subido a una carroza engalanada con profusión de calas blancas que tiraba un tractor agrícola, todo el tiempo arrodillado. Y me admiré de que pudiera resistir en aquella pose por tantas horas como tenía de recorrido la procesión. Años más tarde, Amanda y yo fuimos parte de una comisión de alumnas del Colegio de Señoritas que a instancias de madame De Mezzerville le pidió una audiencia en el Palacio Arzobispal, y nos entretuvo en una charla muy amena. Queríamos oír de sus labios cómo explicaba la doctrina social de la Iglesia. Nos ofreció un vino con galleticas, seguramente vino de consagrar, y se rió ante nuestra reticencia inicial a probar el vino, que era de un dulzor empalagoso.

El segundo encuentro fue cuando acompañé a Amanda a visitarlo, también en el Palacio Arzobispal, en ocasión de uno de los últimos viajes de ella a Costa Rica, porque traía la comisión de hacerle una entrevista para la revista mexicana *Tiempo* que dirigía don Martín Luis Guzmán, testigo y protagonista de la revolución y connotado autor del libro *Memorias de Pancho Villa*. Nos recibió cordialmente, pero su espíritu era de decaimiento por todo lo que había ocurrido en los últimos años, los muertos de la guerra civil de 1948, para empezar a contar, de los que se sentía culpable a pesar de que había servido como mediador en el conflicto; pero él insistía en que su intervención no había tenido la energía necesaria. Cómo sería su ánimo que las cortinas de su despacho permanecieron cerradas y hablamos en la penumbra, mientras una vela ardía en un vaso de fulgores rojos a los pies de una imagen de Jesús Crucificado, de tamaño natural; aunque tampoco ayudaba que afuera llovía bajo un cielo oscuro con una violencia que no es propia de la meseta.

No tengo un ejemplar de la revista, lástima, pero recuerdo entre sus reflexiones algunas que procuraré reconstruir: cuando los costarricenses comparecemos en el escenario público, decía, solemos llevar máscaras contrastadas, todas feroces, cuando a veces deberíamos usar máscaras iguales, en correspondencia con nuestros intereses iguales; y puso de ejemplo la guerra civil de 1948. Los comunistas de Manuel Mora y los socialdemócratas de José Figueres, por ejemplo, querían lo mismo para el país, así como el doctor Calderón Guardia y él querían lo mismo para el país: seguridad social, legislación laboral moderna, educación y salud para todos, y los bancos, los seguros, las comunicaciones y la energía como monopolios del estado. Si hubiéramos llevado entonces las mismas máscaras, como correspondía, las del interés social, no habríamos tenido guerra, agregaba; y, sin embargo, fuimos a un conflicto sangriento en el que, como siempre, el pueblo pobre puso los muertos.

Pero algo que monseñor Sanabria no alcanzaba a vislumbrar es que las máscaras verdaderas con las que subimos al escenario de la guerra de 1948 eran las máscaras de la lucha por el poder, y ésas necesariamente son diferentes, una para cada rostro. No lo veía porque a él no le interesaba el poder. El poder era completamente ajeno a su persona.

¿Y qué pasó?, se preguntaba monseñor Sanabria en esa entrevista, para enseguida responderse a sí mismo: al triunfar el movimiento de Liberación Nacional, José Figueres no sólo mantuvo las conquistas sociales de Calderón Guardia, que habían sido respaldadas por los comunistas, sino que las amplió, al nacionalizar los bancos y los seguros, y abolió el ejército. Magnífico habernos quedado sin ejército. Y por otro lado, ¿quién le dio las armas a Figueres para su alzamiento? El presidente Juan José Arévalo de Guatemala, un maestro progresista, con ideas parecidas a las del doctor Calderón Guardia. ¿Y los dominicanos, nicaragüenses, cubanos, que vinieron a pelear del lado de Figueres, miembros de la famosa Legión del Caribe? Enemigos acérrimos de las satrapías de Trujillo, de Somoza, de Batista, en sus respectivos países, todos ellos sensibles al sufrimiento de sus pueblos, adversarios de la injerencia extranjera, contrarios a las oligarquías, como era contrario el mismo Figueres, y como eran contrarios los comunistas costarricenses. ¿Entonces? ¿Para qué todo este embrollo si estaban de acuerdo? ¿Para qué toda esa sangre derramada?

Al finalizar vino con nosotros hasta la puerta del despacho, y pasó entonces algo insólito. Amanda y yo, que no éramos creyentes, conducidas por un impulso que debo llamar místico, nos pusimos de rodillas frente a él, que trató de impedirnos el gesto, pero era ya tarde, y no tuvo más que darnos su bendición. Nos ayudó a incorporarnos, y reteniendo las manos de Amanda entre las suyas, le dijo: yo soy un zoilo, y no entiendo de literatura, pero quienes saben me aseguran que es usted muy especial en su sensibilidad, que Dios la ayude en su tarea de belleza. Prometo que la leeré.

Tras tantos años que han pasado no me apeno de haberme arrodillado en su presencia, y pienso que volvería a hacerlo frente a alguien de la catadura moral de monseñor Sanabria. No se necesita ser creyente de misa diaria para reconocer la presencia de la santidad, que es una fuerza sobrenatural superior a las formas de cualquier religión.

Comparto absolutamente el criterio de monseñor Sanabria de que las partes en conflicto en la guerra de 1948 tenían pretensiones similares. Pero no pudimos verlo en su momento por las encendidas pasiones políticas, que a la luz del marxismo aprendimos a apreciar como confrontaciones de clase, comunistas contra burgueses. La lucha por el poder, ese baile de máscaras a veces tan sanguinario, ya le dije. Yo, en lo personal, me identifiqué con el bando calderonista por afinidad con el partido, y mantuve esa identificación hasta el final de la guerra civil, igual que Edith, quien lo hacía de manera más beligerante, pues escribía en *El Imparcial* de Guatemala artículos muy encendidos. Para Amanda, mientras tanto, tan enferma y pobre, y en su exilio, el tiempo de ocuparse de la política era poco, aunque tenía amigos en ambos bandos; en las filas del gobierno, por simpatía ideológica, en el de los insurgentes, por extracción de clase.

Es que en el bando de los rebeldes había gente de la burguesía rancia, los hijos de papá, provenientes de las familias ricas, dueños de apellidos de tradición, y también muchos nuevos ricos. Revise las listas de combatientes de ambos bandos, y se dará cuenta de la diferencia de apellidos. Cómo sería que a los alzados bajo el mando de Figueres los llamaban «los glostora», porque se peinaban con brillantina perfumada; en cambio, a los calderonistas los llamaban «los mariachis», porque la mayor parte eran trabajadores de las plantaciones bananeras que resentían el frío de la meseta central y se envolvían en cobijas listadas, como los charros de las películas mexicanas.

No alcanzan las personas de apellido para formar un ejército, me dirá usted, con razón. Y que en el otro bando, el del gobierno, había igualmente gente rica también es cierto. Pero el movimiento de Figueres era esencialmente un movimiento anticomunista, y ésas eran las banderas que ellos agitaban, librar a Costa Rica del peligro soviético, no olvide que vivíamos los albores de la guerra fría tras el fin de la Segunda Gran Guerra, y la luna de miel de las potencias aliadas llegaba a su fin.

Es verdad que el doctor Calderón Guardia había llegado al poder en 1940 con respaldo del capital reaccionario, pero los grandes capitalistas cafetaleros, banqueros y comerciantes, los señores del Olimpo, como los llamaban, la crema y nata de la oligarquía, le quitaron ese respaldo cuando se sintieron heridos en su peculio por las reformas sociales; y ahora que se presentaba de nuevo como candidato en las elecciones de 1948, apoyaban en su contra al periodista Otilio Ulate, director de *El Diario de Costa Rica,* que defendía sus intereses.

Tras el alegato de que se había cometido fraude electoral a favor del doctor Calderón Guardia, Figueres llamó a una huelga de brazos caídos antes de proclamar la insurrección, y lo hizo mediante una arenga desde el balcón de *El Diario de Costa Rica.* ¿Quiénes respaldaron la huelga? Los señores del Olimpo, que mandaron a cerrar las puertas de sus negocios en San José. Las enlutadas de los desfiles llamados por la oposición eran también señoras de sociedad, de finos tacones altos y cubiertas con mantillas españolas de ir a misa. No quiero aparecer sesgada en mis opiniones, pero es la realidad.

Lo que no queda bajo alegato es, si me permite la coda, que había nicaragüenses en ambos bandos del conflicto, otra vez los omnipresentes nicaragüenses. Los hubo en la guerra civil de 1948, tanto como ahora los hay en la paz. Una verdadera invasión de compatriotas suyos tanto ayer, como ahora. Y eran excelentes combatientes. ¿No le parece que en cada nicaragüense hay siempre un estratega militar de nacimiento, y un poeta de nacimiento?

Tampoco he conocido nunca a uno de ellos que no se preste a arreglar cualquier aparato descompuesto, aunque no conozca ni su mecanismo, ni su función, o se resista a opinar en el asunto más peliagudo, aunque ignore los rudimentos del tema.

Hubo corrupción, claro, tanto en el gobierno del doctor Calderón Guardia como en el de Teodoro Picado, que lo sucedió en la presidencia. En las democracias burguesas hay siempre corruptelas por parte de individuos inmorales. Pero Manuel Mora y Carlos Luis Fallas, a la cabeza del partido, nunca participaron de esos actos, y los repudiaron.

El partido defendía las reformas sociales, pero no se hacía cargo de los actos indignos de los demás, y respaldó al gobierno del doctor Picado en la guerra, pero no los abusos, desapariciones y ejecuciones que se dieron, aunque tome en cuenta que se trató de una lucha muy cruenta; en ese breve período de su historia, esta arcadia fue sacudida por el más tremebundo terror, y por una violencia inusitada, esa violencia que tanto pesaba en la conciencia de monseñor Sanabria. Y también tome en cuenta que las huestes alzadas contra el gobierno ponían bombas sin cuidarse de las víctimas civiles, pues los glostora eran eficientes terroristas. Una de esas bombas estalló en el propio automóvil de Manuel Mora, y Figueres se responsabiliza personalmente de ella en sus memorias. Las armas son siempre una maldición. Un laurel que nadie puede quitar de la cabeza de Figueres es ese de haber abolido al ejército tras el triunfo de sus armas, y no me canso de brindarle mi aplauso; como ve, en esto termino hablando como costarricense, más que como partidaria de nada.

Dichosamente fue la última vez que nos matamos entre los costarricenses por razones políticas, salvo en ocasión de las invasiones patrocinadas por Somoza desde territorio nicaragüense, en la Navidad de 1948, y más tarde en 1955, en busca de derrocar a Figueres. Eran fuerzas calderonistas armadas por una dictadura. Monseñor Sanabria, cuando el doctor Calderón Guardia alzó la guerra desde su exilio en Nicaragua para aquella Navidad de 1948, lo llamó «maldito», sin reparar en su íntima alianza de antes. Era el grito desesperado de un humanista que creía en la justicia social y creía en la paz, respaldaba todo lo que fuera consonante con sus creencias, y rechazaba lo que se les opusiera, la guerra para empezar.

¿Cómo justificar que un reformador social de la calidad del doctor Calderón Guardia se aliara con un tirano de la calaña de Somoza? Tal vez es imposible, salvo si se recurre a la explicación de que la búsqueda del poder todo lo justifica. El sempiterno baile de máscaras. Pero ¿cómo justificar también que Figueres, un demócrata, apoyara la intervención militar yanqui a República Dominicana en 1965, aceptando el papel de consejero del presidente Johnson, mientras los patriotas del coronel Francisco Caamaño resistían en las calles de Santo Domingo?

Todas nuestras figuras de bronce tienen en sus cabezas coronas de excrementos, igual que en los parques. Pero mire la magia costarricense: monseñor Sanabria, el doctor Calderón Guardia, Manuel Mora, José Figueres, todos ellos fueron proclamados luego Beneméritos de la Patria por la Asamblea Legislativa. El rasero nacional trabaja también hacia arriba, exaltando, y no sólo rebajando, pero tiene que ser, necesariamente, post mórtem. Amanda, a la que apasionaba este tema del rasero nacional, hubiera disfrutado mucho con esta elevación a los altares de nuestros cuatro personajes de entonces. Cinco beneméritos porque también se agrega a Otilio Ulate, que fue instalado por fin en la presidencia tras el período de facto de Figueres como presidente de lo que él llamó la Junta Fundadora de la Segunda República.

Pero le he distraído de la historia personal de Amanda con mis disquisiciones políticas, que de todos modos creo útiles para enmarcar su vida y su época. Y se me viene a mentes el boicot al recital de poesía de la Liga Falangista en el teatro Raventós, cuando Amanda apagó las luces. Supongo que tiene noticia de este acontecimiento de nuestros años juveniles.

Un declamador cursi y engolado aquel tal González Marín, con un repertorio de poesías de José María Pemán, el bardo oficial del franquismo. El público estaba compuesto de curas con sus capas de seda y sombreros de piel de castor, monjas de hábitos abundantes y rosarios al cinto, niñas y señoritas del Colegio de Sión y otros planteles educativos religiosos con sus respectivos uniformes, damas de las cofradías católicas y caballeros del Santo Sepulcro, los señores de la Cámara Española de Comercio, más ministros del gobierno de don León Cortés, que había sido electo con el apoyo económico de los empresarios de origen alemán, partidarios del nazifascismo.

Y cuando el declamador recitaba aquello de «y es que Andalucía es una señora de tanta hidalguía...», para dar la consigna yo grité desde mi asiento, usando las manos como bocina: «... ¡que le han quitado de las posaderas la silla...!», con lo que Amanda cortó de inmediato los fusibles, y ya el teatro a oscuras se formó un pandemónium. Entraron los gendarmes, y usando focos de mano trataban de agarrar a los culpables que ahora rechiflaban y gritaban lemas contra el fascismo, y más de algún cura y más de alguna inocente cofrade salieron golpeados por los bastonazos indiscriminados de la policía.

Aquí tengo un ejemplar de *La Hora,* correspondiente al 5 de noviembre de 1937, donde se da en primera página la noticia de la destitución de Amanda, por instrucciones expresas del presidente León Cortés, del puesto que tenía en la Oficina de Tributación Directa, como represalia ante su participación en los hechos del teatro Raventós.

Ya estaba casada desde el mes de julio de ese mismo año con Horacio Zamora Moss, quien fue también parte activa del grupo del boicot. En página interior de esta misma edición de *La Hora,* por coincidencia, hay una reseña crítica de Amanda sobre el concierto del pianista de nacionalidad argentina Óscar Luis Karzag, que se presentó en el Teatro Nacional con un programa de composiciones de Debussy, y ella habla admirablemente de la música descriptiva en su reseña. Nadie hizo caso a ese texto de altos quilates, sino a que había sido destituida por revoltosa.

El grupo de alumnas del Colegio de Señoritas que compartía un cúmulo de ideas de rebeldía, alentadas por madame De Mezzerville, no se mantuvo igual cuando salimos de las aulas. Quinceañeras que a semejante edad veían con ardor el mundo, simpatizantes de los Rosacruces, del Partido Progresista del general Volio, del Partido Comunista, de las huelgas de los trabajadores bananeros, del movimiento antifascista, de la República Española, y, ya a aquella edad, rebeldes a las convenciones sociales que eran mantenidas como ley sagrada en sus hogares; pero todo visto desde el prisma del patio de recreos de un colegio respetable de señoritas hijas de familia, que se beneficiaban de la instrucción pública gratuita.

Luego fueron acomodándose a los frenos impuestos por su procedencia burguesa, a sus restricciones de clase, modos y costumbres a los que se amoldaron. No romperían nunca su cordón umbilical, como lo hicieron Amanda y Edith riéndose con bonhomía de esas convenciones, zahiriendo a quienes las practicaban, y renunciando a ellas en sus propias vidas, hasta captarse el ostracismo y la vindicta. A las demás las ganó el egoísmo propio de su clase, y las ganó el acomodo.

Pocas le tendieron la mano en sus momentos de angustia y de pobreza, aquí en su patria y mientras vivió en el exilio en Guatemala y en México, enferma, desamparada. ¡Amanda, sepultada de caridad, en una tumba

marcada por un mojón con un número, en un cementerio extranjero! La verdad sea dicha, en sus últimos viajes
a Costa Rica quienes la rodeábamos éramos escasos, unos
por artistas, otros por bohemios, otros porque no teníamos nada que perder en el mundo social. Se le cerraban
puertas. Llamaba para acordar entrevistas, reencontrar
amistades, y se le daba la callada por respuesta. Fui testigo de su sufrimiento frente al desprecio.

    Pero ya muerta era otra cosa. Amanda muerta se
volvió inofensiva, ya no podría transgredir ninguna regla, ni incomodar a nadie con sus amoríos y con sus opiniones. Por eso se la podía repatriar sin riesgos. Ya no
hablaría más, ya no provocaría a nadie, ya no se verían
las esposas amenazadas por aquella coqueta infame, des-
tructora de hogares, según la pintura que hicieron de ella
sus detractoras.

    ¿Feminista Amanda? Se lo explico. Bajo la égida de
madame De Mezzerville el feminismo despuntaba entre
nuestras preocupaciones adolescentes como una nueva visión de las relaciones en la sociedad, y formaba parte del
cúmulo de luchas planteadas desde la rebeldía. Nuestra
adalid encabezaba la Liga Feminista desde el año de 1923,
y luchaba por que el Congreso Nacional reconociera el derecho de la mujer a ejercer el voto. Y esa conquista no se
logró sino en 1950, después de la revolución democrático-
burguesa de Figueres, porque la sociedad no estaba aún
madura para ello cuando éramos colegialas.

    Y a pesar de la impronta de madame De Mez-
zerville, siendo alumna del colegio Amanda publicó un
ensayo en la *Revista Costarricense* del 16 de octubre de
1932, que aquí tengo, y que se titula «¿Puede la mujer
tener los mismos derechos políticos que el hombre?».
Es un texto breve. Había permanecido oculto por mucho tiempo, y alguien lo ha exhumado recientemente.
Esa revista, de duración efímera, tenía una nula circula-
ción.

En resumidas cuentas Amanda plantea en el artículo que no resulta conveniente, desde ninguna perspectiva, que la mujer goce de los mismos derechos políticos que el hombre. Escuche:

La mujer que quiera sentarse en las sillas del Congreso, la que quiera vivir esa vida agitada y pujante de la política, que selle las puertas de su casa y anule su personalidad...

¿Qué quiere usted? El molde del que Amanda salía era el de una sociedad patriarcal. Poco más tarde vendrían sus opiniones provocadoras acerca del matrimonio, y las más provocadoras aún, acerca de las diferencias entre esposa y amante, que están en un pasaje de un cuento suyo de 1937, escrito apenas cinco años después. Tener esposa, después de todo, no es lo mismo que tener mujer, dice en ese cuento; la esposa fiel es una institución, un deber, y, a veces, una calamidad. La mujer, en el sentido de amante, está dotada de una sensibilidad que la esposa no tiene, porque la esposa, cuando es constante, no conoce el pecado de la infidelidad, de allí que sea mucho más fácil engañar a una esposa que a una amante con otra amante, ya que la amante tiene una perspicacia agudizada por la incertidumbre, lo que la hace notar de inmediato cualquier violación al código de las relaciones ilícitas, mucho más implacable que el código de las relaciones matrimoniales.

Y dice más en ese mismo texto que bulle de provocaciones: dice que el hombre es un ser polígamo por naturaleza. ¿Opinión machista, así como las anteriores acerca de la diferencia entre esposa y amante parecen ser opiniones ácratas? Me dirá usted que se trata de un cuento, y son expresiones de los personajes: pero usted como novelista sabe que en boca de los personajes se suele poner convicciones arraigadas en el alma del autor, aunque sea de modo inconsciente. De cualquier manera, todo lo que dice, cualquiera que sea la motivación profunda, tiene como propósito causar escozor, provocar al escándalo, no lo pierda de vista.

Defendía su derecho a ser mujer, por sobre todo, y para ella esa condición se basaba en su sexualidad, que no tenía sentido sin el complemento masculino. Y parte esencial de su derecho de mujer era elegir a los hombres. Al hombre. No el derecho de elegir ediles, diputados, presidentes, en las urnas de votos. Elegir ella misma a su pareja, al compañero de lecho, y no ser elegida pasivamente, como es norma de la sociedad patriarcal. Y cambiar la pareja cuando no resultaba de su conveniencia, su derecho también. Aquél fue el gran paso de su filosofía personal, y lo que más sinsabores trajo a su vida. A eso le llamaban libertinaje, liviandad, o prostitución nuestros ceñudos señores de gabinete, y las implacables señoras del té canasta; mas para ella era una de las formas de su libertad, la más preciada de todas.

Y qué otras ideas sediciosas no expresaba acerca de los hombres, como en su novela *La puerta cerrada*, cuando en el capítulo 19 se explaya, por ejemplo, sobre el pensamiento de Aurora, personaje que es un álter ego suyo. Que ella es Aurora, se lo dice en una carta de 1947 a don Joaquín García Monge, que aquí guardo:

> *El personaje lo aporto yo en el cuerpo vulgar de Aurora, una mujercita desorbitada que busca el nombre de su padre durante una vida entera, para explicarse las anormalidades de su propio carácter...*

Para Aurora todos los hombres son sublimes. Tienen la certeza de la sublimidad puesta en ellos por Dios para evitar que el molde humano se relaje con el uso. Qué idea atrevida. Si el hombre se aleja de esa condición divina, degrada su masculinidad, hiriendo su propia calidad natural. Y cómo juega pícaramente con el concepto, al aclarar que la novelista no toma responsabilidad por este pensamiento que pertenece a Aurora, cuando ya conocemos su confesión de que se trata de ella misma. Otra vez, la provocación.

Las mujeres forman una comunidad bajo el rasero de sus faltas y debilidades, sigue Aurora, es decir, Amanda. Y aunque una mujer se piense distinta, y crea hallarse por encima de las otras, entra a participar forzosamente de esa comunidad apenas incurre en el pecado, debido al sentimiento de remordimiento y de culpa que la iguala con las demás de su género. El sentimiento de culpa que proviene del hecho de hallarse siempre propensa a caer, frente a la majestad impoluta del hombre. La carga del pecado original. Es así, gracias a un acto permanente de contrición, que pasa a formar parte de esa «comunidad de incertidumbre» de la que, por tanto, ninguna mujer, por mucho que se crea diferente, puede librarse. La culpa, el remordimiento, o sea, la debilidad congénita del sexo. Por esa razón de la culpa es que Aurora, y deberé decir en adelante Amanda, porque el disfraz no le vale, se sentía indefensa a la hora de someterse ante la «sublimidad viril», vencida pero satisfecha, sometimiento que le daba tranquilidad y comodidad de espíritu; es decir, se amoldaba de manera natural bajo el dominio del hombre. La rebelde encadenada. La prisionera voluntaria del sexo masculino.

Confiesa que se siente mal frente a las actitudes pueriles de las mujeres, ese enseñar de manera impúdica su debilidad y su desamparo, la perplejidad que revelan a través de sus gestos de confusión y en su llanto cuando se sienten en falta. Pero al fin reconoce que no se trata sino de una actitud voluptuosa, de llamada al macho, de la que ella misma participa de forma irrevocable. Es lo que llama «la entrega impremeditada», que conlleva inercia, relajamiento, una disposición de sometimiento sin límites. Pretende que nada de eso le gusta, la tolerancia que se convierte en viciosa disposición al sacrificio por el amor, hasta la abolición de la propia personalidad, y la disolución del ser femenino en el ser masculino; pero sabe que, al final, es una condición que comparte con todas las demás mujeres por razones ineluctables, pues nació para rendirse ante la magnificencia del rey de la creación.

En realidad, Amanda no parece haber cambiado nada desde aquel artículo de sus tiempos de adolescente. Ya sé que en ese artículo primerizo de lo que habla, negándolos, es de los derechos políticos de la mujer; pero la frontera entre personalidad política y personalidad sexual parece ser siempre muy tenue.

Busque usted lo contradictorio en su pensamiento y en su conducta, y encontrará las explicaciones. Se libera, y se deja llevar. Se rebela, y se entrega. El grito de rebeldía en la calle, y el grito de placer que se ahoga en la alcoba. ¿Cómo escapar a su condición de mujer, sin el riesgo de volverse asexual? Usted, como novelista, está dotado para ver muy clara esa contradicción, y la manera en que encuentra su síntesis.

Teresa, la sumisa esposa del déspota don Vasco, es otro de los personajes de *La puerta cerrada* en el que también se encarna Amanda. Pero Teresa, al revisar su vida al momento de su muerte, sostiene lo contrario de Aurora. Dice que al volver los ojos hacia su pasado matrimonial, se da cuenta que nunca valoró las fuerzas desperdiciadas en hacerse siempre un mísero ovillo, en volverse nada, en bajar la cerviz ante el marido, en soportar aquel sometimiento constante que se convertía en vejación. Esas mismas fuerzas habrían sido suficientes, y aun sobrado, para alzar sobre sus hombros su casa, los hijos, y el honor, ser la cariátide que nunca pudo ser. Fíjese que aquí la Amanda casada, la Amanda esposa, habla del honor como algo desperdiciado bajo el sometimiento matrimonial.

¿Y por qué ha soportado Teresa a lo largo de una vida semejante humillación, al grado de perder el honor? Porque vive, confiesa, en una sociedad donde una mujer que nunca pudo lograr casarse es objeto de burla y olvido. ¡La solterona! Preferible la casada sometida a la solterona. Y peor si la mujer perdió al marido porque se divorció, pues es un ser que no se reconstruye ya más. ¡La divorciada! Esa condición que la misma Amanda padeció, y que conllevaba, frente a la sociedad vigilante, también la pérdida del honor. Otro tipo de honor, el honor social, mientras el que Teresa ha perdido al someterse es el íntimo honor personal, el que conlleva la dignidad.

Una mujer así de atormentada desde el principio por estas contradicciones, que como una lanzadera siempre estaba buscando unir hilos de colores opuestos, no podía entregarse a compromisos políticos definitivos, y por eso no figuró como militante del Partido Comunista ni cuando se casó con Horacio Zamora Moss. El carné era algo que se tomaba muy en serio, había requisitos que llenar, y los procedimientos se respetaban al dedillo. Además, Amanda no tenía espíritu de militancia de nada, era demasiado libérrima como para angostarse en una disciplina. Y el partido era como la Santa Iglesia Católica, con arzobispos, obispos y sacerdotes. Intervenía en situaciones amorosas, exigía la monogamia, vigilaba el matrimonio, condenaba los divorcios. Y tampoco el Politburó estaba de acuerdo con certámenes de belleza, y menos con fotografías tan ligeras publicadas en los periódicos, como la del traje de baño, sobre la que ya le hablaré. Habrán puesto esa foto en su expediente de aspirante, como una señal roja de alarma, si es que solicitó alguna vez su ingreso.

En mi caso, presenté mi solicitud en debida forma y se me dijo que debía esperar a que se cumpliera el trámite, y mientras tanto quedaría bajo vigilancia. Nunca se me avisó. ¿Desconfianza? ¿Intrigas? No lo sé. Pero me vi privada de aquel carné que era un anhelo juvenil para mí. Luego fui recompensada durante mi estancia en Santiago, al ser incorporada a una célula del Partido Comunista en la Universidad de Chile, y el propio Pablo Neruda me entregó el carné. Y siendo dueña de ese carné, fui admitida en la Universidad de Columbia. En aquel tiempo de la era Roosevelt, ser comunista no era el pecado atroz que llegó a ser cuando sobrevino el macartismo.

La huelga bananera se dio en agosto de 1934, el año en que nos graduamos en el Colegio de Señoritas, y participamos entonces en colectas de fondos y venta de boletos para rifas a fin de sostener a los huelguistas, lo mismo que en distribución de volantes, y en apoyo de algunos mítines que a veces tenían cariz artístico, como los que se celebraban en el teatro Induni, donde éramos encargadas de la taquilla. Había unas gemelas, Lena y Lina, hijas de otro catalán, Sergi Rivero, dueño de la tintorería Reina Mab, que bailaban polcas en ajustada malla de cirqueras, y resultaban una atracción para el sexo opuesto; cantaba tangos Romualdo Descalzi, a quien se consideraba un émulo de Gardel, y por ello se le llamaba el yigüirro criollo, a guisa del zorzal criollo; la diva del bel canto Ofelia Chaverri, la actriz Clemencia Portugués, que recitaba monólogos dramáticos y participaba en la representación de cuadros humanos. En fin.

Eran acciones más o menos clandestinas, y Edith, Amanda y yo siempre participamos juntas. Recuerdo que hubo un plantón en la plazoleta frente a la estación del ferrocarril del Atlántico, y llegaron los gendarmes y nos cargaron a cinchonazos, con lo que huimos. Un procedimiento policial salvaje, porque golpeaban las espaldas con el plano de sus cinchas, que eran una especie de espadones, no importa si una era mujer. Esa vez, papá, que conocía de mis actividades, me llamó aparte, y me dijo: hijita, yo respeto su pensamiento, pero si en la Fábrica de

Licores saben de sus andanzas, a mí me despiden. Escoja usted entonces. Y tuve que restringirme. Reconozco que esa flojera o inconstancia de mi parte influyó en la negativa para que se me extendiera el carné formal, aunque yo me distinguía en contribuciones intelectuales, que no eran necesariamente de presencia callejera. Diré que tampoco se lo otorgaron nunca a Edith, porque sus inconstancias, peores que las de Amanda, no la hacían confiable para la jerarquía.

Para esos tiempos Amanda aparecía a menudo en las páginas sociales de los diarios. ¿No lo ve contradictorio, si ya ensayaba sus poses de rebeldía? Le cuento lo del traje de baño. Nos ocupábamos de las andanzas del apoyo a la huelga bananera, y por comisión que nos dio alguien del partido, un muchacho al que llamaban Muñeca porque gracias a la fortaleza de la muñeca de su brazo era campeón de competencias de pulso en su barrio, el barrio Luján, fuimos a la sala de emergencias del hospital San Juan de Dios a recibir un paquete de apósitos y antisépticos que sor Ignacia, una monja de nacionalidad colombiana, colaboradora de la causa, nos iba a entregar mediante un santo y seña que le dimos, y que era «el pájaro trina en la rama». Ella desapareció en busca de los materiales, y tardó en volver, seguramente porque enfrentaba dificultades en sacarlos sin ser notada, y Amanda, muy preocupada, nos dijo: desde hace media hora tenía que estar en *La Hora* para unas fotografías que me harán en traje de baño. Sus palabras sonaban insólitas. Edith se rió. Yo me quedé seria. Participaba entonces Amanda como candidata para un reinado de belleza que despertó oleadas de pasiones entre los partidarios de las jóvenes concursantes, y buscaban cada una la propaganda en los periódicos; y aunque apenada con nosotras, se fue a cumplir el compromiso que le demandaba la frivolidad.

Lo del traje de baño fue un escándalo. A mí misma me escandalizó entonces, cuando abrí un sábado el periódico y la vi en aquella pose que era en sí misma desafiante, las manos en las caderas, y enseñando las piernas desnudas. Más guapa que nunca. Hoy parecería más bien ridículo aquel atuendo, unos calzones de basquetbolista y una especie de corsé como pieza superior, pero entonces fue como si hubiese salido desnuda por completo, ofreciéndose al mejor postor; y la familia del petimetre que era su novio oficial, Roberto Goicoechea, le hizo el vacío cuando al día siguiente domingo la llevó él a un almuerzo en el Club Unión donde estaban todos, padres, hermanas, cuñados. Primero la ley del hielo, no le dirigieron palabra en la mesa, y luego, varios de ellos fueron levantándose como en busca del baño, o fingiendo solicitar alguna llamada por teléfono, y no regresaron. Al poco tiempo los novios rompieron. Ella más bien rompió, porque si algo no toleraba su orgullo era aquella clase de desprecio, altiva como era. Y luego vino el secuestro, del que usted seguramente se halla informado.

¿Cómo explicar el afán de Amanda por la figuración social? Era una chiquilla que buscaba liberarse de sus redes, y al mismo tiempo disfrutaba de quedarse atrapada en ellas. Puedo tal vez ensayar a decirle que se comportaba como una infiltrada en aquel mundo brillante, al que pertenecía por derecho propio, a fin de documentarlo, porque era el mundo de sus novelas. Pero si ése era su papel, lo cumplía a gusto. Era una damita de sociedad innata, la Docta Simpatía también en eso del refinamiento. Sabia en modales, la forma lenta y reposada de andar, la finura de gestos, la manera de sentarse, todo contribuía a adornar su belleza natural, lo mismo que su manera discreta de hallarse siempre a la moda, con estudiada elegancia.

Sabía ponerse siempre en singular, ser ella. Desde muy niña, me decía, se afligía al imaginar que podría llegar a ser una mujer insignificante, perdida en la chatura del ambiente, ser parte del plural, extraviarse en los vericuetos de la medianía. Por eso mismo firmaba con una

A las dedicatorias de sus libros, sus cartas, las acuarelas y óleos de pequeño formato que pintó. La A de Amanda, pero también la primera letra del alfabeto.

Y logró esa primacía buscada. Vaya si la logró, al extremo de concertar admiración, pero al mismo tiempo antipatía de la peor especie por el solo hecho de destacarse, de haber conseguido proclamarse única, sin rival, pues aun como mujer de sociedad se hallaba muy por encima de cualquiera otra a la hora de brillar. Repudiaba los mismos convencionalismos de que se valía, repudiaba el ambiente en que se desplazaba, y si se afirmaba en ellos era nada más para violentarlos.

A Amanda le fascina dar la batalla y se arma para ello, pero se consume en la lucha. Detrás de ella, lo que queda es una cauda de prejuicios en su contra, como un reguero de brasas. Escándalos provincianos, pero escándalos al fin y al cabo. Y las compañeras de colegio que seguían de cerca sus pasos y admiraban desde chiquillas sus desplantes no se atrevían a tanto y la abandonaron en el camino que cada vez se volvía más riesgoso e intrincado, más hostil.

Arriesgado y lleno de abrojos ese camino por el que ella avanzaba con gallardía. Oiga lo que me dice en esta carta que me escribe a Santiago cuando acababa de consumar su divorcio con Horacio Zamora Moss, para el tiempo en que me hallaba haciendo estudios de Pedagogía en la Universidad de Chile:

Tal vez yo me salvo únicamente porque dispongo del territorio ubérrimo de mi fantasía. Yo sigo yéndome... viajando... descubriendo las islas de la agonía y los montes de la estupidez ajena. Pero ¡de todo se halla en los viajes! Nada me extenúa, mientras tenga conmigo mi máquina de escribir portátil y pueda exponer en el papel mis rabias y mis desencantos, y dar carne en mis personajes: señores púdicos que mantienen queri-

das con casa puesta, esposas ahítas de mediocres place-
res carnales y celosas de sus maridos que derraman
caspa sobre las hombreras de sus ternos, enamorados
despechados a quienes mi condición de mujer caída en
la desgracia del divorcio les parece una patente de cor-
so, mercaderes mojigatos que miden el amor igual que
sus telas, en fin, la pobre moral burguesa que tanto me
divierte y de la que me río aunque la risa me cueste
luego llantos...

Ya le he dicho que Amanda hacía valer su poder
de escoger a los hombres. Pero la clave está en que escoger a los hombres no fue nunca un poder que le rindiera
frutos óptimos. Si lo ve desde una perspectiva mental y
anímica, digamos erótica, resulta una estratagema de
vida impecable para quien pone en alto precio su libertad. Pero una mujer como Amanda se veía siempre expuesta a que sus concepciones del mundo fueran derro-
tadas por los hechos cotidianos, por su propio carácter
frágil, y por su bondad que muchas veces era maternal.
Pretendía más bien un dominio de madre sobre los hombres, como quien somete al hijo y quiere hacerlo según
su voluntad. Ella se proponía elegir al hombre y domi-
narlo, fabricarle una personalidad ideal que no tenía, sa-
carles la estopa y rellenarlos de hidalguía, de talento, de
ingenio, una tarea quimérica. Escuche esta carta suya:

... ya ves, pues, corazón, que los hombres no exis-
ten, y que en mi caso concreto yo los invento. Tengo
una capacidad para la aventura del ingenio que tú ya
conoces, y una capacidad también inaudita para la
ternura. Con estos dos elementos no es difícil prenderse
de cualquiera, y crear de lo que puede ser una cosa, o
un mueble, o un concepto, o una idea, o una fórmula,
ese ser precioso, escaso como los ángeles, que se llama
un hombre.

*Recuerda lo que Proust enseña, que «la posesión
de lo que se ama es un goce más grande aún que el
amor». Y luego advierte que «muy frecuentemente los
que ocultan a todos esta posesión sólo lo hacen por
miedo a que les quiten el objeto amado. Y esta pru-
dencia de callarse amengua su felicidad». Tiene razón
el maestro, pero yo, como buena amante, soy discreta,
y aunque mengüe mi felicidad, no me expongo al des-
pojo de mi objeto amado.*

La quimera. Esos modelos suyos no se cristaliza-
ban a su gusto, y más allá de su voluntad inventiva, permanecía intacto el payaso barato, el ser ruin, el zafio.
O el mediocre, a lo que más ella temía. En este sentido,
lo suyo fue una sucesión dolorosa de fracasos. Tú eres
una calamidad en tu papel de Pigmalión femenino, le
decía yo, muéstrame una sola Galatea masculina que no
te haya resultado fallida como modelo de tus ansias, que
no te haya causado dolor. Leíamos con deleite en ese
tiempo el *Pigmalión* de Bernard Shaw.

Fue una víctima Amanda, una víctima de los hombres, y una víctima de su propia volición. La pasión materna en las relaciones de pareja es de por sí dominante, y un
peligroso elemento de fracaso. Y bien cabría hablar de
un doble estándar de víctima y victimaria que tenía cabida en
ella. Porque si trato de ponerme en el papel de hombre, no
debe haber sido fácil una relación sentimental con Amanda, que cuando buscaba el amor de pareja, lo hacía llena de
inconformidad y persiguiendo lo que no podía hallar más
que dentro de ella misma, con lo que el hombre, permítame convertirme en abogada de oficio, quedaba en completa indefensión. Mientras tanto la relación erótica la desvelaba con todas sus atracciones. Porque amaba el goce de
los cuerpos, disfrutaba del hombre carnal, mientras fracasaba en su búsqueda del hombre ideal, inventado por ella
misma. Qué nueva contradicción más penosa.

¿De qué habría de morir entonces, sino de un mal del corazón, ella que tanto amó, y amó tan mal? Permítame que use el viejo símil romántico de colocar la sede de los sentimientos en ese músculo tan socorrido que es el corazón, y que terminó por traicionarla, pues un mal cardíaco fue la causa de su deceso.

No hubo autopsia del cadáver en México. Pero mis noticias médicas hacen plausible mi aseveración. Si me permite, en esta tarjeta de mi archivo copié el diagnóstico que solicité por escrito al eminente galeno que trató a Amanda en Costa Rica, después que lo hiciera el doctor Moreno Cañas. Se trata del doctor Romano Castro Camacho: «Estenosis calcificante de la válvula mitral, con marcada cardiomegalia a expensas de hipertrofia del ventrículo izquierdo y dilatación de las cavidades derechas».

Sé que algunas personas especulan acerca de una supuesta afección sifilítica que aquejaba a Amanda, la cual le habría sido comunicada por su primer esposo, el diplomático chileno Jorge Calvo Ward; y así, por tanto, la lesión cardíaca sería resultado del lento proceso de la sífilis.

Pero tal aserto supondría en su cónyuge la vida desordenada de un crápula en contacto con mujeres de vida licenciosa. No puedo imaginarlo ni por un momento. Jorge era un hombre intachable, un caballero en todo el sentido del término, miembro de una familia honorabilísima de Santiago, quien le prodigó cariño a Amanda en un momento difícil de su vida, después que fue raptada en la vía pública por el ganapán del que hemos hablado, hecho que la hizo víctima de las más bajas habladurías.

Se halla de por medio el suicidio de Jorge, es cierto, una tragedia aterradora de la que su familia aún no se reponía años después, cuando alterné con sus hermanas en Santiago. Y existe una pregunta válida, que demanda respuesta: ¿por qué iba a quitarse la vida al poco tiempo de la boda, si tanto quería a Amanda, a no ser que estuviera de por medio un mal crónico que terminó causando daños a su cerebro?

Las explicaciones a esa clase de alteraciones mentales son más fáciles hoy en día para la ciencia, que no entonces, cuando se daba paso a diversos mitos sobre la condición morbosa de la psiquis. Se podría hablar hoy de un síndrome depresivo, probablemente de carácter monopolar, capaz de llevar a un ser humano al impulso fatal sin que presente síntomas de desorden alguno, ni acuse señales de las intenciones que guarda en la intimidad de su conciencia. En tales cuadros, el suicida puede almorzar tranquilamente con su familia, hablar de las cosas corrientes del día en ambiente doméstico, reír de las bromas, y luego dirigirse sin más a su habitación para empuñar el arma que pondrá fin a sus días.

Y en los estados depresivos típicos, sean bipolares o monopolares, frente a la idea absoluta de la muerte, que se convierte en una necesidad impostergable, el amor de la esposa se queda muy atrás, y tampoco vale el amor de los hijos, que en este caso no los había. La familia se convierte en una nulidad en la mente oscurecida por sus apremios mórbidos.

Eso no excluye, por supuesto, los cuadros sifilíticos que llevan a la locura. Hay una amplia documentación clínica de esos casos fatales, sobre todo en aquel tiempo, cuando no existían los antibióticos, y la enfermedad avanzaba con facilidad en el sistema nervioso. Pero tampoco los incluye necesariamente. Yo sostengo que Jorge se quitó la vida por causa de una profunda depresión. Sólo imagine que tomó su coche, sin que nadie advirtiera su designio, se dirigió al cementerio de Santiago, y fue a dispararse el tiro mortal, de rodillas frente al sepulcro de sus padres. Nunca, como se ha dicho, en el regazo de Amanda, dentro del dormitorio.

Este último equívoco proviene de cierto párrafo del capítulo 22 de *La puerta cerrada*. Escuche:

Hace poco leí en un periódico que un amante, al disparararse en la sien un tiro, estando sobre las rodillas de su amada, hizo salir los sesos por el agujero manchando con la informe masa el vestido de ella. La bala la hirió en las piernas siguiendo una trayectoria absurda. La ropa de la muchacha tenía sesos, pelos y sangre...

Es un párrafo espeluznante. Puede ser que Amanda lo compuso en base a los insistentes rumores que corrieron acerca del suicidio del esposo, que, efectivamente, se dijo había ocurrido de semejante manera. El novelista toma de donde le es necesario, usted lo sabe. Pero no hay tales. Ocurrió en el cementerio, algo no menos atroz; y como he dicho, por causa de un agudo estado depresivo.

La habitación comienza a caldearse a medida que el sol sigue ascendiendo sobre la ciudad que lejos de despejarse de sus ruidos los multiplica, como si la lumbre del mediodía despertara los que aún se hallaban dormidos, más bocinas agresivas, camiones de volquete que descargan materiales de construcción, la sirena de una ambulancia que pugna por abrirse paso, mientras tanto las aspas del pequeño ventilador, que Marina me ha pedido eche a andar, sólo consiguen alborotar levemente los papeles sobre el escritorio.

Le digo que quiero leerle el párrafo de una carta de Amanda fechada en Santiago el 17 de septiembre de 1936, una semana antes del suicidio, y busco entre los papeles que me ha confiado doña Gloria Tinoco, guardados dentro del cartapacio de mi laptop:

Mi vida aquí es un horror horrorum por el trato insolente y despiadado que recibo de las hermanas de Jorge. Son, ma chérie, *unas arpías «polimórficamente*

*perversas» como dice Freud, y están en la etapa de re-
verencia fálica al macho que es su hermano mayor,
porque el padre ya ha muerto. Les dejaría de todo corazón su macho con todo y sus perversas lacras, y re-
gresaría en el primer vapor a San José (te cuento que
el itinerario de vapores que publica cada día* El
Mercurio *se ha vuelto mi lectura favorita: Grace
Line, SS Ancón, Valparaíso-Callao-Guayaquil-Pa-
namá cada jueves 6.00 a.m.), pero no son más que
deseos ocultos míos, no tengo los medios y el doctor
Max me pide paciencia, que todo se arreglará. ¿Cuándo? Mientras tanto, desespero de que el veneno haya
penetrado mi sangre. Lo de Panamá, ya te lo he contado, fue el primer círculo de mi aventura matrimo-
nial-infernal..., luna de hiel te diría, si no temiera parecer cursi...*

Guarda silencio un buen rato. Se quita los lentes
de alas de mariposa y pretende limpiarlos, y luego me dice
que debe confesar que la carta la deja estupefacta, y que si
estoy seguro de su autenticidad. Le explico que tengo varias, dirigidas a la misma persona, en diferentes épocas,
que esa persona me ha dejado fotocopiar. Ella me responde que no cometerá la indelicadeza de preguntarme quién
es la corresponsal, aunque puede sospecharlo.

Yo le digo que tengo otro dato acerca de la sífilis
de Amanda. A su regreso de Chile, el doctor Moreno Cañas la trató por un año con dosis de arsfenamina. Tengo
copia de dos de esas recetas. El célebre Salvarsán de la
prehistoria de los antibióticos, dice ella, y tras otro rato de
meditación, agrega: no puedo, ni debo, disimular mi sentimiento de incomodidad, porque siempre me creí la mayor confidente de Amanda; le he leído trozos de algunas
de las numerosas cartas que me escribió, y que juntas forman estos dos volúmenes, así que, a pesar de todo, me
sigo considerando su mejor corresponsal.

Luego repasa con seguridad y parsimonia uno de los volúmenes, y cuando ha encontrado lo que busca me mira con desafío cordial, y dice: déjeme leer de esta otra del 20 de septiembre de 1936 que me escribe desde Santiago, en fecha vecina a la de la carta con que usted me ha sorprendido. Sorpréndase usted ahora:

Jorge es el ideal soñado de hombre. ¿A qué mujer no le gusta ser mimada y venerada? Pero no sólo eso. Viril, colmado de inteligencia, de educación exquisita, muestra a raudales su pedigree; *no vacila en exaltar mis virtudes, cree en mi talento, me anima a escribir, anhela ver mis libros publicados, quizás en Zig Zag de Santiago, editorial prestigiosa donde tiene amigos influyentes; me promete presentarme a Huidobro, aunque no sea este poeta insigne, por sus ideas de izquierda, santo de la devoción de la familia Calvo Ward, que lo prefiere sin embargo a Neruda, por procedencia de clase, aunque ambos sean comunistas, trenzados ahora en polémica feroz. Pero no es del* match *entre Neruda y Huidobro que deseo hablarte, sino de mi hombre perfecto. Puedo y quiero decirte, en una palabra, que soy dichosa y me siento dichosa...*

Como puede ver, se trata de dos cartas contradictorias, y no hay en la mía palabra alguna sobre enfermedades contagiosas. La que usted ha traído afirma una dualidad intrigante, ya que Amanda expone pliegues muy dolorosos de su vida, que a mí me oculta. Eso debo aceptarlo muy a mi pesar. Ante mí quiere aparecer dichosa, una Amanda que no existe en la realidad, ya lo veo, como tampoco existen los hombres a quienes rellena de cualidades para hacerlos atractivos ante sus propios ojos. Por eso mismo me esconde al verdadero Jorge. El hombre ideal, atento, culto, entregado a ella, su admirador rendido, su modelo, no puede tener mácula, no puede tener sífilis.

No obstante, en otras circunstancias, mientras a otros oculta la verdad, a mí me la revela. Estas cartas que atesoro ofrecen múltiples pruebas de ello. Déjeme consolarme de esa manera creyendo que así recupero la confianza suya que siento haber perdido hace unos instantes. Pero doblemos la hoja.

He leído todo lo que se puede leer acerca de Amanda, buscando cómo explicármela más allá del conocimiento personal que tuve de ella, y he leído, y estudiado con lupa, todo lo que escribió. De esta última manera he llegado a la conclusión, que ya antes compartía con usted por medio de algunos ejemplos, de que muchas claves autobiográficas, y de identidad, se encuentran en sus propias ficciones.

Agrego un ejemplo más: en el mismo capítulo 19 de *La puerta cerrada,* que ya he comentado, cuando Aurora argumenta acerca de la excelsitud de los hombres, afirma que considera sublimes por igual al amante y al padre, porque la sublimidad masculina es un todo, padre, hijo, amante. Y recuerda un incidente de la infancia, a los cinco o seis años, que se le queda marcado: es testigo de la cópula de sus padres.

Aurora despierta sobresaltada una noche calurosa, en el momento en que a través de la ventana abierta el viento avienta hasta su cama una tolvanera sucia que arrastra consigo piedrecillas, hojas secas, aun las plumas de un pajarillo. Luego de una tregua siniestra sobreviene un temblor de tierra, y la niña se lanza por el pasillo oscuro en busca de la habitación de la madre. Empuja la puerta, y a la luz de la lámpara encendida en la mesa de noche se encuentra con una escena chocante. La cama en desorden, las sábanas revueltas, su madre, con el camisón alzado, echada de espaldas, y el padre encima de ella, sólo con la camisa del pijama, desnudo de la cintura para abajo.

Cuando la niña, aterrada, se lanza a los brazos de la madre, ella retrocede en la cama hasta colocarse contra el espaldar, una mano en el pecho, la otra en el vientre, la mirada enfurecida. La que siempre es paciente y amorosa la despide furibunda de regreso a su cuarto, tratándola de majadera; pero la niña ha advertido en ella los restos de un jadeo que nada tiene que ver con el temblor de tierra. Y es el padre, que no se ha preocupado de ponerse los pantalones del pijama, quien tranquilo la lleva a través del pasillo de regreso a su camita, y la arropa, sin cuidarse del ridículo de sus piernas desnudas, y hasta le cuenta un cuento de hadas y castillos encantados.

De allí saca Aurora la conclusión de que su padre es un ser sublime, incomparable en su grandeza, en su aplomo. Y, además, descubre algo que habrá de turbarla siempre:

> *... También notó (todo esto en la forma desdibujada, primaria, que tienen las observaciones de los niños) que en la mirada de su madre había siempre un puntito luminoso que parecía querer deslumbrar a los demás para ocultar un ávido deseo, o un recóndito miedo, o una inconfesada falsía..., su madre vivía en el mágico mundo del pecado, aun cuando sus manos se dedicaran a la devota tarea de remendar, o a la monótona tarea de pelar las verduras. Tal vez la madre no tuviera conciencia de ese pecado, de esa irregularidad secreta en su existir, o más bien, no estuviera pecando; pero actuaba como si estuviera pecando.*

> *Mientras tanto el padre, entidad suprema feliz y segura de sí misma, se asienta en la firme conciencia pagana, libre de secretos y temores, sin puntito luminoso en la mirada para disimular ávidos deseos, sin nerviosismo ni voluptuosidad, mientras la madre se había vuelto a ojos de la niña un poco miserable. Se había contaminado con el pecado carnal, el padre no. Era el dador, y el hacedor. Pero de todos, ella, la madre, en presencia de la Divinidad que es el marido, se*

comporta con un nerviosismo malsano que se resuelve
en gestos voraces, como si quisiera acapararlo, fundir-
lo, destruirlo. La viuda negra que devora al macho
tras cada cópula, aunque se le someta. O que al me-
nos, ansía devorarlo.

El episodio de la noche del temblor de tierra corresponde seguramente a algo similar ocurrido en la infancia
de la propia Amanda. Pero no es un símil perfecto. Recuerde que no conoció a su padre, y que el parangón sólo
podría ser establecido en base a alguna escena ocurrida
entre la madre, Julia Starck, y su segundo esposo, Patrick Sanders.

Claro que Patrick Sanders no fue nunca objeto
de admiración para Amanda, y no podía representar, por
tanto, al hombre sublime. ¡Si buscaba más bien violarla!
Imagínelo desnudo, sin los pantalones del pijama, llevando a Amanda cargada..., todo resulta sumamente gro-
tesco. De allí que habrá tomado unas cosas y rechazado
otras para componer la escena, y forzar la imagen de la
deidad paterna.

Dejando de lado el asunto de la sífilis, los otros
padecimientos físicos de Amanda, además de la lesión
mitral, resultaron incontables. Fue siempre una criatura
frágil, víctima de un mal continuo con diversas manifestaciones. Es algo que en la ciencia médica se llama enfermedad idiopática, porque no tiene explicación clínica.
En San José hubo de ser operada a causa de una dolencia
nefrítica, y más tarde en Washington se le extrajo el bazo,
uno de sus peores momentos.

Esa vez se mantuvo por días en estado agónico,
internada en un hospital público, y se hallaba ya dispuesta a morir, al punto que admitió la visita de un sacerdote
a pesar de que no era religiosa, diría más bien agnóstica,
aunque las creencias que se martillan en el alma de los
niños no dejan de permanecer latentes. No recuerdo que

asistiera nunca a los ritos católicos, salvo funerales, o bodas, ceremonias de compromiso de las que su espíritu de
observación se aprovechaba también. Pero tampoco la
recuerdo como alguien que proclamara el ateísmo. No
creo que viera la creencia en Dios como dilema, desde
luego aceptaba un principio creador. Son temas que dis-
cutíamos con madame De Mezzerville. ¿Estuvo siempre
la materia en el universo, en estado gaseoso o sólido?
Aceptemos que estuvo. ¿Quién formó la materia? Una
mente superior emanada de la naturaleza misma, el Gran
Arquitecto Universal. ¿Debemos rendirle cuentas de nuestros actos a ese Ser Supremo? No es tema de nuestra preo-
cupación. ¿Se parece el Gran Arquitecto al Dios judaico
terrible y amenazante? No se parece, el uno es una ente-
lequia total, causa inmanente de la creación; el otro, una
representación arcaica de la mente de los seres humanos.
Pienso que si Amanda admitió la visita del sacerdote fue
para no desairar a quien se lo propuso.

Cuando regresó convaleciente de Washington en
1949 era una ruina, tanto que demandaba de auxilio para
alzarse de la cama e ir al baño. Hasta el color de su cabello
había cambiado al tornarse a un oscuro sin vida, y los ojos
sobresalían en el rostro demacrado. El manojo de trinitarias en la mesa de noche al lado de su lecho, porque siempre prefería trinitarias, parecía ya un ramo fúnebre.

La madre naturaleza se negaba a restañar sus heridas quirúrgicas, y cada vez que hacía un movimiento
inconveniente se lastimaba de manera terrible. Vi aquel
cuadro doloroso en la penumbra de su recámara una
vez que acudí a su llamado de auxilio, pues no permitía
ella que cualquier mano procediera a las curaciones, y
la enfermera se había ausentado. Tomé las tijeras con el
apósito y procedí a la tarea, no sin esforzarme en disimular mi espanto al descubrir aquellas heridas de bor-
des inflamados que supuraban y se negaban a juntarse.
Puse la mayor delicadeza en la cura, pero el sufrimiento

hizo que Amanda reprimiera sus quejidos mordiéndose el puño.

Si acaso sus enfermedades constantes la ponían cerca de la idea de la muerte, es una pregunta que pese a nuestra devota intimidad nunca me atreví a hacerle. A la edad provecta que he alcanzado, la visión de la muerte cambia de naturaleza. No es ya más el animal alevoso al acecho, dispuesto a saltar sobre su presa desprevenida en el recodo más inesperado del camino, el animal al que se teme por su astucia de hacerse invisible, sino un moscardón impertinente que nos ronda la cabeza, pero al que dejamos de prestar atención apenas quedamos entregados a una conversación amena, o a la lectura de un libro fascinante. Aunque en uno y otro caso, nos ocupamos poco de la muerte. Jóvenes sanos y vigorosos, el animal nos asusta con un sobresalto cada vez que recordamos su existencia, pero no nos quita el sueño de manera constante. Viejos, el moscardón ensaya su vuelo monocorde, y acabamos por despreciarlo. Mientras tanto la muerte se manifestaba delante de Amanda en catadura diferente, la catadura de sus graves dolencias físicas, y tenía que compartir el mismo lecho con ella, hacerle un lugar a su lado.

Y eso que en la juventud vigorosa despreciamos como un ruido de zarpas que termina por volverse lejano toma a veces de verdad el cuerpo de animal siniestro, como ocurrió con el suicidio de Maruja Castro Luján, nuestra compañera de aventuras espirituales, cuando no había cumplido los veinte años.

Nadie penetró tanto en mi intimidad como Maruja, salvo, claro está, Amanda. Maruja, que provenía también de una familia catalana por parte de su madre, no salió con nosotras de las aulas del Colegio de Señoritas, sino que venía del Colegio de Sión. Al Círculo de Amigos del Arte llegó con su prima Flora Luján, quien luego habría de contraer nupcias con el artista plástico

Francisco Amighetti. La pobre Flora, que terminó olvidada del mundo y de sí misma causas a la crueldad del mal de Alzheimer.

La historia de Maruja es trágica como pocas. Apenas a sus cuatro años de edad la madre sucumbe ante una crisis de psicosis que causa su internamiento en el asilo de enfermos mentales de El Chapuí. El padre, desesperado, se suicida con láudano, y los chiquitos se desbandan entre familiares diversos, por lo que Maruja va a dar a manos de un viudo, tío segundo suyo, rico pero desaprensivo, quien la interna en el costoso colegio de monjas, mas sin atreverse a brindarle afecto y calor de hogar, que fue el gran déficit de su vida.

Qué donaire el suyo, qué ingenio sutil en medio de sus infortunios. Una tarde en el Círculo, falla el conferencista que nos hablaría del doctor Freud y el complejo de Edipo, e insta ella a Amanda a que ocupe la cátedra, pues acostumbrábamos nosotras mismas hacernos cargo de los temas ante ausencias semejantes, y se lo pide de esta manera: «Amanda, háblanos tú del complejo de Esopo». Risas generalizadas. ¡Vaya si merecía una conferencia el complejo de Esopo, que es, seguramente, el complejo de fabulista, en el que Amanda era ducha por experiencia propia!

En otra ocasión, asistimos en ruidosa pandilla a la exposición de cuadros de un pintor ya maduro, académico como el que más, en el Foyer del Teatro Nacional; se trataba de arreglos florales de colores pomposos y naturalezas muertas en las que abundaban cadáveres de liebres. Pero entre todas las pinturas había un único desnudo de mujer, la modelo sentada sobre un sillón cubierto con un manto de seda rojo. Maruja se acercó, y miró aquel cuerpo detalladamente, para exclamar, con suspiro desconsolado: ¡pobre don Pepe (que así se llamaba el pintor), nunca en su vida ha visto a una mujer en cueros! Y todas lo celebramos al unísono, por lo bajo, para no ofender al artista que se hallaba presente, rondándonos, como si temiera algún propósito avieso de nuestra parte. Traviesa, ocurrente, a veces malévola, ¡pero tan hondo que llevaba aquella espina negra del desconsuelo clavada en las entrañas!

Siempre que recuerdo a Maruja la veo nadando en aquella corriente oscura del suicidio. Nos ocupábamos de protegerla de sus marcadas tendencias de aniquilamiento, con las que jugaba como si se tratara de las muñecas que hacía poco había dejado, y debíamos esconderle los libros que trataban el tema de la autodestrucción y que ella buscaba como una sedienta, los ensayos biográficos de Stefan Zweig sobre suicidas, las vidas de Von Kleist, de Nietzsche, de Hölderlin, todos inmolados por mano propia. Pero persistía. Un día que acompañó al cine a Amanda, se acercó a su oído para susurrarle en la oscuridad: es una crueldad que ustedes quieran que yo siga viva; y como si hubiera hecho nada más un comentario banal acerca de la película, se volvió de nuevo hacia la pantalla, y siguió absorta en la proyección.

Otro día llega triunfante donde nosotras, y dice: ¡he logrado leer a hurtadillas, antes de que me sorprendiera don Cayetano, el poema *Empédocles en el Etna* de Matthew Arnold, que ustedes me prohibieran! Don Cayetano Lasaoza, el propietario de la Librería Española, se malhumoraba si llegábamos a leer a su negocio como si se tratara de una biblioteca pública. Me ha impresionado la escena donde el filósofo habla a las estrellas antes de lanzarse a la boca del cráter del volcán, agregó. En efecto, entre los libros que le teníamos vedado, se hallaba aquella joya victoriana.

Otra obsesión suya era el suicidio concertado entre amantes, y para ello no encontraba ejemplo más seductor que la historia de Heinrich von Kleist y su musa Henriette Vogel, que según ella se habían hundido de consuno en las aguas gélidas del lago Wannsee hasta perecer ahogados.

Yo la corregía cada vez, haciéndole ver que de parte de ella no hubo tal suicidio, sino que, enferma de cáncer terminal, Von Kleist aceptó dispararle con su pistola antes de dirigirla contra sí mismo. Pero no había manera de que aceptara la versión correcta.

Hablaba otra vez de ello una tarde mientras tomábamos refrescos en la soda La Rosa de Francia, y la repetición monocorde que hacía del tema nos tenía, como otras veces, con los nervios de punta; Edith, a fin de disipar la tensión del ambiente, salió con una broma: mira, dijo, no tenemos un paraje tan romántico como el lago Wannsee, ni inviernos helados; sólo disponemos del pobre río Virilla, que, como ves, tiene un nombre poco atractivo para la solemnidad de una escena tan peculiar. Y falta, además, el amante, que sería preciso busques primero. Maruja calló, y sin dejar de sorber la pajilla de su vaso de crema de almendras, su refresco preferido, se soltó en lágrimas. Nos cuidamos en adelante de darle broma alguna acerca de su obsesión.

¿Se da cuenta? Una muchacha núbil, persiguiendo a la muerte como una enamorada. ¡Y con qué energía sin tregua! Había hecho suya eso que Zweig llama «la agitación demoníaca» que arranca al ser de su propia carne y lo avienta hacia la disolución en lo infinito, en la nada elemental.

Hasta que todo terminó. Se levantó una fría mañana, muy de madrugada, y provista ya de los tóxicos con los que haría posible su autoinmolación, que guardaba en un carriel plateado, de esos de *soirées,* subió en camisón al tranvía de la línea que llevaba a Guadalupe. El conductor, que a esa hora empezaba su rutina, declaró luego que le pareció extraña la presencia de aquella jovencita en ropa de dormir, pero pensó que quizás venía de buscar medicamentos para algún pariente enfermo en alguna botica de turno. Luego del final del trayecto anduvo por las calles desiertas que sólo recorrían los carretones de caballos de los lecheros y las bicicletas de los repartidores de diarios, y se alejó hacia las afueras de la ciudad en busca de un paraje llamado la campiña Güetar, donde las monjas del Colegio de Sión solían convidar a las alumnas internas a paseos dominicales.

Aquí guardo sus palabras de despedida, que hallé en mi apartado de correos:

> *Marina querida:*
> *Si mañana no saben de mí, di que me busquen en la campiña Güetar, que se encuentra subiendo hacia Moravia. Amanda sabe el camino. No puedo soportar más la vida. Tú lo comprendes, Amanda lo comprende. Edith, no lo sé. Me he quedado sin palabras.*
>
> > *Adiós,*
> > *Maruja*

El poeta Manolo Cuadra, quien ya le referí fue peón bananero en las plantaciones de Costa Rica, y ejerció también el periodismo durante sus exilios en San José, pues fue enemigo cáustico de la familia Somoza, al conocer años después la tragedia de Maruja escribió un hermoso soneto del que recuerdo bien los dos tercetos:

> *La enlunada, la loca, la suspensa,*
> *la que aprendió en su claridad inmensa*
> *los símbolos de Dios en tierra y agua.*
>
> *Que en tu panteón de San José, dormida,*
> *monte guardia la voz desconocida*
> *de un pasajero en viaje a Nicaragua.*

Ya le dije que Amanda compartió lecho con la muerte, pero sin ninguna familiaridad ni atracción como en el caso de Maruja. Una y otra vez en el quirófano, sus heridas siempre abiertas, su mal cardíaco que sabía incurable, Amanda nunca mostró ninguna tendencia suicida, aunque esa acechanza tiene que haber sido como una llamada de atención reiterada en su cerebro, por mucho que se entregara a la literatura, a las sensaciones voluptuosas, a sus romances desdichados. Y por mucho que tuviera en qué ocuparse con la pena de su hijo, alejado de ella. Oiga lo que me dice en esta carta que me escribe desde Guatemala en junio de 1947, adonde había vuelto después de obtener una de tantas mejorías:

... Yo he sentido la muerte muchas veces (no en el hospital), tampoco en los peligros. La he sentido en mis angustias inexplicables, en la sensación de asfixia y desenfoque visual que a veces me domina, en el dolor de la soledad, en el espanto del silencio, en la oscuridad...

Nos quiere decir que la muerte no está en la muerte misma, sino en lo que nos hace morir cada día.

Las asfixias periódicas de que habla provenían de la lesión mitral, mientras tanto los desenfoques visuales, que los lentes eran incapaces de corregir, y le llegaban acompañados de intensas cefaleas, formaban parte del mismo cuadro idiopático, con origen en el morbo psicógeno, imposible de explicar por medios convencionales de diagnóstico referidos a la patología común. El doctor Karl Ferdinand Schutze, mi profesor de Psicología Clínica en la Universidad de Columbia, llamaba a la enfermedad psicogénica la hidra de Lerna, cuyas mil cabezas retoñan siempre, aunque algún médico se sienta triunfante al creer que ha cortado alguna de ellas para siempre. No hay Heracles en la ciencia capaz de ponerle trampas y vencerla, añadía.

Pero además de sus padecimientos idiopáticos con manifestaciones morbosas palpables, agregaba otros de su cosecha imaginaria, como en el caso de Argan, el admirable personaje de Molière. Una peculiaridad suya era, por ejemplo, la emisión de una tos de golpes cortos, seca y leve, que ocultaba con la mano. Ocurría cuando trataba la conversación de algún tema que la afligía, o cuando enhebraba reflexiones que resultaban difíciles a su espíritu. La iteración de aquellos ataques de tos despertó mi intranquilidad, y le pregunté una vez si se sentía aquejada de algún mal bronquial, o laríngeo; y ella, con ligereza, respondió: estoy cierta de padecer el mal de la tuberculosis pulmonar. El siglo veinte no puede quedarse sin escritoras tísicas, pues el diecinueve ya tuvo las suyas: las hermanas Charlotte, Emily y Anne Brontë, Elizabeth Barrett Browning... Yo agregué, siguiendo lo que creía una broma: y María Bashkirtseff...

Pero ella no bromeaba. Si la tisis no me ha echado aún la garra, lo hará pronto, dijo, agregando enseguida: y me quedo, sí, gracias por mencionarla, como émula de María Bashkirtseff, la enferma errante, asidua de los balnearios de aguas termales más célebres de Europa, de Baden-Baden a Budapest. Su vida aristocrática fue intensa y breve, y sólo ansiaba morir entonando un aria de Verdi. Me cambio por María.

Déjeme decirle por aparte que dentro de ella se entabló un feroz combate entre Eros y Tánatos, y su carne fue el escenario devastado de aquella lucha. En *El malestar de la cultura,* Freud opone las pulsaciones positivas de Eros a las pulsaciones destructivas de Tánatos, dos antagonistas irreconciliables; pero en cuanto a Amanda el combate iba más allá, pues en ella Eros tenía también elementos destructivos que se enfrentaban dentro de la propia entidad amorosa del dios, y así debilitado, perdía ventaja frente al poder catastrófico del protervo adversario. El equilibrio entre ambos quedaba roto, y triunfaba la presencia de Tánatos.

Escuche esta otra carta, remitida desde México en abril de 1951, que reitera su sentimiento acerca de la muerte diaria, esa que no es propiamente la muerte pero se reviste con sus mismas vestiduras de sombras:

Nunca, durante los meses que en Washington estuve agonizando, ni cuando me compraron el ataúd, ni cuando me dieron dos veces los santos óleos, ni cuando me desahuciaron una y otra vez, tuve la sensación de muerte terrible que sufro a veces yo sola, frente a cosas que no son la muerte...

¿Qué cosas no son la muerte? Su insatisfacción con el mundo, su eterno desafío a la sociedad y los consecuentes sinsabores, los desastres de su vida sentimental, el fracaso en su ambición de moldear al hombre perfecto. La batalla perdida para recuperar a su hijo. Siempre que me pregunto cuál habrá sido su último pensamiento antes del tránsito final, si es que la muerte no la tomó desprevenida, no dudo en responderme que ese último pensamiento estuvo puesto en su hijo. El alejamiento del hijo fue la peor de las cosas que no fueron para ella la muerte, pero como si lo fueran. La más diligente correa de transmisión de sus males psicogénicos. La más agresiva de las cabezas de la hidra que ella nunca podría cortar. ¿Cómo cortarla? Siempre estaba corriendo tras el hijo en una suerte de fantasmagoría porque nunca lograba alcanzarlo, ya no se diga retenerlo. Fui testigo del drama.

Cuando se produjo la revolución democrática en Guatemala en 1944, tras el derrocamiento del dictador Jorge Ubico, llegó a la presidencia de la república Juan José Arévalo, ya hablamos de él un tanto de paso, un maestro ejemplar que quiso emprender cambios acendrados en la educación, y creó el sistema de escuelas modelo, donde se precisaba de atención psicopedagógica para los párvulos. Se me invitó a dar mis consejos técnicos, y yo, que aquí no podía abrirme campo en mi profesión, solicité permiso a don Julián Marchena para ausentarme de mis obligaciones en la Biblioteca Nacional, y me fui a Guatemala muy ilusionada. Allá estaba, además, Amanda, lo que dio acicate a mi entusiasmo, y allá estaba también el hijo, interno en una institución educativa religiosa pese a su tierna edad, bajo órdenes estrictas del antiguo esposo de que Amanda no podía acercarse al niño, luego del episodio en que ella lo había sacado del propio patio del colegio para llevárselo a México, no voy a repetir lo que usted conoce.

Mi contrato de asesoría dura tres meses, y pongo todo mi empeño en cumplirlo a cabalidad, pero no por eso dejo de disfrutar la compañía de Amanda, quien me acompaña a las giras por las poblaciones de los departamentos del interior en el confortable vehículo puesto a mi orden por las autoridades del Ministerio de Instrucción Pública, Alta Verapaz, Baja Verapaz, Quiché, Chimaltenango, Escuintla, Quetzaltenango. Ella no tiene para entonces un trabajo fijo, y no encuentra eco a sus necesidades materiales pese a la aureola de prestigio del premio 15 de Septiembre que ha ganado, precisamente en Guatemala, por su novela *La puerta cerrada;* se dedica a realizar algunas traducciones del italiano, lengua que domina de manera natural, pues nunca la ha estudiado; prueba a escribir artículos de prensa en *El Imparcial,* pobremente retribuidos, pues no es costumbre, ni entonces ni ahora, pagar las colaboraciones, ni en Costa Rica ni en Guatemala. Su situación precaria me da la oportunidad de invitarla a compartir conmigo mi habitación del hotel Panamericano en la 6.ª avenida, y lo mismo la mesa del restaurante, y su tiempo libre le da a ella la oportunidad de acompañarme en mis giras de trabajo, como he dicho, y sabemos convertirlas en gratas excursiones de turismo educativo.

Me doy cuenta entonces de que padece de miedo atroz a la oscuridad, como si el aire se llenara de demonios en la tiniebla, y a la hora de retirarnos procuro dejar una lamparilla encendida. En esta penumbra logra a veces conciliar el sueño, pero es un sueño inquieto, roto a menudo por sobresaltos mediante los que se despierta tras murmurar con angustia el nombre del hijo.

Una de esas veces, un domingo que habíamos pasado una jornada deliciosa vagando por las callejuelas de Antigua Guatemala y regodeándonos en la visión de sus mercados e iglesias, tomamos habitación en la posada Belén para regresar a la capital temprano al día siguiente. Ya entrada la noche despertó Amanda tras su acostumbrado sobresalto, y entonces se incorporó en el lecho y me dijo: Marina, ¿serías capaz de hacerme un favor inmenso? No hay nada en este mundo que no sería capaz de hacer por ti, le dije. Quiero ver a mi hijo, me dijo. No está en mis manos, respondí. Sí está en tus manos, ante ti se abren las puertas de todos los colegios con tu credencial firmada por el ministro de Educación, llévame mañana al colegio donde está Claudio. No es cosa que pueda improvisarse, déjame estudiarlo, y si cabe la posibilidad, lo programaré en mi agenda. Ése es un no, dijo ella, y volvió a acostarse, tapándose la cabeza con la cobija. Me levanté, y fui a sentarme al lado de su cama, descubriéndola, y tomándole la mano. Entiende que es algo delicado, corremos riesgos porque tú misma me has dicho que te está prohibido acercarte a Claudio. Muchas gracias, olvídate, no hay nada en este mundo que no puedas hacer por mí..., buenas noches, respondió, con amarga sorna.

Está de más decir que al día siguiente cancelé desde el hotel, con auxilio del teléfono, mis compromisos de la mañana, y después del desayuno nos dirigimos en el automóvil, directamente desde Antigua, al colegio San José de los Infantes, regentado por los hermanos maristas y sito contiguo a la iglesia catedral, habiendo acordado de previo no comentar nada durante el trayecto para que el chofer oficial a mi orden no se enterara de nuestro plan. El vehículo se estacionó frente al portón del colegio, y esperamos para bajar hasta que se desatara la vocinglería del recreo en el patio enclaustrado del plantel, un gran cuadrángulo empedrado que se divisaba desde la calle a través de las verjas.

Sonó por fin el timbre llamando a la interrupción de clases, y penetramos, tras mostrar mi credencial al portero. Los sacerdotes vigilaban las correrías y juegos de unos trescientos párvulos vestidos de camisas blancas y pantalones y corbatas de color carmelita. Amanda avanzó con paso nervioso, buscando entre la multitud de escolares con mirada posesa, y fue como un milagro instantáneo, porque de pronto vino corriendo Claudio hacia ella, y se lanzó a sus brazos con tal ímpetu que por poco la derriba.

Siete, ocho años tenía Claudio para entonces. Yo vigilaba de lejos la escena, los ojos empañados por las lágrimas. Amanda lloraba en silencio y aferrado a él lo besaba de manera incesante en la cabeza y en el rostro, mientras tanto el chiquillo no se soltaba de su abrazo, y así parecía que el coloquio no iba a terminar nunca; pero se acercó muy afligido el padre director, un cura rubicundo de aspecto nórdico, el cabello rasurado a lo militar, y lleno de buenos modales los separó, rogando a Amanda que abandonara el colegio, y llevándose al niño.

De vuelta en el hotel, ella aún sin calmar sus lágrimas, comentamos el suceso. El niño le había dicho, al abrazarla, que conocía su presencia en Guatemala, que tenía en su poder el número del aparato de teléfono adonde llamarla, pero que la vigilancia estricta del papá se lo había impedido. Y esa noticia fue motivo adicional de martirio para Amanda, pues no dejaba de preguntarse quién pudo haberle dado semejante información a Claudio, y de qué teléfono se trataba. ¿Fantasías del infante? ¿Expresión de sus ingentes deseos de verla? Ya nunca lo sabría ella.

Le hice prometerme que en adelante desistiría de intentos semejantes, que sólo conseguían sumirla en peor estado, y fue en peor estado que quedó por los días sucesivos, soñando, cuando lograba dominar sus insomnios, que Claudio llegaba a pie hasta el hotel, en la plena noche, habiendo escapado del internado, y hubo veces cuando me insistió en que bajáramos a la primera planta y fuéramos a asomarnos a la puerta, a esas horas cerrada, si no estaba Claudio en la acera, muerto de cansancio y de frío bajo la lluvia del altiplano, porque a veces estaba lloviendo.

Cuando partí de regreso, terminada mi misión en Guatemala, sus cartas me llegaban llenas de amargura por la frustración que sentía en no disponer de los medios para vencer al ex cónyuge en los tribunales y recuperar así la patria potestad del hijo, algo que en adelante se propuso con ahínco, y buscó medios económicos para pagar abogados. ¿Cómo podía procurárselos? Hizo de todo. De guía turística, contratada por una agencia, llevando visitantes extranjeros a Chichicastenango en un pequeño autobús que ella misma debía conducir; cumplía turnos nocturnos en la Central de Teléfonos, encargada de llamadas al extranjero gracias a su dominio del inglés; administró un restaurante de comidas mexicanas, y cuando faltaba la cocinera se inmiscuía ella en la cocina; en fin, siempre en gala de sus habilidades, todo con el propósito de juntar el dinero necesario para satisfacer la voracidad de los abogados que siempre pedían más, mientras le aseguraban que faltaba poco para ganar el juicio. Uno de ellos le propuso el «pago en especies», su cuerpo en lugar de los honorarios profesionales, y ella le dio una merecida bofetada en presencia del personal de la oficina de leyes del sujeto. Cambió de abogados, y un día descubrió que estos otros también la estaban esquilmando, y de la peor manera, porque los míseros se hallaban en contubernio con la parte contraria, representada por un bufete lujoso. Y allí feneció todo.

A partir de la fecha del encuentro frustrado en el patio del colegio, adquirió la costumbre de escribir cartas a Claudio, a veces una diaria, sin que albergara el propósito de hacérselas llegar, propósito que habría sido de todas maneras inútil, pues el déspota las habría interceptado, tal era el cerco tendido en torno al niño. Me consultó ella acerca de su designio, y le recomendé aquel ejercicio epistolar a manera de procedimiento psicoterapéutico que podría traerle paz espiritual si con ello lograba desahogo. Conservo para mí algunas de esas cartas que me obsequió, y que no dejó de escribir, estoy segura, hasta la hora de su muerte, cuando el muchacho estudiaba ya su secundaria en los Estados Unidos.

Las epístolas, y las que conservo son algunas de las primeras, cubren a veces dos carillas de una hoja de fino papel de correo aéreo, como puede usted ver, y aunque contienen las consabidas expresiones de amor maternal, no son del género corriente, porque Amanda ansía volcar sobre el hijo sus propios anhelos. Bien se podría hacer un libro con todas esas cartas que nunca fueron puestas al correo, pero la mayoría habrá desaparecido en quién sabe qué manos, o Amanda misma las entregó a la purificación del fuego. He aquí, ésta, por ejemplo:

Si pudiera, mi tesoro divino, te enviaría una edición de Simbad el Marino, *con dibujos maravillosos, que te compré hace meses en una librería, cuando mi último viaje a Costa Rica, para que sepas que nunca dejo de pensar en ti. Si fuera posible que el libro llegara a tus manitas te darías cuenta de que la mejor enseñanza de esa historia de los tiempos antiguos es que no debemos rendirnos nunca ante la insulsa realidad, que hay que dejarse tentar siempre por lo desconocido, por la sorpresa de lo imprevisto, que siempre hay un pájaro roc de grandes alas esperando por nosotros para remontar el aire, que hay que aventurarse en busca de los prodigios, hacernos a cada instante dueños de nuestra propia libertad. Es lo que quería decirte por hoy, mi tesorito, y sólo me falta pedirte como siempre que no me olvides nunca*

nunca, cuídate mucho, abrígate en las noches, y duér-
mete mientras te beso...

El muchacho pudo haberse acercado a Amanda
por su propia cuenta, en la medida en que fue creciendo,
pero nunca lo hizo. ¿Qué pasó entonces? Sin duda el padre condicionó la voluntad del hijo, y provocó en él el
alejamiento para con la madre, tanto físico como espiritual. Nunca le escribió, nunca la buscó. Se trataba de un
padre severo, que sometía todos los actos de su vida, y los
de su casa, a un orden burocrático implacable, no sé si lo
sabe. Seguramente Claudio sucumbió ante estas imposiciones, y por convicción adquirida, o por temor, se sintió
constreñido a los límites de aquel hogar, el único que conoció en su vida, pues el padre volvió a contraer matrimonio y tuvo otros hijos. Así, Amanda se convirtió para
él en un ser extraño, tanto que hasta hoy su mano no se
ha movido para colocar una placa que identifique su
tumba en el Cementerio General de San José.

Aquel hombre severo, y maniático, se convirtió desde muy joven, gracias a su propio tesón en el estudio, en un
experto en seguros, como que fue él quien diseñó la Ley de
Seguridad Social que se aprobó en Costa Rica bajo el gobierno del doctor Calderón Guardia, y, lo mismo, fue el autor de la ley que creó el seguro social en Guatemala bajo el
gobierno del profesor Juan José Arévalo. Y también entró
desde muy joven, recuerde, a las filas del Partido Comunista. ¿Se trataba por tanto de un hombre de sensibilidad social, defensor auténtico de los derechos de los trabajadores?

Era un técnico competente, sin duda con motiva-
ciones políticas en aquel entonces, pero al mismo tiempo
insuflado de vanidad frente a las oportunidades que le
dio la historia, aunque después sus convicciones, y con
ello, creo yo, su sensibilidad, se fueran por la borda, hasta convertirse con los años, hasta su vejez, en un hombre
de la derecha recalcitrante. Pero debo decirle, de todos

modos, que nunca he confundido las sensibilidades sociales, y menos la militancia política, con las sensibilidades de los seres humanos vistos como individuos, y menos aún la calidad de sus relaciones afectivas.

Se puede ser un abanderado de la justicia social y un déspota doméstico capaz de dar palos a su mujer, aunque no es éste el caso, pues nunca llegó al extremo de golpear a Amanda. Su tiranía fue de otro tipo. No le dio de palos pero la atormentó, y no dejó que ella ocupara su espacio propio porque fue un señor patriarcal, sólo que de traje y corbata de lazo. Veía en ella una rival en prestigio. Y dentro de su despotismo, también la despojó del papel de madre que él mismo pasó a asumir.

Pero déjeme abundar en todo esto de la relación entre el individuo y la sociedad, entre el ser público y el ser privado, porque quiero transformar mis dudas en convicciones a través del razonamiento. Siempre que se juzga a una persona, surgen necesariamente las dudas.

Alguien creerá que la sensibilidad social que lleva a alguien a concebir leyes sociales justas, lo que al fin y al cabo viene a ser un acto de humanismo, no tenga que traducirse necesariamente en una conducta personal sensible y que, por tanto, el humanista de la palestra pública no deba trasladarse necesariamente al seno de las relaciones familiares.

¿Acaso porque la sociedad es la suma de los individuos? Sería una visión bastante ingenua. Sólo el cristianismo reivindica al prójimo de carne y hueso en concreto, al que propone la salvación al mismo tiempo que le brinda solidaridad en sus penas y sufrimientos, y atención que no soy cristiana. Las tesis comunistas del siglo veinte, que apuntan a lo colectivo, hacen abstracción del ser humano, he allí una falla capital. Se olvida al hombre nuevo del cristianismo, y se pasa a la sociedad nueva, que es ya un concepto de transformación mecánica, que deja atrás lo espiritual, pese a lo que se diga. Marx es un humanista, a pesar de su aridez. Pero ¿Lenin? Lenin transforma la ideología en una maquinaria implacable. Y ya no hablemos del terror estalinista. No se asombre de mis asertos, he sabido corregir mis convicciones con los años, porque he procurado ver, y si alguna lucidez me queda, la aplico a revisar mis antiguos juicios de valor, sin abandonar el fundamento de mis ideas.

Pero, además, enfóquelo desde otro punto de vista. Ese hombre preparó unos proyectos de legislación para beneficio de los trabajadores, es cierto, que fueron respaldados por un enamorado de las tesis sociales de la Iglesia, como el doctor Calderón Guardia, y por un maestro normalista interesado en la suerte colectiva del prójimo, como el profesor Arévalo. Pero bien pudo ser que detrás del pensamiento del bisoño técnico en leyes sociales, por mucho que portara en el bolsillo carné de militante comunista, lo que había era la ambición de reforma del capitalismo para que éste se volviera más eficiente en la medida en que los trabajadores fueran objeto de medidas que los hicieran producir más y mejor, y a más largo plazo. El reformismo, versus la revolución social. Considéreme con benevolencia si es que debajo del manto de los años se me ve aún la cola roja de la militante intolerante de ayer.

Mas si lo vemos bien, y aquí escondo la cola debajo de mi manto, en lo que hace a Costa Rica, todas las reformas, las de Calderón Guardia, y las de Figueres después, forjan la nación moderna, de instituciones fuertes y justicia social, que arroja el ingreso per cápita más alto de Centroamérica, y el mejor sistema de salud y educación. La nación que monseñor Sanabria quería, y se murió sin ver. Odio las vanaglorias nacionales, pero es la verdad.

Pero todas estas disquisiciones se originan en mi valoración del marido que le tocó en suerte a Amanda al casarse ella por segunda vez, no lo olvide, y me referiría más bien a un asunto de intenciones, de sensibilidad humana individual. Alguien que quiere reformar el capitalismo no tiene por qué ser una persona de mentalidad sensible, abierta a las necesidades espirituales de su prójimo más cercano, en este caso la mujer que escogió como esposa. Y, repito, tampoco tiene por qué serlo alguien que pretende la revolución social, si le damos a este caballero el beneficio de la duda de que en aquel tiempo realmente la pretendía.

Ya le dije que para el tiempo de mi visita profesional a Guatemala, Amanda y Edith vivían juntas en la pensión Asturias, que quedaba en la 6.ª avenida y 9.ª calle, no lejos de mi hotel. Era un lugar sórdido donde se hospedaban viajantes que llegaban del interior a rematar cueros y cereales, a gestionar asuntos en las oficinas públicas, o en busca de curación en los hospitales públicos, y los tiempos de comida se hacían de manera comunal, sentados los comensales, que nunca se despojaban de sus sombreros de fieltro los hombres, o de sus rebozos las mujeres, a una larga mesa donde se servían alimentos de calidad mediocre. Tampoco Edith contaba con una ocupación permanente, pese a que ella también tenía a su favor un premio distinguido de poesía ganado en la misma Guatemala por su libro *Huellas en la arena,* de palabra enigmática, como todo lo suyo.

No podía haber invitado a ambas a trasladarse conmigo al hotel Panamericano, pues en mi habitación solamente cabía una cama adicional, y aun para agregar a Amanda como huésped tuve que pedir la venia por escrito al ministro de Instrucción Pública, el doctor Chinchilla Aguilar, invitada como era yo por el gobierno con gastos pagos. Además, era Amanda la que precisaba de cuidados, enferma en el espíritu y en la carne.

Pero, encima de todo eso, si mi adoración incondicional se dirigía hacia alguien, era hacia Amanda. Llamaba a admiración, y a compasión, y no era posible sustraerse de su órbita. En ella habitaban en cruenta lucha permanente Eros y Tánatos, ya le dije. Un poeta amigo,

Cardona Peña, lo expresó mejor al evocarla: yo la vi en la noche funesta beber una larga cicuta y golpearse con un cirio ardiente como un ángel fuera de sí...

Edith, por desgracia, no tenía el mismo don divino. Poseía un talento singular pero no alcanzaba las alturas del genio, como Amanda. Siento tener que hacer estas comparaciones. La maldición de Amanda fue su genialidad, su poder de colocarse por encima o más allá de lo ordinario, asomarse a abismos que para otros se hallan vedados, y no resistir el clamor de las voces que la llamaban desde esos abismos. Había que protegerla, cuidarla, ya se lo he dicho. No sólo era un ángel fuera de sí, también un ángel herido.

No obsta que ambas eran dueñas de una belleza singular. Pero la belleza de Amanda era una belleza serena, como un cristal sin turbaciones que permitía asomarse a lo hondo de su espíritu. Guardaba muy bien, además, el tesoro de su sexualidad sin exponerlo, aunque en la intimidad se prodigara; mientras tanto la belleza de Edith era de una naturaleza salvaje, de carácter felino, tal podía descubrirse en sus ojos verdes chispeantes, como los de una tigresa que derrama a su alrededor el almizcle de su sexo. La suya era una belleza impúdica. Se hacía imperioso elegir entre ambas. Una no se podía quedar con un juicio dual, o una preferencia dual.

Le haré una confidencia que puede agregar en lo que escriba. ¿Biografía, novela? Ya me lo dijo por teléfono, novela, perdone las falencias de mi flaca memoria. Agréguelo, porque, de todas maneras, cuando su libro se publique, yo estaré ya sin duda muerta. Cuento con mi muerte. Es un hecho natural del que a mi edad sería una torpeza afligirse, ya he tratado de explicárselo antes al hablar de la idea que nos hacemos de la muerte tanto en la senectud, como en la juventud. Y aunque estuviera viva para cuando su novela salga a luz, tampoco se preocupe. Todo lo que tengo que decir ya ha sido pesado en mi balanza. ¿Y por qué no poner mi nombre verdadero? Póngalo. Cuídese de las fantasías, y ocúpese de la invención, que son materias diferentes.

Qué poco honesto con el arte de la invención sería no sólo endilgar un nombre fantasioso a Amanda, y a los personajes que la rodearon, sino también a este país. Conrad pudo hacerlo en *Nostromo* con Costaguana, porque de verdad era un país inexistente, y se trataba de una invención legítima. Pero ¿Costa Rica? Qué ridículo sería llamarla Costa de Oro en su novela, o peor, Labriegolandia. ¿Sabe cómo la llamaba su compatriota el poeta Carlos Martínez Rivas, que vivió entre nosotros? Costa Risa. Podría ser más apropiado, y déjeme reír para premiar el ingenio siempre grácil y agudo de Carlos.

He aquí entonces mi confidencia: yo estaba locamente enamorada de Amanda. Pero no se equivoque con mi afirmación. No le hablo de amor carnal, pues eso sería una vulgaridad. Mi escogencia entre Amanda y Edith fue Amanda porque, en su caso, carne y espíritu podían separarse, no así en el caso de Edith. Nunca habría elegido a Edith, pues en ella todo era pasión voluptuosa, y el espíritu no podía permanecer lejos de las llamas de esa pasión, al contrario de la frase del discurso de la pastora Marcela delante del cadáver de su pretendiente Grisóstomo, pronunciado en presencia de don Quijote: fuego soy apartado y espada puesta lejos.

No soy hija de Safo, ni he espigado nunca en los campos de Lesbos. El celibato que he mantenido hasta ahora no se debe a la afición homosexual, sino a una especie de inapetencia que excluye la aproximación carnal, pero no el acercamiento y la devoción espiritual por otra mujer. Aunque debió ser una mujer de carácter extraordinario como Amanda la que fuera capaz de atraerme. ¿Es difícil de entender?

Esta sociedad, al menos, nunca me entendió, pues sé que *sotto voce* siempre se habló de mi comportamiento masculino, de mi manera de vestir con trajes sastre, costumbre que, los ignaros no lo saben, copié de la moda de las postrimerías de la Segunda Guerra Mundial, cuando las mujeres en Estados Unidos pasaron a hacer oficios de hombre en la retaguardia, y se vestían como hombres, aun de saco y corbata; de mis zapatos bajos, reacia a los tacones, de mi corte de pelo a la varonil, de lo grueso de mi voz. De que nunca contraje nupcias, y me entregué a la perpetua soltería..., pero nada de eso me inquietó nunca.

Yo era rara ya por mi intelecto, y rara por mi falta de atractivos físicos. Y nadie entendió nunca que el hecho de vestirme sin alardes, de la manera más sobria, con trajes que se acercan a lo masculino, y rechazar los afeites, que en una mujer fea sólo contribuyen a realzar esa fealdad, no ha sido más que una manera de ponerme a salvo del ridículo, cayendo, ya lo sé, en otro. La voz gruesa que tengo me la concedió el Gran Arquitecto.

Sé que mis explicaciones de amor espiritual hacia Amanda, que es lo mismo que amor ascético, podrían sonar como la frustración de un amor carnal debido a mi fealdad. Debería reconocerlo así, si fuera el caso de que en mi composición hormonal hubiese existido un desajuste suficiente para provocar en mí una atracción lésbica, que no hubiera ocultado, ni despreciado, pues se trataría de un llamado de la sabia naturaleza que reparte sus dones de manera que parece arbitraria, aunque siempre hay en su voluntad una eterna armonía. Pero ya le dije que nunca sentí esa atracción.

De todos modos, si lo examinamos bien, debo reconocer que mi amor por Amanda fue un amor imposible. ¿Cómo le explico? Las atracciones espirituales que no terminan en la unión carnal son siempre amores imposibles, quiéralo una o no. Se vuelve un asunto onanista. Un onanismo del alma, como diría el doctor Fromm.

Esa atracción comenzó desde los días del Colegio de Señoritas. Amanda buscaba mi compañía, quería hacerme partícipe de sus intimidades pueriles, y yo la rechazaba, y huía a refugiarme en mí misma mientras ella era la atracción del corro de niñas, el eje donde todas convergían en sus juegos y discusiones. Luego, a la publicación de sus primeros trabajos literarios, todos ellos eran objeto de mi crítica acerba, nada de lo que salía de su pluma aún vacilante me parecía bien. Y aunque tiempo después, ya fuera del colegio, entramos en cordialidad, y respondía a sus peticiones para que diera mis juicios sobre las páginas que entonces pergeñaba, ya con voluntad de escritora, me esmeraba en señalar las imperfecciones, las repeticiones, las fallas de la prosa, y el uso, y hasta el abuso, de las técnicas narrativas impuestas por Joyce, Proust, Faulkner, Virginia Woolf, autores de nuestra mutua preferencia: la introspección, el monólogo, los retrocesos en el tiempo. Mientras tanto le ocultaba, y me ocultaba a mí misma, todo lo que me atraía de sus escritos hasta el borde de la fascinación.

Y me abrumaban, por no decir molestaban, sus triunfos sociales, el culto que se rendía a su belleza. Reflexioné con valentía para adentrarme en la génesis de aquel constante rechazo, y descubrí, en mi autoanálisis impuesto, que se trataba de un execrable sentimiento de envidia. Envidia a su talento, a su belleza. Y detrás, ¿qué campeaba? Mi propia minusvalía. Yo era fea. Entonces, mi sino parecía ser el odio hacia lo bello. Y lo bello era Amanda.

¿Conoce la pieza teatral *Fiorenza*, de Thomas Mann? Trata del conflicto de poder entre Girolamo Savonarola, el fraile fanático, y Lorenzo de Médici, el Príncipe Magnífico, ambos epítomes de la fealdad que viene a ser, en los dos, una especie de abyección, un insulto lanzado al rostro de lo hermoso. Lorenzo arguye que su dedicación a promover lo bello, como patrón de las artes, es el mejor antídoto a su fealdad. Lo mismo hace Savonarola al justificar su dedicación a la búsqueda de la virtud. Yo buscaba en Amanda, de consuno, lo que Lorenzo y Girolamo buscaban cada uno por su lado, belleza y virtud. Pues lo bello abarca de una vez la virtud, ya que toda belleza es virtuosa.

¿Qué hice frente a aquel dilema planteado por mi falso rechazo a la persona de Amanda? Buscarla, confesarle mi agonía. Porque la envidia que deviene de los celos, o lleva a ellos, es una agonía. Y ella, con su timidez proverbial, quiso primero rehuir mi confesión, y absolverme sin escucharme; pero yo insistí, la obligué a oírme, y entonces sellamos un pacto de fidelidad mutua de por vida, y fuimos, en espíritu, la una para la otra.

Me siento entonces tranquila al decirle que adoraba hasta la idolatría asomarme al abismo de su genio, creador de lo bello; adoraba su belleza física, que era otro abismo de seducción irrecusable, y adoraba hallarme cerca de ella, regodearme en la gracia de su palabra, ser partícipe de sus inclementes dolores, cubrirme debajo del velo de sus angustias. Ser con ella una sola alma.

Sé que eso es el amor, de todas maneras. Una sola alma, aunque no una sola carne. Y, además, si la hubiera buscado como mujer, no la habría encontrado, por muy bella que yo hubiese sido. Muchas probaron seducirla, en Costa Rica, en Guatemala, en México; me hizo esas confesiones con una sonrisa de desdén en los labios. Mujeres de la cumbre social, celebridades rutilantes, estrellas del cinematógrafo. Pero las que intentaron con ella aproximaciones de esa clase fracasaron. Hubo una viuda rica que le prometió llevarla consigo a su mansión de Las Lomas de Chapultepec y cubrirla de lujos, y lo que era el cebo mayor, sufragar un brillante equipo de abogados para recuperar la custodia legal de su hijo en Guatemala. Respondió con un no rotundo, y la temperamental dama amenazó con lanzarle vitriolo a la cara, con lo que, Amanda, asustada, no se dejó ver en el Distrito Federal por un buen tiempo.

En esa lista estuvo también la cantante Manuela Torres. Se trató de un acoso en toda regla, con la persistencia que ha caracterizado a ese personaje singular, no de mi agrado, debo confesarle. Cuando trató a Amanda en México en los años cincuenta, y se dieron esos desaguisados, no tenía ella de ninguna manera la fama que alcanzó después, y de la que disfruta ahora. Eran tiempos de pobreza y anonimato para ambas, salvo que Amanda no se entregó nunca al alcoholismo. Se trataba de caracteres que no podían conseguir ninguna afinidad, y sus mundos fueron siempre distantes, aunque Manuela quisiera atraer a Amanda al suyo, que era de disipación y aventura libertina.

¿Conoce la historia de las tijeras? Aquél fue un acto de vulgaridad cursi, una revancha ruin. Amanda había logrado la posición de regente de una tienda de modas, empleo que venía de perlas a sus habilidades en la alta costura, y Manuela, pretendiente rehuida, penetró un día en la tienda y armándose de unas tijeras que encontró en la mesa de cortar, intentó atentar contra ella; pero no atreviéndose al fin a hacerlo físicamente se entregó de manera frenética a arruinar a tijeretazos la ropa que se hallaba expuesta en los exhibidores. Una acción de vandalismo inútil, pues ya le he dicho que Amanda nunca habría concebido verse en una cama sino con alguien del sexo opuesto, esos machos dominantes que ella transformaba en arcángeles llenos de gracia.

Déjeme que vuelva sobre este tema de los hombres en su vida, y que lea un párrafo de otra carta suya fechada en Guatemala en 1947:

Si logro esta importantísima independencia económica podré realizar mi sueño de la escritora libre, que se administra hombres cuando los necesita y a bien

lo tiene, y no la babosa solemne que subordina todos
sus talentos a los impulsos de esas deliciosas bestias que
se llaman hombres. ¡Cómo me gustan! Deben haber
sido hechos para complacer a las mujeres, y no como se
dice que nosotras lo fuimos para regalo de ellos. Son
mi más profundo vicio, mi más secreta pasión y lo más
noble y sano de mi temperamento. Son deliciosos, y
cada uno tiene algún encanto definitivo que me lo
hace indispensable. ¡No te asustes! No tengo tantos
hombres como atractivos en ellos veo. Pero son mi ten-
tación permanente y fustigante...

Cuando habla de esa independencia económica
que parece tan en ciernes, se refiere a la oferta de parte de
un editor italiano de paso por Guatemala, que anunciaba
la publicación de una Gran Enciclopedia Americana
Ilustrada, para que ella escribiera las entradas correspondientes al arte precolombino a cambio de unas sumas de
dólares tan astronómicas, que a mí me parecieron siempre irreales. Hubo aun contrato de por medio, y ella se
dedicó a investigar con todo ahínco en la Biblioteca Nacional los temas encargados, pero aquella oferta no resultó ser más que el engaño de un aventurero que colocaba
suscripciones de su inexistente enciclopedia en empresas
privadas y entidades gubernamentales, y cuando tuvo su
hucha llena tomó subrepticiamente un vapor en Puerto
Barrios, y desapareció para siempre.

Pero vaya programa el que expone en su carta.
Una domadora de circo, nada menos, con pleno dominio
sobre sus «deliciosas bestias», dóciles al chasquido del láti-
go, y útiles nada más cuando fueran llamados por ella; y
siendo la dueña de decidir cuándo tenerlos o no a su lado,
gracias a su solvencia económica, su talento creativo quedaría librado de toda servidumbre hacia el género masculino. Muy fácil. Mas nunca consiguió esa solvencia, ni antes, ni entonces, ni después, y no creo que aun disfrutando

de ella su sino hubiera sido diferente. Pondré dos ejemplos de ese sempiterno sometimiento suyo, que me atrevo a llamar patológico.

Un quídam,ególatra y presuntuoso, se invitó a sí mismo a las sesiones que celebrábamos entre camaradas de correspondencias espirituales en el Centro de Amigos del Arte. A los demás nos repelía su personalidad, pero Amanda lo encuentra irresistible desde el primer momento. Se ven a menudo en las confiterías, a nuestras espaldas. Ella acaba de terminar su novela autobiográfica *Por tierra firme,* la que presentó al concurso de Nueva York, perdida ahora. Amanda se la da a leer al ignaro, y él se la devuelve con un proemio en el que se dedica a excusar pasajes que a su entendimiento parecen escabrosos, criticando de manera velada el libertinaje de la autora, bajo el disfraz de solicitar disculpas al lector ante lo que él considera atrevimientos juveniles.

Nos indignamos todos, y Manuel de la Cruz, gran artista plástico, dice a mitad de una tertulia: qué vergüenza, Amanda, que hayas permitido a ese entrometido colocar una hoja de parra a la desnudez de tu novela. Reímos. Ella calla, apenada, y Manuel de la Cruz se acerca a entregarle un anturio que toma de un florero, porque siente que la ha herido. No abandona sus amoríos con el zafio, quien no conforme con su infeliz proemio, termina quemando los capítulos de otra novela en ciernes, que ella insiste en darle a leer, para vengar así un olvido nimio de Amanda, que no se presentó a un cóctel diplomático donde la aguardaba, pues tenía por profesión asistir a los ágapes de las embajadas.

Se empeña él de manera obstinada en acabar con sus ilusiones literarias, y ella, contumaz, convencida de que se trata del hombre de su vida, tira a aquel puerco las margaritas de su creación aunque el otro les prenda fuego. Es porque busca prodigarse en el hombre a quien toca el turno de ser amado, y al hacerlo comete una gra-

tuita inmolación. A otros de ellos obsequia piezas inédi-
tas, a veces novelas completas, de las que no se deja copia, y así su obra va desapareciendo en manos ajenas.

¡Cómo fracasaba en distinguir entre la belleza física
y la belleza espiritual! ¡Y cómo confundía, con pobre discer-
nimiento, la una con la otra en los hombres que la atraían!
En el caso que estoy relatando se trataba de un majadero
con cara de galán de cine, quizás parecido al John Barrymo-
re de *La mujer invisible*. Callo también su nombre.

Solemos aún encontrarnos en la sala de apartados
postales del Correo Central, recogiendo cada uno su correspondencia, y me digo: ¿cómo pudo Amanda enamorar-
se tan perdidamente de cretino semejante? Porque ahora,
sin atractivos físicos, ya que la edad se los ha hecho perder
todos, la tontería ha cobrado en él sus fueros y campea por
completo en su aspecto exterior. Como ha perdido buena
parte del cabello, lo que le resta se lo deja en crenchas largas
que le llegan a los hombros, y siempre está sonriendo
para que se note la perfección de su dentadura postiza
compuesta de piezas de porcelana; viste de manera petulan-
te, chaqueta de alpaca, bufanda y pañuelo del mismo diseño, suéteres de cachemira de tono celeste o rosa, zapatos
mocasines, todo un fantasma de dandi que puede pagarse
lujos porque dispone de recursos que nunca ganó, pues los
recibió en herencia de una tía solterona de Alajuela.

Pero también se enamoraba Amanda de otros que
no tenían estampa de astros cinematográficos, pero sí lo
que ella llamaba «personalidad». Es lo que ocurrió en el
caso del ciudadano húngaro Ladislav Bruck, quien vino a
residir en Costa Rica, e impartió a los miembros de nuestro Círculo de Amigos del Arte lecciones de psicoanálisis
aplicado a las obras maestras de la literatura, para mí harto mediocres. Pero fascinó a Amanda desde el primer
momento porque era uno de aquellos que para ella tenían irresistible «personalidad». Guardé reservas. Amanda, enamorada de él, sentíase herida por mis juicios.

Incauta, le entregó en ofrenda una novela inédita completa, de la que prometió el aventurero una edición en Barcelona, y traducciones al húngaro, al francés y al alemán. Un día desapareció del país llevándose el mecanoscrito. Después recibimos evidencias incontrastables de su impostura, entre ellas que no era doctor de la Universidad de Heidelberg, como se hacía pasar; tal resultó de la consulta que mediante mi solicitud fue evacuada por la legación alemana en San José, tras medio año de espera. Cuando no hubo más dudas del engaño ambas reímos, y aún rió Amanda de la desaparición de su novela. Ya muerta, vinieron a Costa Rica rumores de que el húngaro la había publicado bajo su nombre traduciéndola a su lengua, y de allí a otras lenguas europeas. Un éxito de librería aquel plagio, según esos rumores.

¡Ah, Amanda, Amanda! Pagó un alto precio por ser diferente en una sociedad timorata que nunca la entendió. Una mujer sola, en singular, frente a un medio que respiraba mediocridad por todos sus poros, en plural. La sociedad josefina de entonces era el referente obligado de su angustia de trascender, y sentía que esa sociedad la aprisionaba. No era culpa suya, ni culpa de la sociedad. Ambas eran así, por propia naturaleza, y en ello consiste la fatalidad de su existencia de mujer extraña, y extrañada. Se impuso un exilio, y le impusieron un exilio, y no hablo solamente de su alejamiento de nuestras fronteras; era una desterrada aun viviendo aquí, dentro de este cerco de montañas impasibles que se volvió para ella ominoso.

Le cobraban su genialidad, y la primera forma de pasarle factura era negando esa genialidad. Y lo era. Genio femenino, además, que es un exceso de intuiciones y de percepciones, de sensibilidades. Oiga esta carta suya de 1951, que me escribe desde México:

Tengo miedo a Dionisio, a Dios y a la muerte, al Genio y a lo Grande, porque a ratos pienso que a ellos

pertenezco y no tengo sino muy leves contactos aparen-
ciales con lo humano y sedante. Acuérdate de la frase
terrible de Edith (por favor, no mires en esto vani-
dad): «Amanda hace todo lo que puede como mujer
para disimular su condición de ángel»...

No es gratuita su mención de Dionisio. Dionisio
es el extranjero en la mitología griega, el que no calza
más que en el misterio, y en la pasión. Dionisio es el exceso destructor. Y ella lo coloca de primero, en fila suce-
siva con Dios, con la muerte, con el Genio, con lo Grande. Y con la muerte soplándole su aliento en el rostro, no
dejó de pensar en el Genio. Su propio genio. Así escribe
a don Joaquín García Monge, nuestro maestro, desde su
lecho de agonía en el hospital de Washington en 1949:

Yo estoy madura ya para producir la mejor obra
de mi generación en Latinoamérica. No estoy embro-
mando. Creo esto como los antiguos creían en un des-
tino, creo en mi misión de belleza. Nací con el «estig-
ma de escritor», es inútil escapar, aunque a veces,
para ser feliz, se sienta la insana tentación de escapar.
Ser escritor impone obligaciones tremendas, entre ellas
la de sufrir. Pero no se debe ni se puede escapar. No
conozco nadie todavía en mi generación que haya na-
cido con eso. Es como la voz. Se puede educarla, pero
no se puede crearla. Hay muchos que escriben mejor
que yo. Es muy fácil. Hay muchos que saben más que
yo, que no se equivocan. Pero no conozco nadie que ten-
ga «la voz»...

Suena arrogante, sí. Pero esa pasión por su propia
obra que anuncia sin modestia, esa afirmación tajante de
que nadie más que ella tiene «la voz», no es ninguna impostura, es algo suyo, salido de sus entrañas, aunque tales
expresiones concitaran animadversión, y quizás burlas.

No es fácil decir «soy la única» en un medio donde no existen las ambiciones personales acuciantes, y si hay alguna es la de esconderse, desaparecer en los rincones apenas se enciende la luz.

Pero quedan preguntas pendientes: ¿llegó a plasmar su genio en la página en blanco? ¿Escribió realmente la obra maestra? ¿Es su obra un todo insuflado por ese hálito de la genialidad? ¿Y existe verdaderamente esa obra?

En esa misma carta desde Washington dirigida a don Joaquín, se refiere a otra novela suya, *José de la Cruz recoge su muerte*, que seguramente nunca terminó, y que se suma a la lista de originales perdidos, proyectos comenzados y nunca acabados, esbozos, simples ideas de argumentos relatados en cartas, títulos anunciados. En resumen, *La puerta cerrada*, premiada en Guatemala, viene a ser su única novela visible, y luego hay un puñado de cuentos rescatados de revistas unos, inéditos otros, algunas crónicas brillantes, y está la calidad literaria de sus cartas. Su último trabajo de creación data del año 1951. Después, silencio.

¿Quiere mi juicio verdadero? Sentía el genio, pero no pudo realizarlo. Usted me dirá que eso de sentir el genio de todas maneras es nimio por intangible, porque sentirse una dueña de una voz, como don único, no realiza por eso mismo esa voz, y por tanto es algo que no llega a tener ninguna trascendencia. Cierto. Y eso es parte de la tragedia existencial de Amanda, y lo que aumenta el espacio de su soledad interna. ¿Por qué no escribió todo lo que concebía? ¿Será que su pasión era autodestructiva, que todo se consumía en su fuego interior? Sus cartas, como la dirigida a don Joaquín, y otras dirigidas a mí, nos revelan el calor abrasador que la poseía, pero apenas podemos entreverlo en lo poco que nos legó.

Y si su genio se plasmó en todas esas novelas que se perdieron para siempre, ¿cómo podemos ahora saberlo? Una sola novela. ¿Es *La puerta cerrada* una obra maestra? Yo quiero creer que sí, pero media mi natural apasionamiento, y de ser así se trataría entonces de una obra maestra apenas recordada, e ignorada fuera de nuestras fronteras, salvo por algunos estudios rutinarios que se han hecho de ellas en universidades de Estados Unidos. Alguien deberá venir alguna vez en su rescate.

La puerta cerrada iba a llamarse primero *La fugitiva*. Esa puerta cerrada es la suya propia, la fugitiva escapándose hacia dentro de sí misma porque no encuentra la salida, la prisionera sin escape, encarcelada dentro de su yo interior, dentro del ambiente, dentro de su rebeldía, una reja tras otra. Y es también la poseída, la que lucha cuerpo a cuerpo hasta el amanecer con el ángel, o con el demonio, igual que Jacob.

Su vida es la novela, y la novela es su vida. Cuando decimos «una sola novela», porque sólo dejó una, también llevo el sentido de esa frase a que todo lo suyo fue una sola novela, su vida repartida en todo su universo literario, no importa si puesto en el papel. De esta manera su obra parece un complejo espejismo, y unos espacios de invención se reflejan en otros, y vienen a ser parte del mismo todo, los que logramos conocer, y aun los que nunca conocimos. Una obra de piezas intercambiables, atrapadas en su única novela y en sus cuentos, en sus crónicas, y aun en páginas inconclusas, otros trozos solamente expresados en cartas, algunos nada más imaginados, o contados a los amigos, desperdiciados en pláticas.

Y en todo lo suyo, lo visible y lo invisible, lo que quiso plasmar y lo que de verdad plasmó, lo que sobrevivió y lo que se perdió o fue destruido, ella es siempre el personaje que se repite en vestiduras masculinas o femeninas. Imagina a todos sus personajes en ella, y se reparte en cada uno, siendo ella la que los anima, la que se mete en la carne de todos.

¿Y qué demuestra también esta plasticidad de su obra? Que siempre estuvo volcada al acto de imaginar, y que cada vez iba dejando retazos de su vida en ello, entregando su propia salud, su propio bienestar físico a la imaginación, al hecho de sentirse escritora y sentir como escritora. Cuando habla de las formas de morir que no eran propiamente la muerte, por las que tanto sufrió en vida, debemos agregar la primera y principal de todas ellas, la escritura, pareja a la ausencia del hijo. ¿Recuerda el discurso de Faulkner al recibir el Premio Nobel de Literatura? La agonía del acto de crear, el corazón del escritor desgarrado, en conflicto consigo mismo. ¡Cuánto llegamos a amar a Faulkner, cuánto lo amó Amanda!

En la misma carta que me dirige en 1951 desde México, y donde habla de Dionisio, el dios extraño a las normas del universo, se refiere también a la deformidad fisiológica a la hora de marcar lo diferente. Escuche este otro párrafo:

Es horrible ser DIFERENTE. Ya lo ves si es horrible, que para aquellos seres a quienes la naturaleza marca con una deformidad y vuelve diferentes en el terreno fisiológico, todo es siempre y por siempre terrible...

Parece extraño que acuda a la deformidad física para marcar lo diferente, si se trataba de una mujer bella. Pero no hay nada de extraño. Su símil en este sentido era Kaspar Hauser, ese ser deforme que se hizo objeto de atracción desmesurada, y de estudios científicos, y que en su media lengua contaba de su aislamiento desde niño en una celda misteriosa, durmiendo sobre un lecho de paja, y teniendo como único juguete un caballito de madera. Ella llevaba siempre en su maleta un pequeño caballito de madera, de esos de balancín, que había comprado en Guatemala en un mercado de artesanías pensando en Claudio, pero que, en su posesión, venía a ser un homenaje a su identidad con Kaspar Hauser, el freak, el fenómeno. Llegamos a conocer su historia por un viejo artículo de Rubén Darío reproducido por don Joaquín en el *Repertorio Americano*. Era «el otro», el que por diferente siempre nos es ajeno, y nos es atractivo aunque sea gracias a la repulsión.

Amanda era «la otra», la que no se conformaba al molde impuesto por los demás, y por eso debió sentirse como el fenómeno de feria que en su aislamiento atrae la curiosidad, el escándalo, y la hostilidad. Es que esa capacidad suya de intuir y de percibir lo que los demás no intuyen ni perciben lleva al aislamiento, pero al mismo tiempo al acoso, pues hay quienes tratan de alcanzarla con palos que introducen entre las rejas, o con frutas podridas que le lanzan desde fuera.

Busca huir pero no la dejan las rejas, no la deja la puerta cerrada, y entonces, fugitiva, huye hacia su interior más profundo. El Minotauro incomprendido se refugia en lo hondo del laberinto subterráneo, donde busca ocultar su anormalidad.

Su precio entonces es la soledad, porque resulta siempre un ser inconforme, y los inconformes calzan poco en la compañía común de los demás, que se convierten en jauría a la menor provocación o a la menor señal de indiferencia frente a sus reglas sagradas de conducta. Nunca se puede satisfacerlos.

Edith hablaba de que Amanda disimulaba su condición de ángel. Pero era más bien una doble condición, ángel y demonio, contra los que tenía que luchar cuerpo a cuerpo, en combate con su doble condición, igual que Jacob, sin que yo quiera usar la palabra *demonio* en el clásico sentido peyorativo de encarnación del mal. Demonio como rebeldía. Demonio como Dionisio, enfebrecido de pasión sensual, pero triste y solitario como dios extranjero.

Amanda poseía la pasión de los demonios y la beatitud de los ángeles, aunadas en un espíritu rebelde a los moldes. Y cuando digo moldes, digo matrimonio, familia, sociedad; la rebeldía que sella al espíritu dentro de la caverna donde se sentía protegida, como se sintió el Minotauro consciente de su anormalidad. O como se sintió Proust, el dios terrenal que ella eligió, dentro de su recámara de cortinas siempre veladas, su cueva, donde escribía a la medianoche, cerrado a los ruidos que llegaban de la rue Hamelin, a solas con sus personajes y con sus recuerdos.

Por eso su vida es un fracaso en la medida en que no puede prodigarse, pese a que ella lo desee, en su amor por el hijo, en su amor por los hombres a los que termina no amando. Al final la reclama la cueva que, en la oscuridad, no conoce la forma, y donde arden las palabras que busca encontrar para su escritura. Las formas, las casillas, los moldes quedan en el mundo exterior.

Y gracias a ello su literatura carece de referencias reales. En sus páginas no se nombran ciudades, no se dan fechas, no hay historia presente, y, en parte, por eso mismo, sigue siendo una literatura incomprendida. Sus asideros geográficos más concretos vienen a ser los de sus relatos ambientados en México; pero allá es el exilio, y su mundo interior puede fluir hacia fuera sin amarres porque no tiene riesgo de conectarse. Al fin y al cabo, por mucho que se sienta transportada por la magia de México, esa magia desolada del paisaje árido del valle de Anáhuac, y esa magia sórdida y sucia del Distrito Federal, y por mucho que los describa con propiedad literaria, sabe que le son realidades ajenas. No es lo suyo. Lo suyo exterior no existe, o ella no quiere que exista.

Es curioso que se haya desprendido de toda envoltura realista en lo que escribió, siendo que su generación, y ella misma, tenían un compromiso social y político, en un momento de auge de la izquierda intelectual que busca situarse del lado del movimiento obrero y de sus reivindicaciones más sentidas. Es que su propio yo era demasiado intenso, y demasiado oscura la cueva de su introspección, como para extenderse hacia los asuntos sociales, tal como los trataba la novela comprometida de entonces, hasta los extremos del realismo socialista.

No se confunda, sin embargo, cuando hablo de los alcances de su yo intenso. No se trataba de egolatría, ni de egoísmo; o tal vez de egoísmo sí, pues toda obra de arte termina siendo egoísta en la medida en que delimita una creación personal, aunque se trate de *Las uvas de la ira* de Steinbeck, una novela social que discutimos apasionadamente entonces, y que fue pauta para algunos que en lugar de los campos de algodón de Oklahoma pusieron en las páginas de sus novelas las plantaciones de banano. Más tarde Steinbeck, como Edith, hizo profesión de fe anticomunista, para decepción de muchos de sus seguidores militantes.

Y puede ser que yo le reprochara a Amanda no ocuparse de las angustias colectivas. Ya le he señalado que Costa Rica fue en aquel tiempo de nuestros primeros ardores el escenario de cruentas luchas por la justicia social, campo de acción del imperialismo bananero, y fue en este paraíso de pintoresca tarjeta postal donde surgieron las grandes huelgas empujadas por los comunistas. Pero aquello no era lo suyo, habría sido como trasplantar hacia pleno sol tropical un universo húmedo y nocturno, de vulva, de antro oculto. Y fue una decisión suya temprana eso de apartarse de la llamada novela social. Cuando llegó a nuestras manos, vía los camaradas costarricenses, el discurso de Zhdánov en el pleno del Congreso del Partido Soviético, en el que proclamaba en nombre de su suegro Stalin el realismo socialista como única alternativa del arte, y lo remachaba con la frase del propio Stalin en la que sentenciaba que el escritor era un «ingeniero del alma humana», yo no dejé de entusiasmarme; Amanda lo vio con horror.

A fin de cuentas, pagó con creces el precio de ser diferente, algo que en realidad ella no escogió, pues fue un asunto de su propia naturaleza anímica e intelectual. Y las consecuencias le trajeron un destino absurdo. No solamente dejó de ser entendida en su tiempo, sino que la hicieron blanco de tergiversaciones, y de negaciones. Fue negado su genio, ya le dije, y hasta su talento, y quisieron ponerla en el plano de una vulgar imitadora de Marcel Proust, nada más lejos de la verdad. Claro que tiene influencias de Proust, cuándo no. Leía a Proust desde los diecisiete años de edad, lo suficiente para empalagarse según algunos de sus acervos detractores. Leyó con intensidad *En busca del tiempo perdido,* hasta aprender páginas de memoria, sobre todo de *La fugitiva.* Pero más que en su prosa, o en su estilo, Proust está en su visión de la vida, en su manera de asumir los sufrimientos con una sensualidad gozosa, una visión que la nutre a ella antes de nutrir a sus personajes, y siente que es algo que le hace mal aunque no pueda evitarlo. Escuche lo que me dice en esta carta de 1949:

A ratos pienso si a mí Proust me ha hecho mucho daño. Con él he aprendido a sufrir. He aprendido, así como quien aprende una lección. He aprendido a degustar la intensidad de la pena hasta sus más recónditos pliegues y a dudar de la intensidad de mis goces. Cualquier alegría me desbarata, me desintegra, y cualquier pena me amarra, me hace fuerte, me consolida. Eso no está bien. Porque si esa consolidación significara serenidad, disminución del dolor, pase, pero al contrario, significa profundidad, intensidad, amplitud. Está siempre en aquello que constituye la médula proustiana: «No tiene lo vivido la realidad de lo soñado»...

En el mismo capítulo 19 de *La puerta cerrada,* Amanda hace una hermosa alegoría de la vida. Diré, de su propia vida. A la llegada de la estación fría, dice, siempre queda en el árbol una hoja postrera prendida a la rama por un milagro de resistencia inexplicable, y todas las mañanas, al pasar, formulamos una despedida porque tememos no encontrarla allí al día siguiente; y al día siguiente volvemos a preguntarnos por qué sigue resistiendo, cuál es la razón misteriosa de que continúe asida a la rama. Hasta que días después, sin habernos preocupado de pensar de nuevo en ella, pasamos por el lugar y nos damos cuenta de que ya no está.

Siempre he llamado a este pasaje la parábola de la hoja solitaria. Así fue Amanda. Tan frágilmente prendida a la rama de la vida, indiferente a las ráfagas hostiles de viento que azotaban el árbol al que se hallaba prendida, hasta que un día ya no resistió más y se fue dando volteretas, hasta desaparecer. Se fue con el viento, sin despedida.

Elija lo que quiera de entre estas cartas y papeles, y luego vaya, por favor, a la sala de lectura; pregunte por Hilda, y le pide a ella de mi parte que haga las fotocopias necesarias. Me gustaría acompañarle en este corto paseo, pero prefiero que mis piernas guarden su buena voluntad de auxiliarme para bajar las gradas, cuando deba irme a casa esta tarde al final de la jornada. Aquí le espero.

Cuántas luces dejaste encendidas,
yo no sé cómo voy a apagarlas

La anciana descarnada que al cabo de los años ha venido a asemejarse a un hombre reposa en la silla de ruedas como si se tratara del trono de un reino perdido. La mirada permanece oculta tras los lentes oscuros aplastados contra su cara cetrina, que es una máscara pasada al fuego, y el pelo, que deja libres las orejas, un ala gris aventada hacia atrás con algo de altanería; se diría un ciego lisiado en espera de que alguien empuje la silla de ruedas para ayudarlo a cruzar la calle, si no estuviéramos bajo la húmeda frondosidad de este jardín que mira hacia la lontananza donde se alza la silueta azulada del Tepozteco entre nubarrones desgarrados.

La silla de ruedas estacionada sobre la alfombra de agujas de pino es ligera, hecha de fibra de carbono, y su armazón se estremece con el viento frío que sopla desde las alturas del cerro. En el jardín amurallado hay pinos, araucarias, pirules, un aguacate de lustrosas hojas verde oscuro, y una jacaranda de flores moradas, por cuyo tronco trepa una buganvilia, arrimada al muro de piedra. Un zorzal insiste con su silbido entre las flores de la jacaranda, y al lado de la silla de ruedas vigila estático un xoloitzcuintle desnudo de pelaje, como una escultura prehispánica, que nunca ladra porque es mudo. Un perro mudo y desnudo.

Todo es frágil. La anciana, su trono de fibra de carbono: en un rato más el viento se encabrona y nos lleva volando a parar a la chingada, a lo mejor hasta la cumbre del Tepozteco, dice con voz bronca en la que hay ecos aguardentosos, aunque tiene años de no haber vuelto a probar gota de tequila; una voz que le sale de los propios ovarios, por no decir de los cojones.

No se queja del frío a pesar de que no tiene encima el jorongo rojo de lana que es como su marca desde que recién llegada a México empezó a cantar en escenarios de cuarta rancheras amanezqueras a cinco pesos la pieza, tan bronca la voz de humo y tequila como las cuerdas aceradas de la guitarra con que se acompañaba, buscando nada más los registros graves en la encordadura.

Sentada en su trono de inválida, los brazos de la silla tan cerca de las ruedas cromadas que casi las roza con los codos, va vestida con una camisa blanca de mangas largas, los faldones por fuera, una camisa de piloto de aviación con espalderas, impecablemente planchada, pantalones de gabardina azul y mocasines con flecos.

Habla, y no sé si me está mirando tras los anteojos oscuros: no tengo nada en mis piernas, pasa que el doctor me hizo el pinche favor de dormírmelas con inyecciones, a poco se le fue la mano, dice. Una bola de años es lo que tengo, si no será. Vinieron del *Excélsior* la semana pasada a hacerme una entrevista porque cumplía noventa años. No vayas a decirme que no parecen tantos, lambiscón vas a salirme de seguro como todos los de tu tierra, igual a Salomoncito, el poeta Salomón de la Selva, que tenía ojos de fiera bondadosa y me empalagaba de elogios, pero no sólo a mí, no te creas, lograba convencer a la más pírrica de las putas de que era su reina de Saba.

Allí donde estás tú sentado la periodista mensa esa de *Excélsior* me acerca tanto la grabadora que por poco me la mete en la boca, y me pregunta qué quiero que pongan en mi lápida, la muy bruta, está tan jovencita que se siente protegida como si nunca fuera a soplarle el aliento fétido en el caracol de su orejita la pelona. Creyó que me iba a atragantar el gaznate de pura vieja pendeja, y la amolé yo. Esto es lo que quiero que pongan, le dije a la escuincla cabrona: aquí yace quien en la vida fue quien fue. Si será pendeja. Soy quien soy, fui quien fui, nadie se parece a nadie y menos a mí, y sólo conozco a dos señoras más viejas que yo, y que somos como gotas de agua las tres, doña Tristeza y doña Soledad. Mucho gusto doña Tristeza, cómo ha estado doña Soledad. Tristeza y Soledad, fidelinas como no hay, mis devotas damas de compañía, y no cobran sueldo porque les pago con mi vida.

Algo parecido dije en el homenaje que me rindieron en el teatro Esperanza Iris hace poco, también por mis noventa años, si serán ociosos mis devotos que sacan todo el tiempo del mundo para quererme, una caterva de gente apelotonada adentro del teatro, desde la platea al paraíso, y afuera otra pelota de los que no lograron plaza, amenazando con quebrar a pedradas la marquesina si no los dejaban entrar. Para qué quiero más amistades íntimas que Tristeza y Soledad, eso expresé delante del respetable a la luz de las candilejas, pues cuando esas dos cuatazas de mi alma y compañía mía se juntan, que el diablo te libre, porque entonces lo que te ahoga es el llanto que se te anuda aquí, en el mero gaznate.

No lloré al nacer, seguro por todo lo que me iba a tocar de llanto después, como para sacarme surcos en la cara, igual que al apóstol San Pedro. La comadrona me colgó de los pies, me dio las nalgadas de rigor, y nada. Alzó la vista hacia los presentes, sorprendida. Vaya milagro. Me presenté desnuda ante el mundo en Santa Bárbara de Heredia sin una sola lágrima, los ojos secos. ¿Y quieres que te diga? Nadie me quita lo llorado desde que empecé a llorar. Los amores que padecí, las amarguras de celos, los desencantos y las traiciones de las pérfidas que me abandonaron. Lágrimas de desconsuelo, y lágrimas de rabia, lágrimas negras, lágrimas de sangre. Pero también lágrimas de amor que yo les saqué a ellas, porque en eso de abandono sí que anduvimos parejo, yo te dejo, tú me dejas, quedamos en paz y la ruleta sigue en sus vueltas.

Pero, ay caray, me falta mencionar a la tercera de mis damas de compañía. Ya se me iba olvidando y es la más principal. La libertad. La señora Libertad. Doña Libertad, la legítima, no aquella pendeja Libertad Lamarque que cantaba tangos con voz mojigata y fingiendo llorar de puro majadera. El llanto sale en la voz desde los más recónditos adentros o no sale, es quejido o es lamento, pero nunca son mocos.

Fui libre todo lo que quise, míralo si quieres como una maldición que me cayó a mí y le cayó a Amanda, y también a Edith. Las tres maldecidas por la suerte sólo por no querer cárcel burguesa, por no dejarnos encerrar en ningún calabozo moral, qué matrimonio ni qué ocho cuartos, y toda esa pantomima de la familia sacrosanta. Porque tú has venido para que te hable de Amanda, ¿no? Pues ya empezamos. Aunque antes me falta mi cuarta dama. ¿A que no adivinas?

La mera doña Pelona, la señora Catrina, quien más. Me gusta cómo la ponen en el tarot, carta número trece, jineta sobre un caballo blanco a trote suave, vestida de armadura negra y llevando una bandera negra también, donde luce bordada en hilos de oro una flor blanca de cinco hojas.

A los mexicanos, que se sienten siempre muy machos de puros coyones que son, les gusta divertirse jugando a los volados, a ver si te sale cara o te sale cruz la moneda que lanzas al aire, y es lo mismo que pedirle a la moneda que te diga si cae en vida o si cae en muerte, en cara de felicidad o en cruz de dolor. No acatan que para eso venimos, para ponerle cara al gozo y para meterle hombro a la cruz del dolor, no todo va a ser sólo risa o sólo llanto, porque qué aburrido. Pero así mismo me divertí yo, jugando a los volados con la vida y con la muerte, mi peloncita del alma. Nomás para hallarle el gusto por adelantado es que en México hacen de dulce las calaveras cuando toca 2 de noviembre.

Cuando entraste habrás visto mi altar de muertos en la sala, allí sigue aunque ya se pasó la fecha, si estamos llegando a las Navidades. Se me va quedando rezagado el altar después de cada día de difuntos, porque para mí esa señora no tiene fecha de visita, que se quede cuanto quiera reinando en esta su casa. Y todo dura hasta que la muchacha del servicio me pide permiso de echar al basurero las calaveras y los huesos de dulce estropeados, y las flores de cempasúchil tan marchitas que ya huelen de verdad a muerto.

Esas ofrendas se colocan para agradar a los fieles difuntos que regresan silenciosos a visitar a sus familias. Yo les pongo en el altar tibias de mazapán y calaveras de azúcar y amaranto, y también sus tamales, su tequilita, sus cervezas, y lo adorno con las flores de cempasúchil, que son de mandamiento. Pero de pura costumbre, porque aquí en México no tengo muertos que vengan a visitarme. No irán a hacer el viaje desde Costa Rica, y, además, con todos ellos sigo enemistada, por muy muertos que estén. Amanda y Edith, que fueron cercanas a mi alma, más cercanas que cualquiera de mi familia, podrían venir con toda confianza a tomarse su tequilita, sobre todo Edith que tanto disfrutaba enjuagarse la garganta con un buen alcohol. Pero no vienen, al menos yo nunca las he sentido.

Primero se fue Amanda, murió en brazos de Edith que se la había llevado a vivir a su apartamento de Río Neva, las dos tan menguadas de sustento que les sonaban las tripas de mera necesidad. Peladas, y se daban calor entre ellas. Estaban solas ese día, Amanda ocupando la cama de Edith, porque le había dejado su dormitorio y ella se había pasado a dormir en el sofá de la sala. Era un domingo en la tarde. De pronto Amanda se apoyó en los codos para alzar el cuerpo, y exclamó: ¡qué oscuridad! ¡Cómo tan temprano se ha hecho de noche! Volvió la cabeza a la almohada, y allí se quedó.

Fue enterrada en el Panteón Francés de San Joaquín, que está por el rumbo de la calzada Legaria, en Tacuba; en ese entonces era tranquilo todo ese sector, ahora
te metes en el coche y es un solo atasco. Allí iba yo en el
cortejo, iba Salomoncito, ese tu Salomón que tenía ojos
de puma en celo, sólo que dulces como la miel. Fíjate,
tener apellido De la Selva y ser una fiera mansa. A un
hijo le puso León, León de la Selva, qué padre idea. Pagó
de su bolsillo el cajón comprado en Gayoso, pagó el velorio y todos los servicios fúnebres, que a mí, si me pedían, no tenía en aquel tiempo de dónde, si todo se me
iba en puro tomar, como dice el huapango de Tomasito
Méndez, mi cuate querido que me quiso volver devota
del Santo Niño de Atocha, pero yo con santitos, y con
santos grandes, mejor de lejos, porque a mí las velas de
los altares me dejan la ropa oliendo a trapos de beata.

Como ya sale la segunda vez Salomón en esta plática, no vayas a imaginar que tuve yo algún quite de amor
con él, lo nuestro fue amistad pura y sincera, como no puede ser de otro modo. Aunque si me hubieran gustado alguna vez los hombres, lo habría escogido a él como amante.
Querido, dicen ustedes en Nicaragua en lugar de amante;
palabra bonita esa, cómo me gusta. Lo que yo tuve fueron
queridas, no queridos, no te olvides. De quien fue amante
Salomón fue de Amanda. ¿Te sorprende?

Fueron amantes en Costa Rica, entre tantos que
ella padeció. Te digo padeció, porque para ella los amantes eran como la enfermedad, puros dolores y quebrantos, si te lo han dicho ya, créelo. Pero tan grande fue ese
amor, a pesar de que él le sacaba veinte años en edad, que
ella lo defendió con el silencio, como su gran secreto, tal
vez porque Salomón era casado y no quería enemistarlo
con la esposa, una señora Carmen, también de Nicaragua; de ese matrimonio, él, que era el rey de la selva, fue
que tuvo su Leoncito. Ya existía ese leoncito para el tiempo de los amores entre ambos.

Se conocieron porque los presentó don Joaquín
García Monge, un señor que hacía una revista de literatura, muy noble de corazón, y eso allá es excepcional, tener sentimientos nobles. Fue al terminar una conferencia
de Gabriela Mistral en el Colegio de Señoritas, la premio
nobel que llegó de visita a Costa Rica cuando ni era premio nobel, ni se sabía de su afición por las mujeres, lo
que la hace santa de mi devoción.

Para entonces Amanda tendría quince años, una
colegiala, y lo que hicieron después fue cruzarse cartas
bajo el pretexto de que Salomón le daba consejos literarios. Luego de pasado el tiempo, ya ella viuda, empezó el
romance clandestino cuando Salomón regresó a Costa
Rica por asuntos del sindicalismo internacional en que
para entonces andaba metido, porque fue de todo, soldado en la Primera Guerra Mundial, periodista, sindicalis-
ta, y claro, poeta.

Se dejaron, porque Amanda era pronta para dejar, y cómo sufrió por esa separación a pesar de que ella
misma la provocó, según las cuentas acongojadas que me
hizo. Se enredó con un pianista, o arpista sudamericano,
no lo recuerdo bien. Pero a pesar de todo eso, cuando
volvieron a encontrarse aquí en México, Salomón, que
ya rondaba los sesenta, nunca le quitó su amparo, sobre
todo que durante el sexenio de Miguel Alemán le sobraba el poder, porque su hermano Rogelio era el mandamás de ese gobierno, aun siendo extranjero. Nadie podía
ver al presidente si Rogelio no daba su permiso, así fuera
el secretario de alguna de las carteras el que solicitara la
audiencia.

Estos dos se conocieron en 1946, durante una
gira electoral que Alemán hizo por Chetumal como el
candidato del PRI. Rogelio era capataz de un aserradero
perdido en la selva, y fue amor a primera vista. Hubo un
ágape en el comedor del campamento, Rogelio pronunció el discurso de bienvenida, un discurso de esos flori-

dos en que son sobrados campeones los nicaragüenses, y Alemán se lo trajo consigo a la capital en su cortejo, y luego lo nombró secretario privado, con poderes plenipotenciarios de quitar y poner. Cuando a Alemán le tocaba leer cada año su informe presidencial en el Congreso, como es asunto largo, no pocas veces se cansaba, y el que seguía leyendo era Rogelio. Sólo la banda presidencial le faltó terciarse en el pecho.

Luego de que murió Amanda, desconsolada y sola, vino la muerte de Edith, a los años. Bastante aguantó sus propias penurias Edith. ¿Ya te dije que igual que yo, se había hecho ciudadana mexicana, y murió siendo mexicana? También renegó de Costa Rica, como renegué yo, como renegó Amanda, un trío de renegadas. Y tanta era su soledad, que fue hasta a los diez días que hallaron su cadáver ya podrido, metido en la bañera. Seguramente se resbaló borracha mientras preparaba el baño y se golpeó la nuca contra el filo de la bañera, con lo que cayó dentro del agua hirviente sin haber alcanzado a quitarse el kimono japonés con el que la vi tantas veces, un sobaco descosido de tan anciana que era la prenda. Eso es lo que dijeron los judiciales, que cayó en el agua hirviente, porque tenía desprendido el cuero cabelludo, y de tan descompuesto el cadáver tuvieron que incinerarlo. Y si llegaron a diez los que fuimos al entierro de las cenizas puestas en una copa de marmolina, me puedes decir que estoy exagerando. Íbamos casi los mismos que cuando el entierro de Amanda, salvo los que ya habían rendido cuentas a doña Catrina, entre ellos Salomón, que murió en París de un infarto dos años después de Amanda, muy solo y abandonado en un hotel.

¿Sabes de quién era amigo personal Salomón? Del papa Juan XXIII. Se conocieron en París cuando Roncalli era nuncio apostólico y jugaban a las cartas con apuestas fuertes, no sé si te sirve el dato. El que llenaba de humo el salón era Roncalli, porque fumaba tabacos negros mientras Salomón era abstemio del fumado, aunque compartían copas. Bebían Calvados. Se llamaban por teléfono con toda confianza a cualquier hora del día y de la noche, y ya Roncalli en el Vaticano, Salomón tenía el número privado de sus aposentos en el Palacio Apostólico. Un día antes de morir Salomón todavía hablaron largo por teléfono. Bromeaban entre ambos, a Salomón es al único al que el papa Roncalli le permitía decir lisuras en su presencia.

Dijeron algunos que Edith se había suicidado, que después de tragar puñadas de barbitúricos se había metido en la bañera. Puras invenciones. Si a mí me preguntaran la causa verdadera de su muerte, te diría que fue el hambre. El hambre va quitando la voluntad de vivir, te afea el ánimo, te lo rebaja, te predispone a resbalarte y caer de cabeza en una bañera llena de agua hirviente, más si lo único que tienes para engañarla es tequila del más grosero. Pura hambre cruel. Una vez, cuando yo andaba pobre y desamparada también, fui a visitarla una noche, y allí no había nada que comer. Una botella de tequila peleón, eso es todo. Y cuando ya daba la medianoche fue a arrancar de unos cajones que tenía en la terraza unas hojas amargas y unas flores, les puso limón y sal, y esa ensalada fue la cena.

Algún menso ha salido con que Amanda también se suicidó. Será porque su padre se pegó un balazo dejándola huérfana, es que dicen eso, como si el suicidio fuera una enfermedad que se heredara. Había que conocerla bien para darse cuenta de cómo veía ella la vida, sin rencores ni amarguras como para querer quitársela. No iba a suicidarse ni siquiera por la incomprensión, que era el peor de sus castigos. Porque se sentía la mujer más incomprendida del mundo. Quería ser famosa en las letras, y creía que la ignoraban adonde fuera que llegaba, igual en Guatemala que en México, ya no se diga en Costa Rica.

Pero ¿qué carajo es la fama, si se puede saber? ¿Para qué sirve? Yo me hice famosa sin que mediara mi voluntad. Bueno, medió mi voluntad de dejar la bebida para siempre, que si no, ya estaría enterrada también en una tumba anónima por causa de mi hígado calcinado, y nunca hubiera llegado a los grandes escenarios, nunca hubiera conocido a Pedrito Almodóvar que me puso en sus películas, lo mismo que Salma Hayek me puso en la película sobre la vida de Frida Kahlo. Salmita, una dulzura de niña.

¿Sería yo peor o mejor cantante si no tuviera fama? Sería la misma. Así, Amanda, sin fama, fue siempre la misma escritora, y ya ves, ahora vienes tú a escribir un libro sobre ella, lo que quiere decir que en su vida no hay olvido, y eso es lo que cuenta. Pasan los años, parece que nadie se acuerda más de ti, pero sigues allí. Es como si tu fama hubiera estado dormida y de pronto alguien la despierta, no importa que estés ya con tus buenas paladas de tierra encima, volviéndote tierra también.

Si te digo que el padre de Amanda se suicidó de un tiro en el mero cielo de la boca, es porque ella misma echaba ese cuento con sobradas lágrimas, aunque no se acordara ni de su cara, tan chiquilla estaba cuando quedó huérfana. Por deudas de póquer se mató el señor encerrado en un almacén de insecticidas de la finca bananera que administraba, apostador fuerte que era, con la casa hipotecada y no sé qué infortunios más; mujeriego, como fue también mi padre. Tan sosegada que parece Costa Rica, tan justos y rectos que parecen sus varones, y cuántos cuídate Juan que ya por ahí te andan buscando no andan sueltos.

Quedó Amanda huérfana muy niña, en manos de la madre que fue siempre una mujer ácida, que es como ella la recordaba, un limón agrio en ayunas. Desde niña, cuando la veía llorar no la consolaba, según la señora para que se le fuera formando el carácter. Si quieres conocer el significado de la palabra *desamor,* entonces piensa en mi madre, me dijo una vez. No se entendían para nada, y cuando la señora se volvió a casar con un extranjero, también borracho, parrandero y jugador, la distancia entre las dos fue cada vez más grande.

Ese hombre pervertido, su padrastro, violó a Amanda siendo ella una niña. La sorprendió una vez dentro de la caseta del baño, y la forzó, le desgarró el himen con los dedos, la forma más asquerosa que hay de violación. Es que no se le paró la reata al desgraciado, medio impotente como era. ¿Sabes lo que es tener encima a un cerdo colorado que suda un sudor accitoso que huele a rancio y te echa un aliento de muelas picadas?, me decía, y se le volvían a llenar los ojos de lágrimas cada vez que entraba en el tema.

La madre se dio cuenta del suceso y no la amparó, escondiéndose detrás de su cara de vinagre. Esa marca de la violación la llevó siempre en el alma Amanda, y el desprecio contra el padrastro lo trasladó también a la madre, con la que tuvo él otros hijos. Allí sí pudo el muy pendejo.

Pues regreso al altar de los muertos, que ya me voy desviando por caminos de puras distracciones. A lo mejor Edith viene a visitarlo, a echarse su tequilita, a comerse sus flores y sus hojas como era su costumbre. A lo mejor. Ya se sabe que con los muertos nunca se sabe. Quedó aquí en México porque a nadie se le ocurrió repatriar sus huesos, como sí vinieron a traerse los de Amanda para enterrarlos en San José, tal que si con eso le hicieran favor alguno, si siempre siguió ignorada, lo único es que cambió de cementerio. Pero al menos espero que allá le hayan puesto su nombre a la lápida, porque aquí lo que tenía nomás era un número escrito en caligrafía de sepulturero. Se fue Salomón a París, nombrado embajador errante por los Somoza, y ya nadie se ocupó de ver cómo iba a lucir su tumba.

Si alguna vez he sentido dentro de la casa la presencia de Edith, no te lo puedo decir de a seguro. Es que los muertos son silenciosos. Hay muertos que no hacen ruido, y es más grande su penar, eso lo he cantado yo mil veces. Ella, que andaba creyendo en vida en todo eso de la transmigración de las almas y de los viajes astrales, ahora debe sentirse a sus anchas sin su envoltura material. A mí, a estas alturas, más me vale creer en esos fenómenos sobrenaturales. ¿Qué se me quita, además? Y si anda suelta en el aire envuelta en hebras de luz, que aquí se apee, que ésta es su casa, faltaba más, y que se sirva su tequilita del altar para ver si se quita la cruda, que en el más allá las crudas deben ser peores que las de aquí en la tierra, y la de ella una cruda eterna, con todo lo que tragó en vida; quizás no tragó tanto como yo, pero que tragó, tragó.

Te digo: yo sí que estoy preparada para el viaje. No me salgas ahora con la pregunta de cómo imagino ese viaje, igual de desconsiderado que la escuincla del *Excélsior* que buscaba saber lo que quiero que pongan en mi lápida. Descuida, te estoy vacilando. Con que te envíe Carlitos Monsiváis a mí me basta para tenerte confianza. Cómo quiero yo a Carlitos, las alabanzas inmerecidas que me ha hecho, los homenajes que me ha rendido.

Un día vino Carlos Navarrete, un doctor en Antropología nacido en Guatemala, pero con tiempales de vivir en México, y que para más señas le dicen el Sapo Navarrete, y me explicó todo lo del viaje. Un viaje que tiene que ver con este perro pelón y mudo que está aquí a mi lado, y que nunca se quita de mí, vaya adonde yo vaya, hasta cuando debo hacer mis necesidades en el escusado me sigue. Bueno, es más bien perra, no iba a tener yo a mi lado un perro macho, sería una traición a mis principios. Se llama *Macorina*. Es obvio que se llame así, ¿no?

El xoloitzcuintle es nada menos que el mismo dios Xólotl, hermano gemelo de Quetzalcóatl, la serpiente emplumada, y así en forma de chucho acompaña a los muertos en su viaje sin regreso a Mictlán, dice el Sapo Navarrete. Mictlán es el país de los muertos. Un sirviente fiel este perro, sin el que no habría modo de hacer el viaje; tiene ojos para ver en la oscuridad, porque el camino se anda siempre de noche. Entonces, mira qué suerte, ya tengo a mi guía personal. Sólo que, la pobrecita, tendrá que irse al hoyo conmigo.

Le pregunté al Sapo Navarrete si en algo perjudica que *Macorina* sea hembra, siendo que el dios Xólotl es macho, y él dice que no importa. Así me sentiré mejor, guiada por una de mi mismo sexo; imagínate qué aburrido un viaje tan largo con un perro macho que ni te entiende, ni quiere entenderte, como me pasó siempre con los cabrones hombres. Sólo he tenido un compañero masculino: el Mundo.

El Mundo y yo nos tratamos como amantes, el único amante macho que tuve, porque mi pasión y perdición fueron toda la vida las señoras. Lo amé y me enfrenté a él, sin un solo remordimiento. Abrí los brazos y le dije: acércate sin miedo, cuate, ven y hablemos. Hablemos noche a noche, todo el tiempo es nuestro, esta cama mía es también la tuya. Y el Mundo y yo platicábamos, las cabezas en la misma almohada a veces mojada de mis lágrimas. Mira cómo me estoy poniendo de sentimentalota sin necesidad de echarme un solo tequila. Años que no lo pruebo, el muy desgraciado, tanta dicha y tanta pena que me brindó.

Seguro querrás saber qué me pasó con Costa Rica, la madre culebra. Leí hace poco en un periódico de por allá que no es cierto que nadie me guarde rencor, que ésa es una leyenda negra que yo me he inventado, que allá todos me quieren, que nadie habla en mal de mí. Que soy un orgullo nacional.

Orgullo nacional, ni madres, todos son unos sangrones. Me salí de aquel hoyo en cuanto no más pude.

Todo me lo negaban debido a mi preferencia por las mujeres, hasta el saludo. Y la santa hipocresía, peor que la Santa Muerte, no te imaginas. El cura de Santa Bárbara de Heredia quiso espantarme un día, tenía yo catorce años, diciéndome que el ansia de besar en la boca a otra mujer era pecado que se pagaba en los peroles más rebosados del infierno, pura lumbre de llamas calentado el aceite hirviendo en que iba a freírme por la entera eternidad; pero el muy lépero un día me citó con mañas a la sacristía y quiso tocarme al descuido los pechitos que apenas empezaban a despuntar. Qué asco sentí cuando me acercó aquellas manos de uñas renegridas, y aquel aliento de pozo séptico. El mismo asco que debió sentir Amanda cuando la violó el gringo que echaba un aliento de muelas picadas.

Cura maricón que perseguía a los güilas a la salida de la clase de catecismo y un día yo misma lo sorprendí en la oscuridad de la sacristía con el monaguillo que sonaba la campanilla a la hora de la elevación. Y a mí me reprochaba el amor por las mujeres que sentí desde que empecé con mi regla, porque la sangre es la que avisa. Esa clase de amor nunca me lo perdonaron allá en aquel limbo.

Las negruras que me hicieron a mí porque me gustaba el amor de las féminas, las que le hicieron a Amanda, las que le hicieron a Edith, porque les gustaba el amor de los hombres. Ningunearnos, ignorarnos, declararnos enfermas de lepra. A las tres nos vieron siempre raras, como fenómenos de carpa, haz de cuenta la mujer barbuda, la mujer serpiente y la mujer araña.

Cada vez que he regresado a Costa Rica ha sido para arrepentirme una y otra vez. Qué país. La ley del serrucho. Si te alzas más alto que los demás pendejos, no te serruchan el piso, te serruchan las piernas para dejarte al mismo nivel. Te dejan los puros muñones, y así te reducen de estatura. Me cerraron las puertas del Teatro Nacional, según dijeron, por moralidad. ¿Sabes lo que dijo una ministra?: no vamos a abrirle las puertas de nuestro santuario del arte a una tortillera. La tortillera que cantó en el Palacio de Bellas Artes de México. En el Palacio de la Música de Barcelona. En el teatro Albéniz de Madrid. En el Olimpia de París... ¡Y una lesbiana no podía cantar en el Teatro Nacional! Les-bia-na, sí señor, con todas sus letras. Nunca me oculté de nadie bajo ningún disfraz.

Había una compatriota, no me tientes que no voy a mencionar su nombre, a la que le decían «la pies planos», porque pisaba parejo. Más puta que las gallinas. Tenía su centro de operaciones en Mónaco, en el hotel de París, al lado del casino de Montecarlo, y cuando llegaba a San José, apenas aparecía con su cargamento de maletas de cuero de lagarto en el hotel Balmoral, empezaba el desfile de todos los que se le postraban en tierra, el arzobispo a la cabeza. El presidente de turno la invitaba a almorzar. Un día me dijo: yo sí soy profeta en mi tierra, y tú no. Sí, tienes razón, le respondí, tú eres la más suiza de los suizos de la Suiza centroamericana, allí te dejo ese honor. Murió de una septicemia a causa de una cirugía plástica, de las decenas que se hizo porque le horrorizaba la vejez.

Ella cobraba en francos y en marcos, y en cheques de viajero, y también en especies, pieles y joyas. A Amanda la llamaron puta, y que lo dijera también Edith, putas las dos, y jamás cobraron un centavo por acostarse con nadie. Suyos eran sus cuerpos, y lo que se van a comer los gusanos mejor que se lo coma el cristiano, nos reímos alguna vez las tres juntas de ese dicharacho. Y quienes las llamaban putas eran los que querían acostarse con ellas, imagínate. A Amanda le negaban el saludo en la calle cuando se divorció de su segundo marido, llegaba a un lugar y le hacían el vacío, desaparecían todas las viejas tufosas de su alrededor y la pendeja sufriendo por esos desaires que más bien eran su corona.

Hay quienes dicen que no tengo buenos recuerdos de Costa Rica por la mala infancia que pasé en Santa

Bárbara de Heredia. Pero no sólo por eso, que también es cierto. ¿Te parece poco ni siquiera poder llorar al nacer? Abrí tamaños ojos y miraba asombrada hacia todos lados, queriendo tragarme el mundo con la vista, como si no me faltaran tantas iniquidades por ver.

Y cómo puedo olvidarme de mis abuelos maternos, el abuelo Eufrasio, la abuela Cristina, que son los que me criaron, severos por ignorantes y cabezas duras como la piedra de mollejón de afilar cuchillos que había en la cocina. Son los primeros que se dieron cuenta de mi verdadera naturaleza, y me arrearon mis buenos riendazos para que enderezara mis costumbres. Luego, unos padres a los que no conocí demasiado, Manuel y Adelfa, porque poco viví al lado de ellos, y acabaron divorciándose; por eso de sus continuos bochinches fue mamá a dejarme depositada en manos de los abuelos, que tenían una finca a la orilla misma de Santa Bárbara, por el lado de la quebrada de La Cruz, con una tapia cubierta de guarias moradas frente a la casa, un potrero de vacas de ordeño, un naranjal y un corral con patos, guajolotes y gallinas.

Papá, que se fugaba a cada rato con mujeres, y un día ya no volvió, dicen que murió de fiebres tercianas en los cafetales de San Vito de Coto Brus; y mamá, una pelmaza que sólo servía para repetir los rezos aprendidos de la abuela Cristina, lo mejor que sé de ella es que siempre me dio un tratamiento altivo porque me late que bien se olió desde el principio que yo era rara; pero contrario a papá, que creía que los abuelos me podían componer a cinchazos, ella abandonó toda esperanza y su remedio conmigo fue el desprecio. Mira qué madrecitas, la mía y la de Amanda.

¿No suena mi destino desde niña como el de ella? Sólo que a mí no lograron casarme, como hicieron con Amanda, que la obligaron a irse a la cama con un sifilítico bajo la ley del matrimonio, sólo porque dizque era un buen partido, y otra vez al año siguiente con un atorrante poca madre que después le robó al hijo. Claro que éramos distintas, pero el asunto está en las imposiciones. A mí el abuelo Eufrasio quiso comprometerme con un hombre de cuarenta años, siendo yo de catorce, pues como era propietario de una fábrica de juguetes de celuloide en San José, lo consideraba un potentado. Además, se llamaba Bolívar, imagínate nomás, lo mismo que ir a casarse con una estatua de bronce.

Se presentaba los domingos a Santa Bárbara en un taxi expreso, ése era su gran lujo, llevándome cada vez de regalo un juguete de los que fabricaba, un enano de Blancanieves, un Gato con Botas, un King Kong, y vestido con un traje de casimir, chaleco y todo, que lo hacía sudar su gordura, porque encima era gordo, puro tocino crudo, y el mismo vapor del sudor hacía que se le empañaran los anteojos; mientras tanto yo, al oír el motor del taxi que se acercaba por el camino, salía corriendo a esconderme en los parajes de la quebrada de La Cruz, hasta donde llegaba el abuelo Eufrasio a buscarme con la rienda en la mano para que fuera a recibir la visita. Por dichas la fábrica agarró fuego una medianoche y se quemaron todos los materiales y las existencias de muñecos en medio de una humareda que, según los periódicos que hablaron del suceso, olía a puro alcanfor. Hasta allí llegó la fama de potentado de Bolívar, y así me salvé yo de morir aplastada bajo sus trescientas libras de peso.

De güila mi mejor juguete no fue ninguno de los que me regalaba cada domingo mi pretendiente, sino un revólver con el que me distraía disparando a las culebras cuando me dejaban sola en la casa, que al menos el abuelo Eufrasio tuvo esa única virtud de confiarme el revólver para que lo llevara de protección cuando salía de noche al escusado que quedaba en el fondo del solar.

Y mis dos tíos, que no se me olviden. Porque verás. Con ese mismo revólver amenacé con matar al tío

Jeremías, lo mismo que si fuera una culebra, cuando se atrevió a abrazarme con léperas intenciones. Ya lo venía yo midiendo, que apenas se iban mis abuelos a cumplir con los trabajos de la finca antes de que se alzara el sol, porque, para qué negarlo, los dos se fajaban duro, se aparecía furtivo el tío Jeremías, que olía todo el tiempo a guaro de saca. Esa vez me solté a mordiscos de su abrazo, fui a buscar la pistola, y le dije mientras lo apuntaba, la pistola agarrada con ambas manos que me temblaban de puro coraje: tantito más te acercas otra vez y te abro la cabeza de un tiro para que se rieguen tus sesos en el suelo y los recojan los puercos con la lengua.

Un revólver por juguete, y una guitarra que era de mi otro tío, el tío Ezequiel, que porque también me pretendía me la dejaba prestada por días. Usaba otros modales para buscar cómo sonsacar mis favores. Me acomodaba él mismo la guitarra entre los brazos y me enseñaba a pulsarla, a templar la encordadura, a cambiar las cuerdas reventadas, y como cantaba con voz regular, también me daba clases de entonación, por lo menos eso me quedó de provecho de parte suya. Hasta que un día se propasó queriendo meter las manos debajo de mi blusa mientras se hallaba arrimado a mi espalda para enseñarme el trasteo de «Allá en el rancho grande». Me levanté entonces con la furia de un basilisco y eché la guitarra en la boca del horno que crepitaba con furia porque yo misma lo atizaba por órdenes de la abuela Cristina, que apenas volvía del campo empezaba a hornear el pan, aunque hubiera preferido quebrársela en el lomo. Y los dos nos quedamos entonces sin guitarra.

Poco importaba a esos tíos, Jeremías y Ezequiel, que de profetas de la Biblia no tenían ni la sombra, que yo anduviera una piernita enjaulada en un artefacto de varillas de paraguas y correas de cuero, fabricado por el herrero del cantón en base a los dibujos del doctor Abdulio Pacheco, que tenía su consultorio en Heredia, para corregirme el defecto heredado de una fiebre perniciosa que me dio a los diez años y me minó los huesos. Con los años llegué a sanar, pero entonces cada paso era una punzada en la cadera y otra en el calcañal, y por eso entendí tan bien a mi pobre Frida crucificada en sus hierros en su casa de Coyoacán, y será por eso de los hierros que nos gustamos. No te voy a decir más acerca de Frida metida en mi vida, ni quieras inquirirme nada que será en vano.

Y para más, enferma de los ojitos, porque aquella casa de los abuelos vivía llena de perros; llegaban de visita los tíos profetas, siempre detrás de ellos sus jaurías, y se formaba una sola revoluta con los perros de casa, y como yo me revolcaba entre ellos en mis juegos se me pasó una infección en los ojos, que el doctor Pacheco dictaminó enfermedad venérea, pues los perros son proclives a eso, será por la promiscuidad absoluta, felices ellos, y me curó con gotas de nitrato de plata, que según mi recuerdo me hacían aullar de dolor. Cura de caballo para una enfermedad de perro.

Rara la niña. No tardaron en fijarse bien que quien me interesaba era la hija de la ordeñadora de la finca, una machilla de ojos amarillosos, y lo mismo que yo, bastante chúcara de modos. Y con ella vino a suceder mi primera agarrada, porque una vez que lavábamos prendas de ropa en la soledad de un juncal sobre las lajas de la quebrada de La Cruz, empezamos con el juego de pringarnos de agua, luego nos fuimos tanteando la cara con las manos enjabonadas, más luego las tetas todavía pichoncitas, y ya entonces nos manoseamos con toda libertad los cuerpos, hasta que caímos al agua revueltas en un abrazo a toda madre.

Empecé a cantar en el coro de la iglesia del cura de Santa Bárbara que se dejaba coger de los infantes. Pero son cantos que me aburrían, la mayor parte de ellos en latín, Salve, Regina, *Mater misericordiae, vita, dulcedo, et spes nostra, salve...*, y como empezaban a aparecer los radios de onda corta y había en el pueblo un finquero que tenía en su casa uno de marca Pilot que parecía una capilla católica en miniatura, con una antena que instalaron en la cumbrera de un higuerón, yo me iba a sentar a la acera para oír los programas musicales de la XEW, «la voz de América Latina desde México», en los que se oían las voces de Guty Cárdenas, Tito Guízar y Juan Arvizu. Me aprendía esas canciones para cantárselas en la quebrada a la machilla de ojos de gata mientras lavábamos, y con ellas me ayudé a conquistarla, la primera ventaja que le saqué a mi voz; no me olvido de Amapola:

De amor en los hierros de tu reja,
de amor escuche la triste queja...

Pero lo mejor de todo fue cuando presentaron *Santa* en el teatro Lumiére de San José, la primera vez que una película en español traía las voces y traía música, se escuchaban las canciones, y allí el ciego Hipólito, enamorado en secreto de Lupita Tovar, que se prostituye por necesidad, canta santa, santa mía... el bolero de Agustín Lara. Yo lo había oído en la voz de Tito Guízar en la radio, pero mi fascinación mayor fue que lo cantaran en el cine, con mal sonido, porque sonaba embullado, pero eso no le quitaba mérito al milagro. Una sola vez vi esa película en tanda dominical de matiné de cuatro de la tarde, cuando fuimos con otros vecinos de Santa Bárbara en una cazadora contratada por el abuelo Eufrasio y los dos tíos profetas, todo para disgusto del abuelo que salió del cine iracundo porque pusieran en la pantalla la historia de una hetaira, como él decía, algo que consideraba la consumación de la inmoralidad.

Mi idea de venirme a México nació de aquella mi obsesión de siempre por el canto. Escuchaba los programas de la XEW como quien asiste a misa, y llegué a familiarizarme con los nombres de los cantantes y con las historias de sus vidas como si todos ellos hubieran sido vecinos míos en Santa Bárbara de Heredia. Y mi misal era el cancionero de la sal de uvas Picot, que regalaban en la botica, donde venían las letras de las canciones y las fotos de los artistas; así llegué a conocerlos de cara, no sólo por sus voces. «Nuestras ondas sonoras llegan a usted desde la maravillosa ciudad de los palacios...», decía el locutor de la XEW Manuel Bernal, y eso de «la ciudad de los palacios» animaba mis sueños. Ya me veía bajando de un coche a todo dar en la puerta de los estudios donde me recibía una comitiva encabezada por Emilio Azcárraga Vidaurreta, el dueño absoluto de la XEW que a veces hablaba en los programas, y dueño también de la disquera México Music donde yo juraba que grabaría mis canciones, como luego de verdad llegó a suceder.

Que una niña sueñe con todo eso está dentro de lo normal. Lo anormal es que esa niña emprenda viaje desde una lejana aldea desconocida que se llama Santa Bárbara de Heredia, y que se halla en el culo del diablo, para entrar de verdad en el territorio de ese sueño donde, al fin y al cabo, nadie está esperándola. Pero ya se sabe que yo siempre fui una anormal.

Quince años tenía cuando decidí venirme a México. Ya me tenían por insoportable los abuelos en Santa Bárbara de Heredia debido a mis rarezas con la ordeñadora de ojos color de miel, igual que luego me tendrían por insoportable en todo Costa Rica. Y no sólo los abuelos. Tampoco me toleraban los vecinos, porque ya mi fama cundía, y entre otras cosas me reprobaban por llevar siempre pantalones, ten en cuenta que desde chamaca rechacé las enaguas. Me repugnaba eso de andar desnudas las piernas con el aire entrándome por los bajos a su gusto y placer.

Me robé unos guajolotes de la finca, los vendí por lo que me dieron, sin regatear, y con eso compré el pasaje en la cazadora para irme a Heredia, y de allí en otro camión a San José. También me llevé la pistola con la que me entretenía disparándole a las culebras, y con la que estaba dispuesta a matar al tío Jeremías si volvía a ponerme las manos encima; ésa la vendí en la armería Polini de la Avenida Central, donde nadie me preguntó qué andaba haciendo una mocosa con una pistola, en mis cuentas para pagar el pasaje en avión, pero lo que me dieron sólo ajustó para unas noches de la pensión donde esperé la llegada de mi prima Sixta, hija del tío Ezequiel, que me acompañaba en la fuga. Mi prima, tres años mayor que yo, ésa sí cargaba lana de verdad porque no se robó unos pobres guajolotes ni una pistola herrumbrosa, sino unas joyas propiedad de la abuela Cristina.

Cuando fuimos a tasar el envoltorio de sortijas, soguillas y pendientes en los puestos de remate del mercado Borbón, resultó que el botín sólo alcanzaba para comprar un pasaje, que fue el de la prima Sixta, ni modo; ella cogió el avión y yo me quedé varada en la capital. Pero no había fuerza humana que me hiciera regresar a Santa Bárbara. Cuando el destino te marca las cartas, no hay quite alguno que valga.

Mi prima me dejó al partir unos cuantos colones, pero de todos modos ya se me acababa la plata y tenía que abandonar la pensión por fuerza. Sin saber qué camino coger en adelante, salí a dar una vuelta, y en eso me topé con tamaño alboroto que hacían unos estudiantes y gentes comunistas con banderas rojas y pancartas frente al hotel Metropole de la Avenida Central, uno que ahora ya no existe. Era una manifestación contra Tomás Garrido Canabal, oí decir, un personaje mexicano que yo no sabía ni quién era, pero allí mismo lo averigüé, parte por el discurso que él dijo desde uno de los balcones del hotel, donde había permanecido todo el tiempo muy sonriente y sereno escuchando los gritos y los mueras que le lanzaban desde abajo, y parte por la conversación que tuvo después con una comisión de los manifestantes que él pidió desde el mismo balcón que nombraran para dialogar.

Había ocupado en sus buenos tiempos el trono de gobernador del estado de Tabasco, uno de esos grandes tagarotes del tiempo de la revolución, cuando cada cacique marcaba su propio territorio con sus orines; pero ahora, Tata Lázaro Cárdenas, el nuevo presidente de México, después de nombrarlo primero secretario de Agricultura, al poco lo quiso bien lejos, y sin mucho escándalo lo mandó al exilio a Costa Rica.

Era un mago con las palabras, vieras cómo logró domesticar a los manifestantes. Callaron el barullo y consintieron nombrar la comisión que él pedía. Unos diez o doce de ellos entraron al restaurante del hotel, que daba a la calle, y allí se sentaron todos juntos alrededor de una mesa; ordenó botellas, coñac, whisky, cervezas, llegaron abundantes botanas, y ya luego estaban brindando como si fueran viejos amigos, achantados los escuincles que hasta hacía poquito le mentaban la madre, y ya bien achispados al poco rato, abrazándose con él. Y además de labia sobrada tenía buena traza, un güero guapísimo, de bigotito fino, digamos así como Errol Flynn. ¿Nunca viste un mural donde estaban retratados los famosos de la historia de México en el salón principal del restaurante Prendes, por el lado del Zócalo? Cerraron ese restaurante hace varios años. Pues allí en el mural alcanzó el cabrón, con su bigotito recortado, al lado de Emiliano Zapata, Pancho Villa, Pedro Vargas, Agustín Lara, María Félix, Diego y Frida.

En Tabasco impuso su ley contra los católicos, mandando a fusilar a no pocos curas y beatos, imagínate que convirtió las iglesias en cantinas y restaurantes a todo meter, eso las más ostentosas, y en pulquerías las más humildes; a los curas que no pasó por las armas les decretó quitarse las sotanas y que se casaran por lo civil, si de todos modos vivían amancebados con sus amantes; prohibió las cruces en las tumbas, y mira qué confisgado fue a salir Errol Flynn que puso a sus hijos nombres diabólicos, Luzbel a uno, Belial a otro, y al menorcillo Lenin. En su rancho bautizó a un burro catalán como *Dios,* a un toro semental como *Pío XI,* a una vaca como la *Virgen de Guadalupe,* y a unos puercos de raza, *Jesús, María* y *José.*

Ahora estaba alojado a cuerpo de rey en aquel hotel Metropole, mientras encontraba casa de su gusto, y a cuerpo de rey trataba ahora a los estudiantillos que alrededor de la mesa colmada de bebidas y manjares lo oían con la baba en las jetas explicarles su vida, y todo eso de las iglesias convertidas en cantinas, de su semental *Pío XI,* de su guardia de Diablos Rojos que arreaban a los católicos insumisos a campos de concentración donde trabajan sudando la gota gorda, fueran mujeres preñadas o viejos canijos, y por poco que lo aplauden de tan entusiasmados, nomás recuerda que todos eran rojillos y ahora se arrepentían de haberle ido a hacer la contra por causa de lo que uno de ellos llamó confusión ideológica.

Cada vez y cuando salía uno de los estudiantes agasajados a informar a los demás del buen progreso de las conversaciones, a convencerlos de que había habido un error, un engaño, que se trataba de un compañero socialista calumniado, enemigo de la reacción y del imperialismo. Hasta que se fueron disolviendo los manifestantes, se acabaron los chillidos, y por último ya nadie quedó en la calle, cuantimás que empezó a caer una llovizna.

Eso fue en el año de 1935, septiembre, que salí yo de Santa Bárbara de Heredia, empecinada en irme a México pero contra mis ganas varada en San José, y vine a toparme entonces, ya verás, con aquel gamonal providencial, porque la confusión era tanta que me había colado sin problemas a la hora en que entró a parlamentar la comisión.

Yo estaba muy quieta, oyéndolo con atención mientras él pontificaba en la mesa atiborrada de estudiantes y de botellas, en medio de una humazón de cigarrillos, y calculándole de lejos el envite porque así que los becerros alborotados se iban emborrachando rápido, él fingía que tomaba de su copa pero no tomaba, enemigo declarado como era del licor, al punto que en Tabasco declaró la ley seca bajo pena de cincuenta azotes para los bebedores ocasionales, y cien para los ebrios consuetudinarios, eso lo supe después aquí en México; y de pronto miró hacia el espejo delante suyo, y hablándole al espejo, no a mí, que me hallaba a sus espaldas, dijo como en un susurro amplificado: acércate, negrita triste, y ven a sentarte aquí a mi lado; y con imperio, porque era un mandamás natural, desalojó a uno de los estudiantes y yo fui derechita a sentarme en la silla vacía, según ordenaba.

Es cierto que yo tenía cara de tristeza, no sólo por tantas penas que a esa edad me acongojaban, sino porque mis cejas, muy negras y espesas, las tenía caídas, lo que me hacía parecer con los ojos doloridos. Después aprendí que con sólo depilármelas para suprimir aquellos rabos fatales, se me cambiaba el aire de aflicción.

Siguió en su discurso, contando sus atrevimientos de gobernador ateo y revolucionario, y una chiquilla de ojos verdes, sentada a dos sitios del mío, le preguntó qué había mandado poner en los cementerios en lugar de las cruces. Ésa era Edith, tan jovencita como yo, no pasaba de quince años. Y Garrido Canabal, con la más galana de sus sonrisas, respondió: columnas truncas, todas de igual tamaño, mi hijita, y en cambio de esos mensos epitafios con citas bíblicas, oraciones y pendejadas similares, nada más un número romano, y el nombre del difunto. ¿Qué más democrático que eso? ¿Ya no está dicho que la muerte todo lo iguala?

Y siguió con toda aquella historia arrogante, de cómo había mandado suprimir las fiestas de los santos patronos haciendo celebrar en su lugar ferias agropecuarias, de cómo había ordenado quitar los nombres de santos a los pueblos para ponerles nombres de héroes de la revolución, y lo más garrido de todo, dijo, y así hacía honor a su propio apellido, prohibió la palabra *adiós* al despedirse las personas, y que en cambio se usara *salud*. No quería el nombre de Dios ni en los saludos.

Al lado de Edith se hallaba sentada una escuincla flaca de cabeza grande, de ojos brillantes en forma de almendra, los pómulos alzados, el pelo corto, y en la cabeza un casquete de fieltro, de esos de campana. Ésa era Amanda. Llevaba una falda con el vuelo debajo de la rodilla y una blusa sin adornos, y después vine a darme cuenta que ella se cosía todo, hasta el sombrero era obra suya. No decía mucho su físico entonces, pero si te fijabas en ella la descubrías para siempre y ya no le quitabas la vista de encima. Atenta de sí misma, muy dueña la cabrona de una delicadeza sutil, siempre la mano invisible arreglándose algo, el cuello del vestido, el sombrero. Y junto a ella una fea con anteojos de cegata que pretendía ir dando la palabra a los de la mesa, pero poco caso que le hacían. Ésa era Marina.

Y yo, sin decir palabra, preguntándome qué vela tenía en el entierro, sentada al lado de aquel fanfarrón, tan seguro de sí mismo que no paraba de aumentar la cuenta de sus desmanes, y ahora iba por el capítulo de las imágenes de los santos descabezados a machetazos que servían de leña para alimentar los fogones, pero antes mandaba desnudarlos de sus vestiduras para que se viera que ni sexo tenían, y otros sólo eran pura armazón, tan lejos como me hallaba de sospechar que mi número premiado de la suerte lo tenía él apretado en su puño. Porque de pronto se volteó hacia mí, puso su mano en la mía con mucha delicadeza, y me dijo: pídeme lo que quieras, negrita triste.

Se hizo un silencio molesto, como si yo fuera la culpable de que el pontífice hubiera interrumpido su sermón. Avergonzada, y sólo como para salir del apuro y procurar que todas aquellas miradas de inquina se apartaran de mí, dije en voz que yo creía muy baja, pero que se oyó en el restaurante entero: necesito un pasaje de avión para irme a México. Y estalló una carcajada madre, suficiente para que yo hiciera el impulso de levantarme y salir corriendo; pero él me retuvo por la mano, y dijo, sólo para mi oído: no hagas caso, te irás, ya lo creo que te irás, no más espérame tantito a que terminemos este trámite.

Ya caía la noche cuando empezó a disolverse por fin el grupo de agasajados, los últimos en irse dándole una y otra vez la mano a Garrido Canabal que acudía ceremonioso a la puerta a despedirlos, y había quienes se regresaban con él de nuevo a la mesa, hasta que sólo quedamos las mujeres. Amanda, a la que él había bautizado «ojos de almendra», Edith, «ojos de esmeralda» y a Marina la feíta no le puso nombre, la pobre. Yo era la «negrita triste», ya te dije. Ellas se quedaron porque él las retenía cada vez que se les ocurría hacer viaje, y yo, porque esperaba mi aguinaldo.

Un rejego rijoso Garrido Canabal, apenas entraba en los cuarenta y siempre en los ojos un fulgor de incitación, con lo que yo me dije: a saber a quién de nosotras se quiere llevar en el alma este cuate, no más espérate que entre más la noche y a cualquiera de las tres le hace señas de que lo siga a la alcoba; cualquiera de las tres, porque en esas cuentas suyas, de seguro no alcanzaba la fea. Yo, claro que sí que entraba en sus cuentas, aunque él no entrara en las mías. Es cierto que no alzaba mucha estatura desde el suelo, pero era una prieta agraciada de boca grande, con mis cejas pobladas que me daban aquel aire triste, y mi pelo crespo que me caía debajo de los hombros; pero, atribulada, esperaba que no fuera a tocarme aquella lotería, porque si se me presentaba con insinuaciones carnales no tenía más que confesarle que aquél no era oficio ni negocio mío, que a mí me desvelaban las ganas más bien las señoras, y entonces me exponía al fracaso de lo que yo buscaba, que era el donativo prometido para mi viaje.

Detrás del rey de la baraja, atentos a cada suspiro que daba, estaban parados todo el tiempo dos guaruras sudorosos con cuerpo de campeones de lucha libre y cara de indios tabasqueños, muy formales en su vestimenta, diciéndose secretos mientras nos echaban el ojo, seguramente listos a llevarse a la escogida aun por la fuerza si el jefecito lo mandaba. Eran antiguos miembros de su guardia de Diablos Rojos, según nos había dicho sin que se lo preguntáramos.

Negrita triste, dijo de pronto, ¿qué se te ha perdido en ese país chingado mío que tienes tanta ansia de largarte allá? Entonces yo me dije: ahora o nunca, chingada Manuela, no te quedes pendeja, no le des tiempo de que se le agote la voluntad. Y con arreglos floridos le solté la historia completa de los sufrimientos de mi vida, el fracaso del matrimonio de mis padres, la rigidez de maniáticos de mis abuelos, el pelaje de sátiros de mis tíos los profetas, las ganas de abusarme que también tenía el cura, las palabras saliendo atropelladas de mi boca sin darse tiempo entre ellas mismas de ordenarse en buen concierto, mientras tanto las otras tres me oían asombradas, como si se les fueran a brotar los ojos; y entonces, has de creer, la fea se quitó los lentes para secarse las lágrimas, impresionada, y fue entonces cuando me simpatizó. A la que menos pensé que iría a sacarle el llanto.

¿Y dices que te quieres ir a México a cantar?, preguntó el rey de la baraja. Yo sólo le dije sí con la cabeza. Para luego es tarde entonces, canta para que te podamos oír. Las otras se miraron con sorpresa. ¿Así nomás, sin guitarra?, salió la fea en mi defensa. Yo les había echado ya la historia de la guitarra quemada en las llamas del horno causas a mi furia contra el tío Ezequiel cuando se quiso propasar, aunque de todas maneras no habría yo de andar cargando guitarra por las calles, aun si la hubiera tenido.

Pues cuando hay sentimiento, la guitarra como que sobra, dijo él, y enseñó las dos hiladas de dientes parejos y perfectos en una sonrisa cautivadora. Para eso era quien era, para hacer su gusto, y entonces me puse de pie y me partí a capela con el «Corrido de Cananea».

Cuando sonaron mis primeros chillidos, desde las puertas de la calle y desde las puertas internas del hotel se acercaron en tumulto las cabezas de los viandantes y de los parroquianos. Lo único que tenía entonces era sentimiento en mi voz, lejos todavía de haberla cultivado para sacarle todo el partido, y no quiero ni acordarme de los dejes enclenques como un piar de pollito remojado que apenas sale del cascarón, ni de la fragilidad en los tonos que a esa edad es muy fácil que de pronto te sobrevenga un gallo cuando quieres dar los agudos. Pero no iba a mearme de miedo en los calzones, aunque de pura tensión me agarraba al sobre de mármol de la mesa como a la borda de un bote que zozobra, las manos transpiradas de sudor.

El rey de la baraja me marcaba el ritmo con asentimientos de la cabeza, y cuando terminé me aplaudió, incitando a las tres de la mesa a aplaudirme; pero los mirones de las puertas te he de decir que desaparecieron sin aplausos ni cosa parecida, y la primera en reconocer que mi performance no había sido brillante era yo misma. Entonces llamó a uno de los matarifes a sus espaldas, y le dijo: dale a la negrita triste cien de los del águila. Y el achichincle se abrió las faldas de la chaqueta del traje, y sacó una especie de faltriquera de cuero que llevaba en la cintura, repleta de monedas de plata que eran de a diez y de a veinte dólares; y mientras las contaba con un rezo de los labios me las iba dejando caer en las manos que yo puse en forma de cuenco para recibirlas, pendiente de que ninguna fuera a caer al suelo y rodara debajo de la mesa. Cuando la lluvia bienhechora de las monedas se acabó, Garrido Canabal dijo: que tengas buen viaje, negrita triste. Y ahora, amables señoritas, me dejan solo con ojos de esmeralda.

Con la orden que estaba dando se llevaba en la cuenta de la eliminatoria a Amanda y a la fea, y claro que a mí, que con el presente recibido me despedía de su vida. Y Edith, que era la agraciada con la escogencia, lo miró llena de furia porque la estaba tratando como qué, como puta barata; pero sin hacer caso de aquellos ojos verdes que echaban chispas, el rey de la baraja dijo con su sonrisa cautivadora que luego se transformó en una carcajada amable: toda contribución es voluntaria, y pacífica.

Sin detenerse a reflexionar qué era voluntario y qué no lo era, los lugartenientes corrieron a apartarnos las sillas a las restantes para que nos pusiéramos de pie y alzáramos el vuelo. Amanda tomó entonces del codo a Edith, y con aquella su elegancia natural le dijo: vámonos, y la fea que había llorado por mi causa ya se había parado enfurruñada desde antes; pero Edith, sin dejar de mirarlo con la misma mirada airada, no se movió.

No te quiero para nada malo, ojos de esmeralda, sólo para platicar contigo y que no se me haga la noche larga porque padezco de insomnio, dijo él abriendo como en desamparo los brazos, con cara de víctima incomprendida. Arriba está mi esposa. ¿Qué te crees? ¿Que soy un sultán que carga con su harén ambulante, y lo aumenta en cada lugar adonde va llegando? También están arriba Luzbel y Belial, y está Lenin; y a esta última mención de sus hijos se rió con otra carcajada que sonaba ahora como un murmullo licencioso.

Me quedo a platicar con él un ratico, dijo por fin Edith. La fea estaba alarmada, sus ojos cegatos brillantes de indignación tras los lentes, pero Amanda, indiferente, como que ya conocía bien a Edith, o se conocían entre ambas, solamente dijo: te esperamos en La Rosa de Francia, y eso ya me incluía a mí también, porque Amanda hizo una seña con la cabeza a las dos, a la fea, y a mí, de que la siguiéramos.

Allí comenzó mi amistad con Amanda, y también con Edith, una amistad muy padre que perdió color con la distancia, pero que, luego, a los años, seguimos aquí en México. En lo que hace a la fea del cuento, aunque había llorado al oír mi historia, no es que hiciéramos buenas migas; si antes la había visto mandona, queriendo dar la palabra, ahora me pareció harto sabihonda. Desde que nos sentamos en la soda y pedimos unos cafés con leche, empezó a hablar elevado, de Freud, de Jung, de Fromm y demás hierbas aromáticas que yo no sabía para qué guiso servían. Una mocosa expresándose en esos términos da más bien grima, y ganas de mandarla a su camita, por sangrona.

Edith volvió al rato. No quieras saber al cuánto tiempo, que en esas cosas jamás me voy de la lengua, y tampoco nosotras le hicimos ninguna pregunta ni comentamos nada acerca de sus asuntos con el rey de la baraja. Más bien se concentraron las tres en indagar conmigo sobre mi viaje, y en aconsejarme. Apenas llegara a México me debía inscribir en una escuela de canto profesional que allá las había en cada esquina, pues dónde si no educaban sus voces los artistas famosos que cantaban en los programas musicales de radio, grababan discos, actuaban en los cabarets y salían en las películas, algo que yo creía cierto por demás, que México no sólo rebosaba de cantantes, sino que todos los hombres andaban vestidos de charros desde que eran escuincles y todas las mujeres de tehuanas. Primera desilusión que me llevé, porque de momento a las tehuanas sólo me las hallé sirviendo las mesas en el restaurante Sanborns de la Casa de los Azulejos en Madero, hasta que luego conocí a Frida, que iba disfrazada de esa manera, y en aquel mar de gente del Distrito Federal me costó encontrar al primer charro si no fue una noche cuando me arrimé la primera vez a la plaza Garibaldi, y era un charro pobre que había perdido las botonaduras de la chaqueta bordada en la espalda con el águila y la serpiente, las lentejuelas del bordado ya negadas de brillar de tan diezmadas.

Nos despedimos esa noche en La Rosa de Francia y me prometieron conseguir una carta de presentación de don Joaquín García Monge para el maestro Vasconcelos, y otra para Diego Rivera, y a la tarde del día siguiente llegó Amanda a dejármelas a la pensión, cartas que de nada me sirvieron porque me dio una vergüenza horrible aparecerme delante de esos personajes; a Diego lo conocí en otras circunstancias, ya verás. Y me dieron las tres sus direcciones, Edith y Amanda las de sus casas; la fea, muy elegante, tenía apartado postal, y yo les prometí mandarles la mía apenas estuviera en México. Pero son cosas del entusiasmo de las amistades repentinas, porque poco o nada nos escribimos. Fue mucho después que vine a encontrarme en el Distrito Federal con Amanda y con Edith, ya te dije, por otras casualidades del destino.

Para poder salir de Costa Rica tuve que salvar el atraso de que no tenía pasaporte. Imagínate, pensaba venirme a México con mi prima, sin pasaporte, y sin edad para que me dieran uno. Pero con las águilas de plata del rey de la baraja todo se arregló fácil; ya el arte de dejarse untar la mano estaba perfeccionado en Costa Rica antes que en México. A los tres días cogí el avión de la Taca para México, uno que tenía un solo motor en la trompa con las tripas desnudas y hacía tal ruidaje que te dejaba sorda hasta el día siguiente. Ese avión hacía estación en Guatemala, donde había que dormir.

Nunca más volví a ver a Garrido Canabal, mi benefactor. No tenía buena fama que digamos aquí en México. Nunca he sido dada a ninguna beatería y a mí la misa, los curas y los santos de cualquier tamaño me resbalan, ya te lo he dicho; pero quién puede tener buena fama metiéndose a ofender de esa forma a la Virgen de

Guadalupe y al Santo Papa, si hasta a una guerra fueron aquí los católicos, convertidos en guerrilleros cristeros, por causa de las groserías contra la religión. Y, además, ya por último le achacaron a sus Diablos Rojos el asesinato de una jovencita de la Juventud Católica en un zafarrancho que armaron en la plaza de Coyoacán, en la propia Ciudad de México; había traído su guerra muy lejos de la frontera de Tabasco mi rey de todas las barajas, y eso le costó a fin de cuentas la pérdida de su poder y el destierro a Costa Rica. Tata Lázaro era ateo, y aunque no se tragaba a los curas, a los que seguía obligando a vestirse de paisanos en la calle, se comportaba comedido en eso de la persecución religiosa.

Lo primero que hice al llegar a México fue comprarme la mejor guitarra que estaba a mi alcance, en una tienda de instrumentos musicales del Zócalo que se llamaba La Dolorosa, y me inscribí en una escuela de guitarra y canto de la calle Donceles, tal como me habían recomendado las tres amigas aquella noche en La Rosa de Francia. Pero aunque ya tenía mi guitarra soñada, con incrustaciones de concha nácar en el diapasón, pronto se me fueron achicando las águilas de plata y la empecé a ver negra, y lo primero que hice fue rebajarme de pensión.

Luego me la jugué a como pude, buscando la chamba por todos los rumbos, pero pasaron meses sin que hubiera nadie a la vista dispuesto a pagarme un jornal por cantar, y yo cada vez viviendo en tugurios más demeritados, y cada vez la sopa de ejotes más rala y las tortillas más frías, que allí empecé a saber de veras de qué color era el hambre. Estaba cabrón eso del mundo del espectáculo, y las luces de neón y los aplausos se quedaban a vivir en mis fantasías, mientras tanto azotaba con los pies las calles, de fracaso en fracaso, porque ni en la carpa de la plaza de San Sebastián, adonde llegué ilusionada porque en ese sitio de mugre donde cantaba cualquier menesteroso y aplaudían a cualquier tragafuego, una podía levantarse de la nada y ya con algo de fama pasar a los escenarios de los cabarets. Pero había un tuerto encargado del fichaje, que usaba unos anteojos con vidrio oscuro en el ojo malo, y vidrio transparente en el otro, muy agrio y retobado, que no daba el pase sino al precio de empiernarse con él, y te lo decía directo a la cara, sin andarse por las ramas del tamarindo.

Y cuántas veces no pasé, derrotada de ánimo y las tripas en un solo rugir, frente al Palacio de Bellas Artes, que entonces estaba cubierto de andamios porque aún no lo terminaban, sin imaginarme que su telón de un millón de cristales adornado con los dos volcanes guardianes del valle de México, el Popocatepetl y el Ixtlacihuatl, se iba a abrir para mí años después cuando tuve allí mi concierto de gala, si quieres ya cuando era tarde, pues pasaba de los ochenta, pero me di el gusto de causarle disgusto a tantos que seguían viéndome nada más como trovadora de cantina.

Hasta que encontré quien me diera a matar un chivo en un cabaret de tercera de la colonia Guerrero, por pura caridad. Por qué se llamaba aquel cabaret El Nopal que Suspira, nunca me puse a averiguarlo. Entré una tardecita, a la hora en que barrían los empleados el local, y me vio la dueña que venía saliendo del retrete, vestida yo con mi jorongo, mis pantalones de azulón y mis guaraches, y armada de la guitarra elegante y fina comprada en La Dolorosa con mi capital de águilas de plata.

La mujer, que se llamaba Lupita Lucrecio, era una chaparra huasteca de voz melindrosa, el pelo rematado en un chongo, unos aretes de oro que le pesaban en las orejas, y un diente también de oro que relumbraba en aquella penumbra. Me preguntó qué sabía hacer, señalándome con la misma mano en que tenía una botella de mezcal recién cogida del mostrador del bar, y de la que daba tragos golosos. Cantar, dije yo, enseñándole el estuche en que guardaba mi guitarra. A ver, échate algo para que yo te oiga, dijo ella. Yo templé la guitarra, y de pie, en el mismo lugar en que me hallaba, cercano a la puerta, volví a largarme con el «Corrido de Cananea» que había cantado a capela en el restaurante del Metropole en San José para enamorarle la bolsa al rey de la baraja. Está refeo, dijo la chaparra al tiempo que echaba un nuevo trago de mezcal, pero si te quieres quedar, atenida a lo que sea voluntad de los clientes darte, por mí no hay cuidado.

Y me quedé cerca de tres meses en aquel cabaret mugroso que olía a berrinche de orines porque los beodos se orinaban en el pasillo, perezosos de llegar al mingitorio, sabiendo, como dice el mismo «Corrido de Cananea», que no me habrían de formar un templo ni un palacio de cristal; pero recogía algunos pesos de todas maneras en el estuche de la guitarra que colocaba a mis pies, afelpado en blanco por dentro como el féretro de un niño.

Vivía ya para entonces en la pensión Zacatecas, que quedaba en las cercanías del mercado de La Merced, un antro no menos mugroso que el cabaret, y había noches en que me iba a la cama con apenas una torta de chorizo en la barriga, comprada en algún puesto de la calle. De paso, para que lo sepas, los dueños de la pensión eran unos nicaragüenses hermanos entre ellos, varón y mujer, los dos solterones y gritones como no hay, ella rezadora empedernida, él bastante maricón, aficionado a los badulaques y a las cremas embellecedoras, ya vas viendo que por todas partes me aparecen tus paisanos.

Mira tú, encontrarse así de pronto con alguien conocido en la Ciudad de México era un milagro, más de un millón de agujas en un inmenso pajar. Estamos hablando de 1943. Pero, encima, encontrarse en ese pajar con una mujer de quien una no se acuerda, y reconocerla por fin entre tantas caras, es un milagro todavía más chingado; eso fue lo que me pasó con Edith. Ni modo, me había olvidado de ella. Me costó recordar su cara, y me hice la pregunta consabida: ¿dónde he visto antes a esta persona? Ya no era ninguna mocosa, por supuesto, había echado tetas hacía tiempo, y olía a carne de mujer, hartos años desde que había aceptado quedarse aquella vez en el Metropole para hacerle compañía al rey de la baraja destronado, no sé si en sus brazos, que ya dejé dicho que eso no me concierne.

Verás qué extraño fue ese encuentro. Una noche de diciembre que estábamos una bola de amigos en el bar El Palenque, uno que quedaba en la calle San Jerónimo, alguien dijo: vamos a la Casa Azul, y yo me fui perdida en la comitiva sin preguntar adónde era el viaje; oí decir la Casa Azul y me imaginé algún cabaret, pero nada de eso, era la casa de Diego Rivera y de Frida Kahlo en Coyoacán, entre Londres y Allende, por allí por los Viveros, donde una noche sí y otra no, o dos noches sí y otra no, se daban fiestas parranderas que duraban hasta la hora del desayuno, y a las que uno se invitaba solo.

Entré como gallina comprada, pensando que aquélla hubiera sido una buena oportunidad de entregarle a Diego Rivera, tantos años después, la carta de presentación firmada por don Joaquín García Monge, que yo todavía conservaba, y así asegurarme la bienvenida. Pero allí no bienvenían a nadie, te servías tu tequila o tu mezcal, y a ver cómo te iba, defendiéndote sola. Canté en la fiesta, ya de madrugada, porque me lo pidieron y no me hice rogar, y fue un bolero que era nuevo en mi repertorio porque acaba de salir, «Toda una vida», del maestro cubano Oswaldo Farrés. A los dueños de la casa les gustó mi interpretación, como vino a decírmelo el mismo Diego, y donde dijo Diego nadie más dice: que yo tenía en la voz un sentimiento inédito. No olvidé nunca esa palabra, *inédito,* que parecía sacada de la boca de Marina, la fea sabelotodo aquella.

Frida me escuchó cantar recostada en los almohadones de la cama en que la habían transportado hasta la sala porque andaba en una de sus malas rachas de dolores en el esqueleto. No le había quedado hueso sano después del accidente del tranvía cuando un hierro la atravesó de parte a parte, esa historia que ahora todo el mundo sabe porque la enseñan hasta en las escuelas, roturas en la pelvis, en las vértebras lumbares, en las costillas, en un codo, en los pies, sin contar todas las operaciones dolorosas que le habían hecho, porque media vida se la había pasado en los quirófanos y en las camas de los hospitales.

Vestida de tehuana, con un huipil de fleco dorado y todos los demás abalorios y atavíos, parecía una santa yacente a la que todo el mundo se acercaba a rendir homenaje como si pagara alguna manda con ella. Y me mandó a llamar para que me llegara a la cama, me cogió los cachetes con ambas manos y me dio un beso apasionado en mera boca, en premio, me dijo, por mi canción, y yo, claro, me sentí rara pensando que Diego se iba a poner mal con aquella escena. Pero para nada, estaba por allí cerca, sirviendo tequila de una botella a cualquiera que se acercara a recibir su dosis, y lo que hizo fue cerrarme un ojo en señal de camaradería. Aquél fue el comienzo de una amistad muy padre con ambos, y a partir de esa noche me enamoré de los dos, del sapo y de la princesa, del sapo que era Diego, y de la princesa que era Frida, sólo que de él me enamoré con amor de amistad, y de ella con amor de mujer. Y si ese amor fue correspondido o no, te lo dejo en el misterio, ya te advertí que nadie va a sacarme palabra sobre amores propios o ajenos.

Entonces, entre tanta gente desconocida que había en aquella pachanga desgobernada, vi a una mujer metida en un abrigo de lana gris que le quedaba muy largo y parecía como que lo arrastraba por el piso, harto ridícula, te diré, porque si es cierto que era mes de frío, sólo ella se mostraba abrigada dentro de la casa en fiesta, y me fijé en aquellos ojos verdes en su cara hambrienta de sueño, como si tuviera un siglo de no dormir, que dónde los había visto. Frida, que me preguntaba sobre mi vida y milagros con curiosidad tan minuciosa que parecía querer respuestas de todo de una vez, notó la atención que yo le dedicaba a la mujer del gabán, y me dijo: es una amante que Diego se ha encontrado no sé dónde, y la trajo a vivir aquí con nosotros desde ayer.

Y yo, que vivía en el desmadre y no me asustaba de nada, porque para eso luchaba en la vida contra todo prejuicio, para no pasar sustos pendejos, si la primera víctima de los prejuicios era yo misma, no dejé de sentirme agobiada por aquel desmadre mayor en que la esposa besaba en la boca a otra mujer, dejada de todo recato, y el esposo traía a la casa a vivir a sus amantes. Y del mismo modo que había hecho que me llamaran a mí, envió Frida por la del gabán, y mientras venía, me dijo: tú a lo mejor la conoces, porque me dices que eres de Costa Rica y ella también, está recién llegada de Guatemala y se presenta como poetisa, aunque hasta ahora no conozco ninguna de sus poesías.

Allí sí que se me iluminó el entendimiento, y cabal me acordé de ella. Se acercó, bastante mohína, ante la presencia de Frida. Quien la traía de la mano era el propio Diego, obsequioso y sonriente, maliciosos sus ojos de sapo, y dijo: Friducha, la niña Edith conoce a nuestra cantante de sentimiento inédito, se encontraron en una cena ofrecida en Costa Rica por Tomás Garrido Canabal, que recién había ordenado matar a un cura para servirlo fiambre en la mesa, lástima que nunca lo pinté entre llamaradas de azufre y ya se nos murió, se acaba de morir en Los Ángeles confortado con los santos excrementos.

¿Te acordás de mí?, me preguntó entonces Edith, y se arropó mejor en el abrigo. ¿Te acordás de Amanda? Está también en México, se casó con un mequetrefe, tuvo un hijo, se separó del mequetrefe, pero él, que no quiere perderla, la mandó a pasar con todo y el hijo una temporada al lado de los suegros que viven aquí, mejor que te explique ella ese enredo, dijo sin buscar respiro. ¿Y la fea?, le pregunté, asombrada yo misma de venir a salir con semejante pregunta. ¿Por qué, precisamente, venía a tener un recuerdo de la pobre feísima? A ella le ha ido mejor que nosotras, dijo Edith, se graduó de psicóloga en la Universidad de Chile y ahora está estudiando más psicología con una beca en Nueva York. Más les valiera a las dos ustedes ser feas, pero ni modo, confórmense con su belleza, dijo Diego, que sabía de galanterías, el solemne pícaro.

Me quedé de huésped en la Casa Azul cerca de dos meses, aunque cuando hago hacia atrás mis cuentas, parecería que fueron años; esa misma temporada la pasó también allí Edith, y al cabo de ese tiempo las dos levantamos el campo el mismo día, ella porque Diego era distraído en sus preferencias, y su única fidelidad a muerte terminaba siendo con Frida. Los dos se entendían de esa manera extraña, pero se entendían a fondo. Y en el caso mío porque la distraída en mis preferencias era yo, y como salía en mis correrías nocturnas por los bares y cantinas con toda la palomilla siempre cambiante de caras, muy a menudo me tocaba llegar al puerto de un nuevo amor, enamorada perdida como era, digamos no de las mujeres, sino de la mujer; y Frida, que me esperaba despierta cualquiera que fuera la hora en que apareciera, me pegaba la nariz al cuerpo buscando los olores a mujer que traía enredados, y entonces me armaba tamañas broncas, con lo que ya me estaba cansando.

Así que poco a poco me fui yendo, dejando de llegar a dormir a la Casa Azul una que otra noche, y luego más seguido. No me gustaba la vida de hogar, y aquélla de alguna manera lo era, los desayunos compartidos como si fuéramos dos parejas bien avenidas, a veces Diego y Edith de un lado, untando juntos la mantequilla y la mermelada al pan de bolillo, Frida y yo del otro, metidas en nuestras propias conversaciones mañaneras; a veces los papeles cambiados, Frida y Diego en un solo arrumaco, y en el otro lado de la mesa Edith y yo, los cuatro girando cada mañana en aquel carrusel al compás de la caja de música, un valsecito o una polca, dependiendo la armonía a veces del humor de Frida, que en ocasiones amanecía con el diablo a cuestas, y a veces del humor de Diego, que si se le antojaba se ponía imposible de neurótico y le daba por prohibirle a Frida que se quedara conmigo a solas, celoso de averiguar qué cosas nos decíamos, loco el desgraciado como él solo, y entonces Frida le mentaba a la madre y a la abuela.

Y el mediodía que salí de la Casa Azul con la decisión ya tomada de no vivir allí más, me encontré en la calle a Edith, siempre abrigada en su gabán largo porque era enero y hacía aún más frío, y en la mano una valija mediana de cartón comprimido. Habíamos llegado a comienzos de diciembre y ya estábamos a fines de enero. Y sin decirnos palabra siguió detrás de mis pasos hasta un cafetín de la calle Londres, y allí sentadas en una mesa del rincón nos tragamos cada una una ollita de café azucarado.

Tú sabes que para entonces tanto Edith como Amanda eran muy tiradas a la izquierda, tiempos en que para mí esas ideas que te amarraban como al credo de una religión me caían gordas, igual que me caen ahora. Pero era la plena Guerra Mundial y ellas andaban por el lado de la Gran Patria Soviética y del Padrecito Stalin, todos los comunistas una gran familia universal, ya ves cómo le rompieron la madre a Trotsky de un hachazo en la cabeza, allí mismo en Coyoacán, en su casa de la calle Viena, sólo por contradecirles sus teorías. Por eso yo respetaba tanto a Diego y a Frida, porque eran comunistas a su propia manera, no se dejaban poner ni cincha ni freno como los demás de la manada que se empachaban de vodka y de caviar en la embajada rusa, un caserón de la calle Tacubaya que parecía el castillo del conde Drácula. Edith escribía artículos de alabanza a Stalin en el *Excél-*

sior, que a mí me enfermaban el estómago por lambiscones, aunque ella los justificaba con el argumento de que los soviéticos peleaban del lado de la democracia contra el nazismo, y que Stalin era un gran estratega y un gran patriota, puro jarabe para mensos.

Y esa vez, allí en el cafetín de la calle Londres, donde las únicas parroquianas éramos nosotras dos, me dijo, midiéndome con sus ojazos verdes: ¿no quieres ver a Amanda? Fue una pregunta imprevista, y mi respuesta fue que sí, no más faltaba, claro que quería verla.

Seguía viviendo con sus suegros, en un edificio de apartamentos de Niños Héroes, porque allí la había consignado el marido, y solía a menudo dejar al crío a cargo de los señores, que eran personas de ley, muy diferentes al chingado del hijo, para poder salir de la madriguera forzada y enterarse de la vida de México, juntarse con escritores, con músicos, con pintores, según Edith, aunque en las fiestas del medio artístico que me tocaban, que no eran pocas, para no hablar de las que daban Diego y Frida, no alcancé a verla nunca.

Para que veas hasta qué profundidades andaban metidas ambas en las aguas de la muy mentada izquierda, que para encontrarme con Amanda me dio cita Edith en el Sindicato de Ferrocarrileros donde celebraban un acto fúnebre en honor al recién fallecido embajador ruso en México, Constantin Oumansky, que también era embajador designado en Costa Rica; cuando iba para San José a presentar credenciales, se cayó cerca de Puebla el avión de la Fuerza Aérea Mexicana donde viajaba con la esposa, y hubo un gran escándalo en los periódicos porque decían que le habían puesto una bomba, como en una novela de espionaje. Entonces organizaron ese acto fúnebre los comunistas, y allí dijo un discurso Amanda.

No sé si al invitarme a llegar al sindicato, de donde nos iríamos a cenar, es que buscaban hacerme prosélita de la causa rusa, pero a mí no me conseguían por ese lado, ya me lo has oído. Acababa de pasar el discurso de Amanda, y aparecí en el momento en que ella misma depositaba un corazón de rosas rojas al pie de una foto de Oumansky, vestido con el uniforme de gala del Ejército Rojo, que estaba colocada en un atril rodeada de tamañas coronas. Parecía el escenario de un mago prestidigitador que en cualquier momento saldría con su varita, su capa y su chistera de entre las cortinas escarlata, bajo la luz de penumbra.

El salón se hallaba lleno de ferrocarrileros, que luego empezaron a pasar de cuatro en cuatro a hacer guardia de honor ante la foto, y en la primera fila estaban sentados los jerarcas del Partido Comunista Mexicano y los funcionarios diplomáticos rusos, con cintas de luto en las mangas de los sacos. No había lugares libres, de modo que me quedé atrás, entre los que tampoco habían alcanzado asiento, más perdida que perro en procesión, y muy cabreada porque aquel ambiente me caía gordo, oyendo discursos y alabanzas fúnebres que nunca acababan, pues los de la primera fila hablaron toditos, uno tras otro. Y lo peor aquella música que salía de un parlante, puesta a bajo volumen, un coro como de iglesia, como aquel en que yo cantaba en Santa Bárbara de Heredia, sólo que eran puras voces masculinas. El coro del Ejército Rojo, le dijo con voz temblorosa de emoción un viejo maquinista a un camarada, apretujados al lado mío.

Pero a pesar de mi fastidio por todo aquello, me impresionó la belleza fantasmal de Amanda bajo los focos pálidos que iluminaban el catafalco cuando depositó la ofrenda. Iba de negro, con un vestido de crespón de altas hombreras que sólo dejaba libres por abajo los tobillos, y el pelo recogido hacia atrás, en un moño de una sola vuelta, muy delgada, los pómulos salientes, la boca pintada de rojo oscuro, un rojo como de uva. Imagínate mi impresión después de tantos años de aquella vez en el restaurante del Metropole. Para mí era un descubrimiento, como ver al patito feo convertido en cisne. No es que en aquel entonces fuera fea como Marina la fea, ninguna comparación, pero era insignificante porque todavía no echaba plumas.

Cantaron todos la Internacional para dar por cerrada la función, y tuve que esperar a que terminara de salir el público presente, los últimos los jerarcas del partido y los diplomáticos rusos, para poder acercarme a ellas, que se habían quedado de pie al lado del catafalco, haz de cuenta que eran las dueñas del velorio.

No parecía que alguien que se atrevía a tomar la palabra en un acto fúnebre de tanto protocolo, y que tal como iba vestida y maquillada bien podía pasar por mujer fatal, una de esas vampiresas del cine de entonces, como Andrea Palma o Dolores del Río, fuera tan tímida. Le costaba dar la cara. Eso me atrajo de ella, porque le procuraba un aire así como desvalido, y me atrajo que se le encendiera tantito el color cuando nos besamos en la mejilla y me envolvió en la fragancia de su perfume Soir de París. Yo no llevaba ninguno, nunca he usado perfume, pero me gusta olerlo en la piel de una mujer bella de verdad, porque viene a ser como una emanación de su ser que la hace más deseable. Y ella era bella, quién lo pone en duda, y deseable, como para trastornarle los sentidos a la más altiva y desdeñosa.

Más atractiva Amanda que Edith. No es que tampoco yo me detuviera a comparar. Pero Edith era nada más los ojos verdes encendidos, y ya cuando se hizo vieja, y perdió todo lo demás, quedaron los ojos fulgurando, como salvados de toda aquella ruina que se le vino encima. El espectro de Río Neva, como decían de ella los escritores centroamericanos, toda una colonia de chuscos empezando por Tito Monterroso y por Ernesto Mejía Sánchez, tu otro compatriota; y la manera de vestirse que le dio ya por último, el pelo alborotado color de zanahoria, faldas cortitas y medias caladas, como las ruleteras de

San Juan de Letrán. Otra pose suya. Nunca dejó de valerse de poses.

Hay en cambio mujeres que saben envejecer, y se van apagando de a poco, como si su fulgor fuera volviéndose cada vez más pálido, figúrate una lámpara que se consume y por fin se queda sin aceite. Otras ya no tienen tiempo de volverse vejestorios de esos que dan llanto o que dan risa al contemplarlas, porque las agarra del pelo la Catrina, como le sucedió a Amanda. La que se muere a los cuarenta años, como se murió ella, se va sin que ninguna vejez tenga tiempo de mancillarle el pellejo.

Edith, ya por último, odiaba con ganas a la colonia de centroamericanos del Distrito Federal, no sólo a los escritores que la vacilaban y le lanzaban dardos. Tampoco podía ver a los exiliados políticos, a los profesionistas, a sus esposas, fueran guatemaltecos, ticos o salvadoreños, como si la manera de hacerse mexicana de verdad fuera menospreciándolos a todos. No, no me mires de esa manera. Yo desprecio a los ticos y nada más a ellos, pero tengo mis motivos sustanciales, porque siento que hay allí una oquedad donde me faltó el cariño, y nadie puede llenarla. O podrían llenarla si me dijeran: ven, Manuela, te queremos, nos haces falta, nos sentimos orgullosos de lo que eres, no nos importa que te hayan gustado en la vida las mujeres, ése es asunto de tu real gana y en eso no nos metemos.

Se volvió una pleitista insoportable, se enemistaba con todo el mundo, y ya no le quedaba ningún afecto. Quizás le quedaba yo, que la visitaba cuando podía, aunque era el tiempo en que me consumía en la farra, y para beber juntas Edith no me cuadraba, no calzaba con su carácter agrio y pendenciero entre mis cuates de las correrías de cantina que si se juntaban era en el afán de divertirse. Le daba duro también al tequila, pero la suya era una manera distinta de tomar. Es que tenía el trago amargo. Y además, anticomunista visceral, te lo comenté, en eso había dado una vuelta de campana completa, y se había vuelto obsesiva en contra de Stalin, ya para entonces bien muerto y enterrado, y en contra de Fidel Castro y sus barbudos, y nadie aguanta a un borracho con el disco rayado, que se desmanda en injurias.

No, tampoco te confundas, que yo, comunista, ni por asomo, ya te lo dije. Stalin a mí me hacía los mandados, y Fidel Castro, él allá mandando en su cárcel, y yo acá, el mar Caribe de por medio entre los dos, aunque a alguien se le haya ocurrido la peregrina idea de difundir por allí que los cigarros habanos que hasta hace poco me fumaba, él me los hacía llegar de regalo desde Cuba. Pero una cosa es tener una sus ideas, y otras restregárselas en la cara y en los oídos a los demás, dale que dale todo el santo día, como si no hubiera en el mundo más motivo de plática que las perversidades del comunismo; será porque en la política los arrepentidos son los peores en querer convencer a los demás, y entre los arrepentidos del comunismo, ella era caporala.

También en los últimos tiempos Edith se había rodeado de unos efebos insoportables que se decían discípulos del arte oriental, rapados y envueltos en túnicas amarillas. Pintaron las paredes del apartamento con figuras de dioses hindúes, y tú entrabas y había incensarios ardiendo en los rincones, que te atosigabas. Ella, siempre borracha a medias, los dejaba hacer, hasta que un día les dio la patada y los mandó a volar.

Pero vuelvo al encuentro en el Sindicato de Ferrocarrileros. Deberías llamarme al orden cuando me salgo del camino recto y me voy por la vereda tropical. Ya en la calle, al preguntar Edith dónde íbamos a cenar, Amanda aprovechó para excusarse diciendo que había dejado al niño enfermo con tos, que además se había hecho tarde, que para llegar a Niños Héroes debía cambiar no sé cuántas veces de camión, y que tenía dolor de cabeza. Ya se sabía que eran pretextos, porque estaba dando demasiadas razones. Si se dice la verdad, basta con una sola razón, eso lo aprendí en la novela *Contrapunto,* de Aldous Huxley, que me dio a leer Carlos Fuentes cuando fuimos vecinos, porque vivíamos en apartamentos contiguos del segundo piso de un edificio de la calle Liverpool, justo encima de la fonda El Refugio, donde yo cantaba por entonces, nomás tenía que bajar las escaleras. Él estaba casado en esa época con la actriz de cine Meche Barba.

Esa vez creí que los remilgos de Amanda se debían a que yo la había tocado hondo, porque así pasa, que esas actitudes retrecheras no vienen a ser sino la defensa inútil de una posición adelantada, como en la guerra, y que por muchos tiros que te disparen tras ese parapeto te lo van a terminar entregando. De modo que guardé silencio porque sabía que en esa parte del combate no debía gastar una sola munición, aunque Edith la presionaba a quedarse, y le iba botando uno a uno sus argumentos: el niño estaba en buenas manos con la suegra, que se olvidara de los cambios de camión y tomara un taxi, nosotras la acompañábamos de regreso en el taxi, y nada de dolor de cabeza, allí enfrente teníamos la farmacia La Samaritana y ya mismo comprábamos un frasco de cafiaspirinas. Mientras tanto ella solamente se reía, con algo de nerviosismo divertido, lo que más me confirmaba en mi creencia de que agotaba sus últimos cartuchos. Y con fingida indiferencia yo les pedí que se decidieran de una vez porque se me estaba helando la cara con el frío endiablado que hacía.

El Sindicato de Ferrocarrileros se hallaba por rumbo de la colonia Guerrero, y mientras Edith buscaba convencer a Amanda seguimos caminando. Entonces, sin más miramientos detuve un taxi frente a la iglesia de Santa María la Redonda y subimos las tres, yo en el asiento de adelante, y Edith ordenó al taxista que nos llevara al restaurante La Ópera en la 5 de Mayo, con lo que se puso álgida la cosa porque aquél era un lugar recaro, yo andaba como siempre arráncame la vida, y tampoco creía que ellas cargaran encima lana suficiente como para sufragar una cena de picos finos. Pero igual que el cazador abusado yo me dije: aguanta, Manuela, a ver en qué para todo esto.

Paró en que nos sirvieron de comer gratis de manera espléndida, y hasta vino el gerente a saludarnos, porque estaba de por medio que Edith había traído de Costa Rica una de aquellas cartas de recomendación de don Joaquín García Monge, dirigida a don Martín Luis Guzmán, que le dio trabajo en su revista *Tiempo* gracias a esa carta, y su primer artículo había sido acerca de los tesoros históricos del restaurante, empezando por la cantina de diez metros de largo, fabricada de caoba en Nueva Orleáns, y que más bien parece un altar mayor de iglesia catedral. Allí sigue todavía. Los espejos biselados del mueble quedaron en añicos por causa de una balacera que se desató durante un banquete en honor del general Venustiano Carranza en tiempos de la revolución, con dos muertos en el saldo. El artículo de Edith lo tenían enmarcado con vidrio en una pared, al lado de la fotografía histórica del banquete, tantos quepis y sombreros charros entre las botellas y los platos sucios apilados sobre la mesa que no era posible contarlos, y tantos bigotudos de mirada vidriosa rodeando al general que se atusa las barbas de chivo, desconfiados de la cámara como si del lente fueran a salir balazos a montón. Ésos son los milagros que hace la Virgen de Guadalupe a los descreídos, sin que nadie se lo pida: estábamos tres costarricenses sin blanca, perdidas en la gran Ciudad de México una noche de frío, cenando de gorra, con vino español, en un restaurante la mar de presumido.

No vayas a creer que fui una descarada devoradora de mujeres, yo en presencia de testigos siempre tuve mi recato. Y aprendí a esperar, nunca desesperar. ¿Tú has leído a Clausewitz? Oí hablar de él a un coronel de caballería del ejército mexicano que era amigo del tequila y amigo de la palomilla de los que hacíamos rondas en las cantinas hasta que salía el sol, y tanto mencionaba el manual de Clausewitz sobre la guerra, que me dije que a lo mejor sus consejos me servían para librar mis guerras del amor; me puse a buscarlo, y lo encontré en una librería de segunda mano de la calle Madero. Y un consejo importante de Clausewitz es la paciencia.

Creo que esa noche al menos logré no caerle gorda a Amanda, hacer que se riera con mis locuras, porque en mi vida también supe seducir por medio de la risa, con las bromas sutiles, nada de chabacanerías de doble sentido, y mi método infalible, con el que Clausewitz nada tenía que ver, era agarrar de tiro al blanco a una tercera para hacer gala de mi ingenio y de mi malicia, y que aguantara toda la carga de mi malevolencia, que aguantara el ridículo. En este caso, pues le tocaba a Edith, qué se iba a hacer. Fue mi *punching bag* durante toda la cena, pero sin consecuencias. No se molestó Edith, y más bien se reía, las dos se reían.

Tardamos en vernos de nuevo porque los pretextos para mí no abundaban. Ella vivía en un mundo diferente al mío, para nada callejero, tenía un hijo que cuidar y unos suegros que eran sus guardianes, y como te dije, si salía con poetas y artistas a lugares de fiesta, no sé quiénes habrán sido esos poetas y artistas ni qué lugares serían aquéllos. Y a la embajada rusa no iba a seguirla, por mucha afición que le tuviera. Todo se volvería más fácil si yo lograba pasarla a mi propio mundo. Y desde aquella noche en La Ópera quise tentarla hablándole con familiaridad de mis amigos de la farándula, sobre todo porque Edith había comentado que Amanda aspiraba al cine. ¿Quería trato con artistas que le abrieran las puertas de los estudios? Allí tenía a Agustín Lara, el Flaco de Oro; estaba Pedro Vargas, el tenor de las Américas; estaba María Antonia Peregrino, mi queridísima Toña la Negra; ésos eran los verdaderos artistas, no los escritores pelados con quienes ella seguramente andaba, poetas de cuarta que abundaban más que los piojos, sobre todo desde que México se había llenado de los exiliados republicanos españoles, que todos venían a ser poetas, y actores de teatro y de cine, apenas desembarcaban en el puerto de Veracruz.

Yo no era tan amiga de Agustín para entonces, ni de Pedro ni de Toña, ésos fueron alardes de seducción míos. Agustín y yo llegamos a ser íntimos después, en los años cincuenta, ya cuando tuve más peso porque cantaba en la televisión en el programa del ron Caney que animaba Paco Malgesto, y aparecía también en las funciones de los sorteos de la Lotería Nacional vestida de caporala, con eso me sobraba en aquel entonces la popularidad y podía codearme con cualquiera; después perdí esa popularidad cuando me entregué por completo al vicio mortal de la bebida. Pero tan amiga llegué a ser de Agustín, que una vez le quité una amante; la señora se vino voluntariamente conmigo a pesar de que él le había regalado un retrete, una bañera y un lavabo bañados en oro de veinte quilates, y ni se molestó, más bien se lo tomó con buen humor. No sabes lo que te espera con esa mujer, te va a hacer la vida imposible, me dijo.

Perdí de vista a Amanda después de la cena en La Ópera, y no te digo que no sentía congoja. No la congoja de un amor perdido, sino la de un amor que no se ha podido alcanzar. Pero en todo caso es un dolor más suave, porque no es el dolor de lo imposible, sino de lo que está pendiente aunque sea de una manera imprecisa; tampoco te hablo, al menos para aquel tiempo, de una pasión absorbente, de esas que te desvelan y no te dejan ni tomar el bocado de comida en paz.

Mientras tanto yo me solazaba en otros amores, mujeres que me encontraba a cada paso, y que me llevaba a la cama mediando que me cuadraran por bellas. No bellas a medias. Bellas de calidad certificada, escogidas a mi albedrío. Por boca de Edith sabía que Amanda practicaba la misma regla con los machos, y que los elegía de acuerdo a su real gana. Soberanas en el escoger, éramos en eso almas gemelas.

¿Tú qué piensas? ¿Que hay mujeres que gustándoles con locura los hombres nunca van a caer en la tentación de vérselas en la cama con otra mujer? Pues he de decirte que mi experiencia fue variada, y que se trata de probar el tiro. Y mientras una no derribe de la rama a la paloma, no podrá verle el color del revés del ala. Porque una cosa es ser mujer mujeriega, como yo lo fui, y otra cosa la que es tomada por sorpresa, y entonces se deja tentar o no se deja, cae o no cae en la trampa del azar. Hay que ver el valor que el tal Clausewitz le da en la guerra al azar. Y cuando el azar cuaja, allí tienes en cuerpo y figura al destino.

Pero el azar se declaró en contra mía, porque Amanda regresó de pronto a Costa Rica con el hijo, con lo que se interrumpió mi cacería, y de allí en adelante fui sabiendo por Edith de sus avatares, que allá en San José se divorció, que luego cayó enferma, que fue operada, que se reconcilió con el marido y se fue a vivir a Guatemala, noticias que me llegaban esporádicas, hasta que sinceramente creí haberme olvidado de ella. Puede ocurrir eso, que sigas con el aguijón clavado en el alma aunque tú ni te percates, porque mientras tanto andas entregada a otros afanes amorosos y te repartes en esos afanes, mujeres a las que llegas a querer con verdadera ilusión, y te anestesian el recuerdo de aquella otra; con la diferencia de que has conocido de verdad a esas mujeres, has amanecido en el mismo lecho con ellas, mientras tanto la otra, tan lejana, no sigue siendo más que una quimera. ¿Qué diferencia hay entre un amor de ésos y un fantasma que te visita en sueños?

Llámalo amor platónico si quieres. Muchas pendejadas se escriben y se dicen sobre el amor platónico, no hay lugar común más común que ése. Pero cuando una cree que ya ha olvidado aquel aguijón clavado en la carne, de repente vuelve a sentirlo aunque sea de manera sosegada, como un aviso de que sigue allí encarnado; entonces no te conformas con contemplar aquel dolor nada más, metido dentro de ti misma, y sabes que alguna vez, de alguna manera, debes arrancártelo; y ya deja de ser por eso mismo lo que van llamando por allí amor platónico, esa cosa sosa que no llega siquiera a masturbación.

¿Cuánto tiempo habrá pasado hasta que la vi de nuevo? Mis cuentas del tiempo no son tan claras como las tuyas. A mí no se me presentan uno tras otro los años en el recuerdo, como niños dóciles de uniforme que acuden formados y formales a mi llamado con sólo sonar las palmas de las manos, sino que se me alborotan y apelotonan como si estuvieran en recreo, los muy chingados. En esos años sin vernos, yo había cumplido compromisos en el hotel El Mirador de Acapulco, allí canté toda una temporada en el cabaret La Perla, luego en El Mocambo de Veracruz, y después me fui a La Habana, contratada por el teatro América, que quedaba en la calle Galiano, entre Concordia y Neptuno, para actuar en compañía de Rita Montaner y Benny Moré. Y fue una tarde de septiembre que me la encontré en la esquina de San Juan de Letrán y Madero.

Estaba parada debajo del reloj del edificio Nieto, con un pañuelo de seda moteado de azul atado a la cabeza, mirando hacia diversos lados como si esperara a alguien que tardaba en llegar. Me detuve primero de lejos, con la duda de si era o no era ella, porque en todo aquel tiempo, que pudo ser poco o pudo ser mucho, pero en todo caso años, había desmejorado.

Me acerqué, y dije por lo bajo: Amanda... Volteó a mirarme, y su rostro se iluminó con una sonrisa de alegría, para darme después un largo abrazo, y en aquel abrazo sentí toda su fragilidad, de modo que no hice por dónde devolvérselo con fuerza, temerosa de causarle daño. Me dijo que esperaba a un fulano desde hacía media hora, con el que se había citado debajo del reloj, y que con seguridad no se iba a presentar ya. Peor para él, dijo mordiéndose el labio, y se rió con cierta picardía, pero también con cierta tristeza. Qué mal pagan los hombres, y lo peor es que no puedo vivir sin ellos, dijo luego, y volvió a reírse. Palabras más, palabras menos.

No dejaba de asombrarme aquella libertad suya al hablar con descaro de los hombres, así de entrada, siendo que yo la había conocido tan tímida y tan metida en sí misma, y nunca llegamos a intimar. Tú puedes pensar que alguien le había soplado, mientras tanto no habíamos vuelto a vernos, que a mí me cuadraban las mujeres y por eso se curaba en salud, escudándose en los hombres; pero yo no lo creo, primero que nada porque no esperaba encontrarme en la calle y no tenía entonces por qué tenerme preparado aquel discurso defensivo para demoler de una vez mis pretensiones, algo que también menciona Clausewitz, aquello de que toda acción defensiva debe tener un fin ofensivo. Pero tampoco creo que ella conociera nada de Clausewitz, esas lecturas eran un capricho raro mío.

Me dijo que vivía en la pensión Esmeralda, esquina de San Luis Potosí con Medellín, muy cerca de Insurgentes, y que llevaba cerca de un mes de haber regresado de Guatemala. Había estado antes en México, yo ni cuenta que me daba, se había traído secuestrado al hijo de Guatemala, y el marido se lo había vuelto a llevar de regreso, también secuestrado; volvió ella a Guatemala, siempre empeñada en recuperarlo, y sólo consiguió tener con el niño una entrevista muy fugaz en el patio de recreo del colegio, gracias a la intervención de la fea, ¿te acuerdas de la fea?, contratada para no sé qué asunto de

la educación por el gobierno de Guatemala, porque la fea
se había vuelto experta internacional en pedagogía, y
aquella entrevista, así tan rápida, interrumpida por los
curas dueños del colegio, más bien le había descompuesto el ánimo, y también la salud, y ahora estaba de nuevo
de vuelta en México, no sabía por cuánto tiempo. Toda
esa plática las dos de pie allí en la acera del edificio Nieto esa tarde de un mes de septiembre.

Óyeme, la compasión es una cosa muy cabrona
cuando te clava las garras, porque son garras las que tiene la compasión. Me dieron ganas de ampararla en mis
brazos, de decirle que todo lo que yo tenía era suyo,
aunque no tenía ni madres, más que la cama mugrosa
en que dormía y el jorongo que no me quitaba de encima, además de mi santa guitarra, porque la palabra *bohemia* la había matriculado conmigo y por eso es que
tantos años después, cuando en 1961 apareció mi primer LP, no dudé en que el nombre que quería para ese
disco era *Hermana bohemia*.

Cuando una anda perdida en la parranda, ya en lo
alto de la farra los borrachos se complacen a como mejor
pueden entre ellos. Mejor te cuento. Algunos días después de mi encuentro con Amanda bajo el reloj del edificio Nieto, me había dado la medianoche en el Tenampa
en compañía de Álvaro Carrillo, el negrazo oaxaqueño
que componía con el alma, acuérdate de «Sabor a mí», y
de José Alfredo Jiménez, los tres cuatísimos del dueño
que se llamaba Pepe y bebía parejo con nosotros. Murió de
tanto beber Pepe, se bebió su propia cantina, como después iba a morirse José Alfredo, también de tanto beber, y
yo, que aquí me tienes, me salvé de morir bebiendo,
mientras Álvaro se mató en un accidente en la carretera a
Puebla, no por imprudencia suya de borracho sino porque se le vino encima un camión cargado de ganado.

José Alfredo no pasaba de los veinte años, y a esa
edad ya se había hecho de fama como compositor de

rancheras, el mejor que llegó a haber nunca, ni lo habrá, aunque no supiera nada de música, con decirte que silbaba sus canciones para que alguien las escribiera en el papel pautado. Tampoco sabía cantar. Se lo dije una vez: qué lindo que compones, pero de cantar, ni los números del sorteo de la Lotería Nacional, manito. Y eso que cantaba con sentimiento. Mi cuate del alma, que se me fue temprano con el hígado hecho piedra por la cirrosis, y ya ves, no me canso de decirte, el mío sí que ha aguantado todo lo tupido que le llovió.

Pues mira lo que pasó esa noche. ¿Puedes imaginar lo que se me vino a la cabeza, ya alumbrados todos? Llevarle serenata a Amanda, y Álvaro y José Alfredo, igual que Pepe, todos se decidieron a acompañarme, y de paso José Alfredo fue a la plaza Garibaldi a convencer al maestro Silvestre Vargas para que viniera con nosotros de gratis el mariachi Vargas de Tecalitlán, el más famoso de México. A ver qué te parece, la serenata más lujosa en que se pueda pensar. José Alfredo era el único con coche, un viejo Chevrolet destartalado que había que empujar para que caminara; yo llegué a tener uno a toda madre pero mucho después, un Giulietta Sprint que era como un caballo desbocado. Y como no cabíamos, José Alfredo hizo varios viajes tomando por Reforma y por Insurgentes hasta San Luis Potosí y Medellín, el coche lleno cada vez de mariachis con sus trompetas, violines y guitarrones, además de los serenateros, apretados todos, hasta que la tropa completa estuvo reunida frente a la pensión Esmeralda.

Ya puedes dar por descontado que la serenata resultó padrísima, y allí en la propia acera de la pensión, bajo los balcones con maceteros, me abrí a cantar «Macorina» con el acompañamiento del mariachi Vargas, la canción de guerra que yo había compuesto durante mi temporada en La Habana, cuando le puse la música a un poema de Alfonso Camín, un asturiano errante al que conocí esa vez en Cuba. Pero ninguna luz se encendió en las ventanas y los balcones permanecieron silenciosos, por lo que imaginé que ella no se asomaba porque dormiría en una de las alcobas interiores, ya ves qué fértil es la imaginación de los borrachos. Ni modo, Manuela, me dijo José Alfredo cuando volvíamos a subir al auto en el último turno de los viajes, a veces el amor tiene el sueño pesado.

Fue Amanda la que me buscó a los días, porque yo también le había dado mis señas de la calle León de las Aldamas donde ocupaba un cuarto en el traspatio de una casa de familia, propiedad de la viuda Aparicio que vivía en compañía de su hija solterona, las dos de comunión al alba y rosario al caer la tarde, y como andaban enlutadas, y se hacían viejas por parejo, más bien ya parecían hermanas. Renata se llamaba la viuda, Ernestina la hija, y venían de Jalisco. Al mediodía oí que tocaban a la puerta del cuarto, y era Ernestina que llegaba a avisarme que tenía visita. Yo aún no me levantaba, todavía bajo el peso de la cruda consabida, y tardé en acatar lo que la solterona me decía, que una señora Amanda estaba esperándome en la sala. No tengo que decirte la ansiedad con que me metí el jorongo por la cabeza y me puse los guaraches, porque cuando llegaba de madrugada me echaba en la cama con la ropa que andaba puesta, y salí corriendo a encontrarme con ella.

La viuda Aparicio no abría nunca su sala como si el encierro fuera parte de su eterno duelo, y con las cortinas echadas apenas se distinguían los equipales acomodados al centro encima de un tapete de lana de chivo, y en las paredes tamañas fotos a caballo, a pie, sentado, del coronel Guadalupe Aparicio, lugarteniente del general Álvaro Obregón, que no había muerto en combate contra los federales, sino de puro viejo en su casa de Zapopan, aquejado por una hernia en los testículos que por final se le estranguló. Había también un espejo con marco de latón repujado, pieza principal del menaje que la viuda se había traído cuando decidió emigrar a México porque le era más cómodo cobrar desde aquí su pensión en el Ministerio de Guerra, y aquel espejo era el único que despejaba la oscuridad de la sala con su reflejo candente. Al espejo estaba asomada Amanda, retocándose con el lápiz el arco de las cejas.

Mira que a veces una es pendeja. ¿Qué imaginé al ver su cara en el espejo, afanada en repintarse las cejas como si en aquella tarea solitaria entregara la vida, y fuera su único oficio en el mundo? Pues que llegaba a darme las gracias por la serenata de la otra noche, qué otra cosa, y por eso mismo amansé mi impulso de acercarme a ella quedito y abrazarla por detrás como yo sabía abrazar, un abrazo en que las manos me quedaban libres para todo el resto del quehacer. Imaginé, y aquí quedan patentes las traiciones de la imaginación, que llegaba dispuesta a rendirse, y que por tanto debía dejarle la palabra de primera, no precipitarme, escuchar lo que tuviera que decirme en alabanza de la serenata.

Amanda seguía empeñada con el lápiz de cejas frente al espejo, y al descubrirme, sin volverse, sonrió y me dijo sin más que llegaba a avisarme que se había marchado de la pensión Esmeralda y que ahora vivía en una de la calle Miguel Schulz de la colonia San Rafael, frente a la librería de Ricardo Mestre. Se había cambiado por una disputa con la dueña, que quería cobrarle dos veces la misma mesada. ¿Y cuándo crees que se había cambiado? No te rías. Miércoles por la tarde, me dijo, el día mismo en que yo le había puesto serenata. A mi «Macorina» se la había llevado el viento junto con los acordes del mariachi Vargas, y toma en cuenta que yo nunca canto con mariachis porque me valgo mejor con la guitarra. ¿Qué iba a decirle ahora?: te puse una serenata a medianoche, te canté «Macorina», mi canción de guerra, y no la escuchaste porque ya te habías ido de la pensión. Ridículo papel. Así que hice lo que tenía que hacer. Callarme.

En las lides de la guerra toda vacilación lleva a la pérdida de la iniciativa, dice Sun Tzu. También por consejo del coronel de caballería, aquel amigo de cantina, leí *El arte de la guerra* de Sun Tzu, y le aprendí varias citas. ¿Un chino?, le pregunté al coronel cuando me lo recomendó, no quiero saber nada de los chinos. ¿Ese que mencionas es comunista del ejército de Mao? No, me respondió, es un chino reviejo que existió cinco siglos antes de Jesucristo.

Allí en esa sala oscura, a la sola lumbre del espejo orlado de florituras de latón, me di cuenta que esta servidora tuya había perdido la iniciativa, y me quedé descolocada. Otra oportunidad que se me iba, si es que la oportunidad de verdad había existido, aunque todo aparentaba que sí: la soledad y el encierro, la penumbra y aquel espejo como una brasa caliente.

Ya te habrás dado cuenta que me comportaba como una verdadera colegiala. Si miro hacia atrás, desde que comencé a interesarme por ella, mi conducta estuvo llena de vacilaciones y tanteos. No me reconocía a mí misma con toda aquella flojera. Todo paso que daba me salía mal calculado, o equivocado.

Avancé hacia ella, ya indefensa. Entonces por fin se volteó, con el lápiz aún en la mano, y su belleza me asaltó al volverse real y dejar de ser el engaño de un simple reflejo. Tenía ahora frente a mí la verdadera sustancia de su rostro de hembraza, podía sentir la palpitación de su piel, y con sólo acercar la mano tocar con las yemas de los dedos la tersura de esa piel. Sentí que su atracción irresistible se ocultaba en un lugar más allá de su hermosura perfecta, y por fin adiviné que ese escondite era la seguridad en su propia belleza a la que, por eso mismo, trataba con desdén. No le hacía caso porque la daba por descontada. Desconocía la coquetería porque todo lo que provenía de ella no necesitaba de trampas. Repasarse las cejas frente al espejo de una sala ajena a la que recién entraba, y con apenas luz, era sólo un rito animal de su condición de mujer, como andar, como respirar, como orinar, como abrir las piernas para entregarse sin reservas a un hombre. Y cualquier mirada dirigida a esa cara, por ávida que fuera, hambrienta o suplicante, no era más que un tributo que no merecía la mínima atención de su parte a menos que ella decidiera tomarlo en cuenta porque sí, porque le daba la gana, porque la iniciativa era suya y jamás iba a cedérsela a nadie. Era así, qué chingados, tenía que ser así, era su ley natural, frente a ella no había más que la admiración y la entrega total, sin condiciones; y yo ya me las estaba viendo con ese valladar, huerfanita de esperanza.

No me quedaba nada de la mujeriega aventurada que yo siempre había sido. ¿Dónde estaba mi orgullo de no haber perdido nunca una oportunidad, mi orgullo de haberme atrevido toda la vida, toda la vida salir con éxito de cualquier lance? Ahora ni siquiera me atrevía porque tenía miedo al fracaso, miedo a aquel rostro de diosa y a la seguridad de su desdén, una seguridad que me acojonaba.

Era la primera vez que experimentaba ese sentimiento de la pasión carnal sin correspondencia, y te digo pasión carnal, que es algo serio, para que no me salgas con la mariconada de que si no me atrevía, entonces estaba cayendo en el amor platónico. Yo quería acostarme con ella, tenerla en mis brazos, lamerla enterita, comérmela toda. Si no se pudo es porque no se pudo. Una pasión carnal que yo sabía para dónde me llevaba. A la sumisión. Era mi sumisión la que podía ver reflejada en el ascua del espejo ahora que ella se apartaba de su claridad, y esa misma ascua me quemaba el alma y me decía que a esa mujer altiva tendría que seguirla adonde fuera porque yo era su esclava cediera o no cediera ante mí, ya eso venía a ser secundario.

Y la seguí. La seguí a Estados Unidos. Porque no solamente venía a decirme que se había cambiado de pensión, sino que se marchaba a Nueva York con un gringo que recién la había conquistado, y que se llamaba Dick de Palma. Un asco el tal Dick, ya lo verás, pero ésa era su escogencia presente.

Si me preguntas cómo lo conoció, pues no lo sé, sería en alguna exposición de pintura en el Palacio de Bellas Artes o algo así, porque este gringo era un marchand, lo había visto yo un par de veces en la Casa Azul, adonde seguí llegando porque Frida buscaba siempre mi amistad. Diego le vendía dibujos que él llevaba a Dallas y a Chicago, donde tenía clientes esnobistas que no entendían nada de arte mexicano pero pagaban buenos billetes por un Rivera, aunque fuera un dibujito de indios de ojos rasgados que costaba cinco minutos de trabajo; toma en cuenta la propaganda que se había hecho Diego con el pleito por el mural del Rockefeller Center de Nueva York, donde había metido a última hora a Lenin, y Nelson Rockefeller, que era entonces el rey de los magnates en el mundo, mandó a borrarlo todo con brocha gorda.

Amanda no se había movido de la cercanía del espejo, al que ahora daba la espalda, y allí, con los brazos cruzados como si posara para un retrato, y con aquella voz de tono algo ronco que era como para perder los sentidos, me dijo que el gringo le había nublado el entendimiento, que estaba loca perdida por él, y todas esas bobadas que dicen los enamorados cuando se ponen estúpidos. Fíjate, no loca por mí, sino por el pinche gringo, y aquí sale a relucir la sumisión en que yo había caído sin remedio, tanto así que en mi interior se remachaba mi empeño de irme tras ella, sin importarme que hubiera gringo o no gringo que le ofrecía hospedarla en el Waldorf Astoria, abrirle las puertas de las editoriales y de las revistas en Nueva York, presentarle a los mejores traductores, conseguirle un agente literario, un palacio encantado del que él proclamaba ser dueño de todas las llaves.

¿Tú qué piensas? ¿Que no era ingenua Amanda? Pues allí en aquella sala, de espaldas al espejo, destilaba puritita ingenuidad. Fíjate si no, que el gringo que le prometía el cielo y la tierra no se la llevaba en avión con toda la lana que pretendía tener, sino en ferrocarril, un viaje miserable de días y noches rodando hasta Torreón y de allí a Saltillo para cruzar la frontera, y de Laredo a San Antonio y de San Antonio a Dallas, ésa era la primera etapa, y ya ni te menciono la segunda, desde Dallas a Little Rock, después a San Luis, de San Luis a Chicago, y de allí a Nueva York, medio mundo de recorrido, tanto que perdías cuenta de cuándo te anochecía y cuándo te amanecía en aquellos vagones donde peor que el calor te sofocaba el aburrimiento, no me lo sabré bien si ése fue el trayecto que hicimos.

Me arrimé de manera disimulada a sus planes de viaje, preguntándole para cuándo. En una semana, el gringo sólo esperaba la llegada de un giro cablegráfico que le iban a enviar de Dallas. Y entonces le dije: mira, chata, qué casualidad, me han ofrecido un contrato para cantar en Dallas y me voy la semana que entra, a lo mejor coincidimos en el mismo tren. Si le había creído al gringo chingado el cuento de que se la llevaba para ponerla en un trono celestial, aun cuando el viaje era en trenes mugrosos, ¿por qué no iba a creerme a mí?

¿Era aquél un juego, ella escondida detrás de su timidez, y yo detrás de mi inocencia? Mi mente se arrebataba en toda clase de cálculos y suposiciones, desde luego que yo iba tras mi presa y no sabía aún qué me esperaba detrás de los matorrales. Que su timidez fuera un juego suponía que ella sabía que yo tenía que dar el primer paso, y cuando lo diera, allí sí que no podía yo calcular su reacción. Era una moneda en el aire. Me esperaba para darme vía, o para pararme en seco. ¿Cuál era en realidad su experiencia en amores de mujeres? Seguro no era yo la primera que se enamoraba de ella.

Una belleza como la suya tenía que deslumbrar por igual a hombres y mujeres, y más de alguna la habría pretendido antes, desde los días del colegio, eso lo daba yo por seguro. La fea, por ejemplo. Estoy segura de que la fea fue su enamorada fija.

Es cierto, Amanda fue siempre muy femenina, nunca escondió su pasión por los hombres. Pero ¿quién te ha dicho que yo no fui femenina? Es como mujer que me acerqué a las mujeres. Y al juntarme a ella en aquel viaje, no descartaba que se formara un triángulo amoroso. Ya te dije que nunca fui celosa. ¿Te lo dije?

Para pagar los gastos del viaje tuve que recurrir a mis cuates parranderos. Entre todos los préstamos que me dieron logré juntar dos mil pesos, que era entonces un chingo de plata. José Alfredo me dio lana y consiguió más con otros amigos, Álvaro Carrillo también me dio, y hasta Silvestre Vargas, el caporal del mariachi Vargas. Eran préstamos del rey, porque nunca me reclamaron su dinero cuando a los meses regresé, más pelada que una rata de albañal.

Esa vez, allí en la sala de la viuda Aparicio, cuando Amanda me pintaba de azul cielo su porvenir con el bendito Dick de Palma, todavía no me había dicho que la segunda parte de la oferta era ponerla en manos de los mejores especialistas de Nueva York para que la trataran de los males que seguía padeciendo. ¿Y quieres que te diga algo? Desde que le oí esa segunda parte me dio el pálpito esperanzado de que no estaba de verdad enamorada del gringo, que tampoco era ningún adonis, sino que iba a buscar cómo curarse, a ver si la ciencia de aquellos lados la libraba de una vez por todas de sus sufrimientos corporales.

Porque hallarse una tan enemistada con su cuerpo a esta edad que yo tengo, condenada a una silla de ruedas, pues ni modo, ya es tarde para mí si alguien está por descubrir en algún lugar del mundo el elixir de la eterna juventud, que se lo beban otras, y salud; pero a la edad de ella entonces, cuando apenas pasaba de los treinta, ¿qué se te hace? El potro de la tortura cada día que le amanecía; con toda justicia quería librarse de aquella carga de males que la descalabraba y le quitaba el goce de la felicidad terrena.

Y si acaso no alcanzaba a creer entero el cuento de las grandezas que el gringo le iba a hacer vivir en Estados Unidos, a lo mejor pensaba que alguna verdad tendría que haber en toda la sarta de embustes, y se quedaba con la parte que en aquellas circunstancias más le interesaba, que era su cura, lo que la hacía la mitad de ingenua. Pero ¿cómo a estas alturas me meto dentro de su cabeza, si entonces tampoco pude?

No hubo ninguna sola verdad en fin de cuentas, tal como yo calculaba. Lo primero, Amanda tuvo que pagar su pasaje. No sé de dónde habrá sacado dinero, pero tuvo que pagarlo porque el gringo salió con la historia de que había habido un atraso con el giro telegráfico. Ya desde allí era para no subirse al tren, pero ella se creyó lo del problema del giro, o quiso creerlo. Luego, cuando por fin llegamos a Dallas, durmiendo mal todo el trayecto, y comiendo peor, resultó el hombre con una nueva historia, que su hermano, el que debía haberle enviado el giro, y ahora iba a entregarle personalmente el dinero, se había ido para Cleveland llevándose además, por olvido, las llaves de la casa, por lo que terminamos todos alojados en el mismo hotel de tercera, en la calle Young, cerca de la estación de trenes. Y para que contemples mejor el panorama de desgracias, fui yo quien tuvo que pagarles el hospedaje, en calidad de préstamo.

¿Cómo te explicas que siendo un marchand de algún crédito, desde luego trataba con Diego Rivera, tuviera que inventar historias propias de muertos de hambre? Primero, bebía como un desesperado, algo en que yo no podía criticarlo, porque en esos días y noches interminables del tren, y luego en Dallas, nos pusimos respetables farras juntos, primero con tequila y después con whisky bourbon que quemaba peor que el tequila. Pero también jugaba al póquer, eso era lo peor. Había perdido hasta el último centavo que andaba encima en un garito de Cuernavaca dos días antes del viaje, eso me lo confió una noche en que atravesábamos Alabama, cuando los dos nos habíamos puesto un cohete de los buenos, y Amanda dormía recostada en sus piernas. Lo del giro que esperaba era cierto; lo recibió, y se jugó todo el dinero.

No te lo niego, me llevaba de mil amores con él. Desde que me vio en el andén de la estación de Buenavista con mi guitarra en bandolera, y Amanda le explicó que iríamos juntos en el viaje hasta Dallas, se mostró eufórico, nomás seguramente porque ya tenía a quien dar el sablazo, o con quien beber. Todo el licor que tragamos corrió por cuenta mía, ve calculando el afecto que me guardaba, para no hablar del pago del hotel en Dallas.

Y Amanda, figúrate nomás, cómo no iba a estar convencida a esas alturas de que se hallaba en manos de un borracho incorregible, sin un centavo en los bolsillos, y, además, gorrón profesional, confiado el desgraciado en que en mí tenía una caja de caudales sin fondo ni medida, pero ignorante de que mi capital era apenas de dos mil pesos, ya para entonces mermado, y que no iba a ser eterno; tanto así fue, que una vez llegados a su fin mis últimos chavos, préstamo tras préstamo que le iba dando, todos pasábamos a nivelarnos en la más oscura de las desgracias.

Pero de pronto la historia dio un giro sorpresivo a favor del pinche gringo hijo de su santa madre, porque una mañana se apareció en el hotelucho de Dallas con trescientos dólares en el bolsillo y los tiquetes de tren para Nueva York, incluido el mío, y me pagó además toda la deuda. Según su historia, su hermano había respondido por fin enviando un giro por Western Union; pero luego me enteré, por su propia confesión, que le había caído la suerte en el póquer, para eso me había pedido prestados la última noche veinte dólares que yo no le negué. Entre otras cosas, me gustaba por fantasioso, todo lo componía con mentiras a cual más encumbradas cada una; y me divertía también su manera de vestirse, con camisas de seda brillante que llevaba por fuera, como si fueran camisones de dormir porque no era alto de estatura, camisas estampadas con palmeras, tumbadoras y maracas, que se ponía por mucho frío que pelara, como si siempre quisiera sentirse tropical.

Sobre mi mentido contrato para cantar en Dallas nadie volvió a preguntarme nada, y nos fuimos a Nueva York en coche Pullman, a todo meter, boletos de lujo porque además de disipado y fantasioso el gringo era loco tarugo. Los tres íbamos felices, y él se gastaba lo que le quedaba de los trescientos dólares en litros de whisky y de champaña y canastas de fiambres y quesos que se bajaba a comprar en los estanquillos de las estaciones, y, según sus reportes, también aprovechaba para despachar telegramas a sus amigos de Nueva York, asegurando los contactos claves para los triunfos futuros de los libros de Amanda; y yo, aunque no podía evitar que el gringo me contagiara con la enfermedad de su euforia, seguía preguntándome si Amanda de verdad se tragaba todo aquello o es que no tenía más remedio que poner buena cara, según el mal tiempo que reinaba.

Por mi propio futuro no me preocupaba, aunque te parezca extraño, no me desvelaba pensar qué pasaría cuando me quedara otra vez sin blanca. Viendo para atrás, se me hace que en la mera juventud una imagina que el futuro no es más que una bonita caja de sorpresas, todas amables, todas sonrientes, una caja en la que vas metiendo la mano a tu gusto, con ansiedad confiada, dejándola ir con una punzada de gozo, en la espera de sacar nada más números premiados.

Hasta que la víbora que está escondida en la caja de las sorpresas te muerde la mano inocente, y sobrevienen males que según tus cuentas alegres no existen porque así lo has decretado tú misma. Empezó Amanda con malestares antes de llegar a Chicago, donde debíamos cambiar de tren para seguir a Nueva York, y la felicidad comenzó a decirnos adiós. Nos amolamos. Se levantaba a cada momento para ir al baño a vomitar, y se iba poniendo de un mal color, la cara lánguida y verdosa. Sus calamidades no tenían nada que ver con la bebida, porque bebía poco, apenas probaba el champaña, y al principio quisimos hacérselo broma preguntándole si no estaría embarazada, pero sobraban las bromas porque cada vez se ponía peor, y se quejaba de ahogos, como si le faltaran fuerzas al corazón.

Yo propuse que nos quedáramos al menos un día en Chicago para que la viera un médico, pero el gringo insistió en que mejor pondría un telegrama a su compañero de *high school,* el director médico del hospital Presbiteriano de Nueva York, para que nos estuviera aguardando una ambulancia en la mera estación Grand Central. A esas alturas, en tanto el tren se acercaba a los arrabales de Chicago mientras iba cayendo la noche, ya sus fantasías no me daban gozo sino miedo.

Miedo, te digo. La plena noche, la confusión y el hormiguero de gente en la estación, los silbatos de trenes que partían hacia lugares desconocidos, el estado de Amanda que no podía sostenerse sola, envuelta en una cobija porque tiritaba de frío, y la terquedad del gringo de que siguiéramos viaje. Llegamos a la plataforma del tren de Nueva York faltando quince minutos para la partida, y De Palma dijo que iría a poner el telegrama, y de paso a comprar bromuro y pastillas para el mareo; y como sus trescientos dólares se habían acabado me pidió plata y yo le di cinco dólares, si no me acuerdo mal. Desapareció entre el gentío, y hasta ahora lo estoy esperando.

Sonó el pitazo final, y no tuvimos más remedio que subir al vagón las dos solas para seguir el viaje. No te puedes imaginar mi angustia perra, viajando hacia una ciudad desconocida, sin saber inglés, ya con poca plata en el bolsillo, y a cargo de una enferma a la que yo veía cada vez peor, como que se me podía morir en el camino.

¿Qué le había pasado a De Palma? Se acojonó, qué otra cosa. Mientras Amanda no empeoró, su cálculo fue que podía seguir mintiendo a mansalva, improvisando soluciones, contando más mentiras, echando cada vez una nueva mano de póquer. Pero ahora vio que no podía dominar la situación, y que al llegar con una enferma a Nueva York todas sus fantasías quedaban en evidencia. No digo que no conociera a nadie, si traficaba en cuadros alguna relación debió tener; pero ninguna suficiente para abrirle las puertas de un hospital, ya sabes lo que cuestan los hospitales allá. Y peor que todo eso, tuvo miedo de que Amanda se muriera. Huyó de la muerte de Amanda. No porque no estuviera enamorado de ella, a lo mejor lo estaba, pero a veces le puede más la cobardía que el amor. Lo peor que hay es el alma de un cobarde.

Me quedaban treinta y cinco dólares con centavos, y ella llevaba en su cartera quizás veinte, según se la revisé. Hice las cuentas antes de que el tren entrara en la estación Grand Central. Ajustaba para meternos por lo menos dos días en un hotel mientras veíamos qué hacíamos. Un taxista puertorriqueño nos llevó por su propia recomendación al hotel Hudson, en la cercanía de los muelles, y una vez instaladas en el mismo cuarto la metí en la cama y la arropé, siempre quejándose de frío. Apenas entró la noche empezó a delirar a causa de la fiebre, y ya podrás acatar que el tema de sus delirios era su hijo. Lo llamaba a voces: ¡Claudio! ¡Claudio!, le advertía que no corriera junto a la alberca porque podía tropezarse y caer al agua, le pedía que se acercara para amarrarle los zapatos.

Mira tú, que de pretendiente me convertí en enfermera, y luego en amanuense suya. Cuando despertó ya cerca del mediodía, empapada en sudor porque le había bajado la fiebre, me dijo que quería hacer su testamento. Yo lo tomé a broma pero ella insistió con mucha firmeza, que por favor copiara lo que iba a dictarme, y yo saqué entonces unas hojas de papel con membrete del hotel que había en una gaveta del escritorio, y me dispuse a hacerle caso. Fue un testamento breve, porque bienes de fortuna no poseía, y lo único que podía heredar eran los derechos de autor sobre sus libros, mas hazte cuenta que no había publicado en su vida más que uno. Y su voluntad era que los derechos sobre ese libro le quedaran al niño Claudio Zamora Solano, mientras tanto yo era nombrada depositaria del testamento, que quedó bastante chueco, no vayas a imaginar que estaba escrito de esa manera florida con que escriben los notarios. Era más bien como una carta dirigida a su hijo, sólo que de mi puño y letra.

Y antes de firmar la hoja, al ver que era tan poca cosa lo que podía dejar a su hijo, un íngrimo libro, se perdió en reflexiones. ¿Dónde estaban todos sus originales? ¿Sus borradores de novelas, dónde habían ido a parar? Los había dejado botados en los distintos lugares donde había vivido, los había regalado a sus amantes como ofrendas, a amigos en recompensa de favores recibidos. ¿Los habrían apreciado, los guardarían, o se habrían deshecho de ellos? Era patético, te lo digo, patético y triste ver a aquella mujer que había dictado su testamento a una edad en la que nadie tiene por qué morirse, salvo que te haya agarrado de su cuenta la Catrina y ya no quiera soltarte, y que luego hacía balance de su vida perdida, de sus libros desaparecidos.

Una vez que puso su firma en el testamento se sintió tranquila y con la cabeza despejada para que decidiéramos qué hacer, y fue enviar un telegrama a Ninfa

Santos, una amiga suya de colegio que estaba de diplomática en la embajada de Costa Rica en Washington, exponiéndole con claridad el problema, a ver qué decía entonces la amiga. Mira que llamarse Ninfa... A mí debieron haberme puesto Lesbia.

Por dichas Ninfa respondió de inmediato con otro telegrama diciendo que Amanda se fuera inmediatamente a Washington, que le ofrecía hospedaje en su apartamento, y que buscaría asistencia médica una vez que se encontrara allá. Teníamos para pagar el hotel pero no para el viaje, y por eso dejé en una casa de empeño de la calle 42 mi guitarra querida, la misma que había comprado en el Zócalo a mi llegada a México con las águilas de plata del rey de la baraja, sin esperanza de nunca recuperarla, y con lo que me dieron por ella compré los pasajes de tren.

La dificultad estaba en que yo no alcanzaba en el cuadro porque Amanda no había hablado palabra de mí en el telegrama, y eso fue la causa de dificultades con la gente de la colonia costarricense en Washington. Porque conocían quién era yo, y conocían la fama que me acompañaba. Ya sabes, mi aureola maldita.

Empezaron a murmurar desde la estación, porque vinieron varias personas de la colonia acompañando a Ninfa a manera de comité de recibimiento, y el gran susto de todos ellos fue verme aparecer, de guaraches y pantalones, sosteniendo a Amanda para que pudiera bajar del tren. Y aunque tenían que dedicarse a ella, que llegaba moribunda, no me quitaron el ojo. ¿Qué hacía yo allí? ¿De dónde había aparecido? Y mi hospedaje. Cuando Ninfa dio a entender que sólo tenía un cuarto disponible en su apartamento, Amanda, que por su falta de malicia no había notado nada de aquella tensión, dijo de manera muy natural que bien cabíamos juntas, lo que su amiga no tuvo más que acatar.

Era una mujer cortés esa Ninfa, reservada pero cortés, no se puede negar, y si por causa mía tuvo alguna explicación con Amanda en algún momento, yo no me di cuenta. Bonita pero echada en carnes, ya tenía un asomo de papada, y era una entusiasta de las permanentes caseras para el pelo, que ahora estaban de moda, y por eso su apartamento olía a la chamusquina de las sustancias químicas de patente que se usaban para el rizado. El apartamento, que quedaba en una calle vecina al cementerio de Arlington, era pequeño, y para tres personas aquel huevo se volvía incómodo, pero no por eso Ninfa me hizo sentir que yo estorbara, y cuando Amanda fue trasladada al hospital, cosa que ocurrió a los pocos días, nos quedamos conviviendo ambas sin desprecios de su parte.

Ya sabrás la historia de que se trataba de un hospital de beneficencia pública, donde iban los menesterosos, los inmigrantes y los desempleados. Se llamaba el Mercy Hospital y era administrado por misioneras claretianas. Había un médico costarricense, el doctor Oconitrillo, que trabajaba allí, y él consiguió la admisión de Amanda. La operó un doctor italiano, al que recuerdo envuelto en humo porque no dejaba el cigarrillo Lucky Strike ni para auscultar a un paciente. Su diagnóstico fue que era necesario sacarle el bazo porque de allí venían todos sus problemas, el mareo, los vómitos, la debilidad constante. ¿Castaldi se llamaba el doctor italiano? ¿Carlo Castaldi? No es difícil que cotejes ese dato, Ninfa Santos debe acordarse, si es que no se ha muerto, y de paso te fijas si siempre se hace la permanente.

Amanda entró en coma después de la operación, y la mantuvieron metida dentro de una tienda de oxígeno, conectada a unos tubos por la nariz, otro tubo por donde drenaba la herida, agujas para alimentarla con suero clavadas en las manos, y el médico italiano que la había operado veía la situación muy amolada, con pocas esperanzas. Y mi pregunta era: si Amanda se muere, ¿qué hago? ¿Cómo chingados me vuelvo a México? Pensar que la colonia costarricense iba a hacer una colecta para repatriarme a mí, la tortillera, era una broma. Te hablo de colecta porque hicieron una para comprar el ataúd de Amanda.

Supe que una noche había llegado el capellán del hospital a darle la extremaunción porque Ninfa lo comentó conmigo, pero no conozco las circunstancias. No sé si la misma Amanda pidió que le llevaran al cura en un momento de lucidez, o acaso es que las monjas tenían por ley darle los santos óleos a todos los moribundos. Nunca hablé de religión con ella, y no sé si fue creyente o no, aunque no sería la primera descreída que busca el auxilio de la religión cuando ve la hora llegada, pues es entonces cuando los más recios y valentones flaquean. Si me lo preguntas a mí, yo no voy a pedir ningún cura, lejos de mí las sotanas. Ya tengo mi perro pelón que sé adónde va a llevarme, qué caray.

Y sobrevivió, era dura de pelar la condenada, a pesar de todo. Te estoy hablando del año 1949, lo que quiere decir que aún le faltaban siete años para rendir el rey. No estaba en la raya todavía, aunque parecía un verdadero cadáver cuando se levantó de la cama del hospital, y en aquel camisón de manta lo parecía más, un costal de puros huesos que pedían misericordia. Y apenas estuvo de regreso en el apartamento no quiso perder más el tiempo, y así enclenque y temblona como había quedado, se puso a escribir una novela que andaba en la cabeza desde que empezamos el viaje en tren, usando una máquina que Ninfa trajo prestada de la embajada. Era la historia de una niña violada por su padrastro, y que entra en conflicto con la madre cuando la madre se pone contra ella y toma el partido del violador. Su propia historia, por lo que ves.

Fue camino a Laredo cuando se la oí contar, eso del cerdo aceitoso con olor a rancio que le desgarró el himen con los dedos, aquella caseta del baño adonde no quería volver a entrar y mejor pasaba días sin bañarse, y la cara de vinagre de la madre que nunca quiso creerle una palabra. Todo eso es parte de la novela que traigo adentro, que es la novela de mi propia vida, me decía, mientras atravesábamos el desierto ya llegando la noche y el bendito De Palma dormía la cruda con la boca abierta, entre estertores de ronquidos, como que allí mismo fuera a rendir el ánima.

No sé si avanzó con esa novela, si la terminó, o sólo quedan las páginas que escribió convaleciente en Washington, en ese apartamento de Ninfa desde donde se divisaban las infinitas hileras de losas del cementerio de Arlington. La verdad, nunca leí nada escrito por Amanda, ni siquiera la única novela que publicó, la que ganó el premio en Guatemala. En México ese libro jamás se conoció. Si preguntas hoy día en una librería del Distrito Federal por Amanda Solano, te dirán que no tienen nada de ella, porque la verdad es que nada de ella existe. Te dirán: ¿quién es Amanda Solano? Yo sé que en Costa Rica han vuelto a editar esa novela de Guatemala, y los cuentos que dejó, con prólogo de la fea, no podía faltar la pobre fea. Pero no se me ocurrió buscar esos libros en Costa Rica las veces que fui por allá de visita. Nunca fui buena lectora, aunque leí a Juan Rulfo, que fue mi cuate, un cuate cabal que tenía el licor triste, leí a Carlos Fuentes, que también fue mi cuate, leí a Monsiváis porque lo adoro. Tal vez fue una injusticia mía no leer nunca a Amanda, si fue parte de mi vida. Lo fue, aunque yo no haya sido parte de la suya, ni modo.

Además, la Amanda que yo conocí, a la que yo deseé sin fortuna, no era la escritora. Era una diosa, que es mucho más que escritora. ¿Quién la recuerda como escritora? Una lista de gente que encabeza la fea. Yo la recuerdo como diosa, y me recuerdo rendida a sus pies. Y mira nomás: fue mi diosa, cubrió mi cielo entero, reinó en mis abismos, y como escritora es nada más una escritora de Costa Rica que no tuvo suerte en el mundo universal de las letras. A ella y a Edith se las tragó la provincia aunque hayan roto con la provincia, igual que rompí yo. Pero yo rompí de verdad, y por eso no me toleran. A ellas las celebran, volvieron a adoptarlas. Las han perdonado. Publican los libros de Amanda, también publican los de Edith, ahora que después de muertas ya se volvieron inofensivas. Pero yo quiero seguir dándoles guerra aun desde mi tumba, a mí que no me vengan a amolar con perdones y que mejor vayan y chinguen a su madre.

¿Que ponen mis canciones en las radios de San José? Es cosa de ellos, no tienen más remedio, de todas maneras no pueden tapar el sol con un dedo. Pero aun así no me toleran, y nada quiero saber de Costa Rica, ponlo así merito como te lo estoy diciendo. Coyones. A pesar de que no me quieren, que nunca me han querido, compré una vez un terreno en playa Tambor, en el golfo de Nicoya, para construirme una casa junto al mar, porque hasta los perros buscan su querencia aunque les den de palos. Y a palos me trataron cuando se negaron a abrirme las puertas del Teatro Nacional. ¿Por qué al fin no construí esa casa? Vaya Dios a saber, sería que al fin no me conformé con las soledades de aquel paraje, sin alma nacida en los alrededores, y temí que me espantara el sueño el ruido del oleaje, ahora que sin los tormentos del tequila duermo como una niña inocente en su cuna. ¿Y para qué buscarle tantas explicaciones, de todos modos? Es porque toda esa tierra mía, sea playa o sea montaña, es una tierra maldita donde se mueren sin remedios mis afectos.

Como Costa Rica me vale madres, cuando muera lo que quiero que digan es que siempre fui mexicana, a ver en qué parte de la tierra azteca inventan que nací, porque ya se corren rumores de que soy de Veracruz, otros dicen que vi la luz en Sinaloa, otros que en Sonora.

Es por causa de que México fue mi único hogar, todos quieren adoptarme. Canté música mexicana, y siempre seré mexicana, aunque también dicen que no nací en Santa Bárbara de Heredia, sino en La Cruz de Guanacaste, hija de un matrimonio de nicaragüenses que llegó huyendo de una de las tantas guerras civiles que ha habido en tu tierra. De entre todas esas leyendas, es la que más me cuadra, no te infles.

Pero es hora de atracar la barca, que otra vez vamos a la deriva. La colecta que hicieron en Washington para comprar el ataúd de Amanda sirvió para pagarme el pasaje de regreso a México en tren, quién iba a decírselo. No tenían más remedio, porque, si no, me convertía en un estorbo para ellos, y en una vergüenza permanente. Amanda no podía aguantar un viaje de esa clase, y escribieron una carta con muchas firmas a Pepe Figueres, que estaba de presidente de la Junta de Gobierno revolucionaria, pidiendo que la repatriaran por avión. Figueres envió el pasaje, y ella regresó a Costa Rica.

Al año siguiente volvió a México pero la perdí de vista porque me fui de nuevo a Veracruz y a Acapulco a cumplir compromisos. Fue un año muy ocupado para mí, y el siguiente también. Conservé el testamento por un tiempo, pero luego no volví a darle importancia, y se extravió.

Retornó varias veces. Se iba a Guatemala, regresaba a Costa Rica, y de vuelta a México. Seguía siendo un alma sin quietud. Seguía huyendo, seguía fugándose. Seguía buscando lo que nunca encontraba. Y por fin volvimos a vernos, poco antes de la muerte de Frida. Estamos hablando de 1954. Había una manifestación callejera que empezó en la plaza de Santo Domingo, allí donde se instalan los evangelistas con sus máquinas de escribir bajo los portales, en protesta por el derrocamiento del coronel Jacobo Arbenz en Guatemala, obra de los gringos por causa de un pleito de tierras del gobierno con la

United Fruit, no sé qué. Allí iba Frida en silla de ruedas, que ya no podía caminar porque le habían cortado una pierna para detener la gangrena; bajaron la silla de ruedas de un camioncito de red, y Diego trajo en brazos a Frida, la sentó en la silla, luego se colocó atrás para empujarla, y les abrieron paso hasta la cabeza de la manifestación.

Por qué iba yo en esa manifestación, algo que de seguro debe extrañarte, ya te lo explico. Acompañaba a Edith. Acabábamos de encontrarnos de nuevo y me invitó. Se hallaba residiendo en Guatemala a la hora del derrocamiento, y escribía en los periódicos de allá a favor de Arbenz. Entonces, el nuevo gobierno de los militares la expulsó, la pusieron en la frontera y logró llegar a Tapachula. Ya en la ciudad de México la entrevistaron en el *Excélsior* sobre los acontecimientos, daban la dirección de la pensión donde estaba, y fui a buscarla.

A mí, ya sabes de sobra, siempre me dejó fría la política, y peor si me hablaban de la política comunista, pero Edith me dijo que en la manifestación estaría Frida y estaría Diego, a los que tenía mucho tiempo sin ver. Y que también estaría Amanda, que de nuevo acababa de regresar de Costa Rica. Había allí un chingo de gente, los gritos y las pancartas eran contra el presidente Eisenhower, contra la CIA, y contra los hermanos Dulles, que eran mandamases en el gobierno gringo, y quemaron en la calle unos monigotes llenos de cohetes que los representaban a ellos dos, vestidos de diablos gemelos.

Frida y Diego. Parece mentira, pero aquella muñeca rota en silla de ruedas, y aquel viejo sapo que empujaba la silla eran unos reyes sin corona a los que todo el mundo rendía reverencia, y ahora no era tan fácil acercarse a ellos porque había una especie de anillo invisible que los custodiaba. Nadie te lo impedía, pero no podías atravesar esa barrera. Más que reyes, dioses del Olimpo. Daban la impresión de que habían bajado de los cielos para cumplir con aquella función terrenal de po-

nerse a la cabeza de la protesta, como si no fueran de
este mundo.

Una bola de años desde que Edith y yo habíamos
sido huéspedes de la Casa Azul, y ahora era como si todas
las intimidades de antaño hubieran muerto y ellos dos ya
vivieran en el trono de nubes de su posteridad. La Frida a
la que yo conocí, a la que amé, había sido una Frida de
carne y hueso, tan cariñosa, tan consentidora conmigo,
y Diego tan payaso en sus cosas, siempre haciéndonos
reír. Yo sí seguía siendo de este mundo, ellos ya no.

De modo que no intenté acercarme a ellos esa vez
en la calle, para qué. Lo pasado, pasado. Ya luego, cuando pusieron el cadáver de Frida en capilla ardiente en el
Palacio de Bellas Artes, hice fila como cualquier otro
mortal para pasar ante su ataúd que habían cubierto con
la bandera del Partido Comunista, seguramente por decisión de Diego, siempre tan caprichoso y extravagante,
algo horrible para mi gusto. Y él estaba allí, al lado del
féretro, entre aquella multitud de flores y coronas, sudando su gordura bajo los focos eléctricos, pero igual,
rodeado de su aureola de hierro, y yo pasé a su lado como
que no nos hubiéramos visto nunca en la vida. Lo mismo Edith, que fue conmigo a Bellas Artes. Su viejo
amante presidía el funeral, mi Frida yacía en su féretro, y
nosotras éramos pinche parte del público doliente que
hacía cola. ¿Qué remedio? Yo debía esperar por mi propia gloria, pero todavía tenía un mar de tequila de por
medio que atravesar.

Si lo del viaje en tren con el gringo De Palma y
todo eso, y la operación que le hicieron a Amanda en
Washington fue en 1949, entonces habían pasado cinco
años sin vernos las caras ni escribirnos, haz de cuenta que
nos hubiéramos vuelto dos extrañas. Y no es que nos sa-
ludáramos como dos extrañas cuando nos encontramos
esa vez en la calle en medio del tumulto de manifestantes, pero tampoco fue asunto de grandes efusiones.

No es que ella se portara distante conmigo. Creo que se había vuelto distante con el mundo, como si tuviera ya un desapego ante la vida que la había tratado de manera tan cruel, y esa crueldad sufrida se le veía en las facciones. Pero si a alguien había derrotado ella en medio de todas sus derrotas, aunque tal vez ni lo supiera, era a mí. Mi retrato, el retrato de mis sentimientos, estaba en esa canción de Cuco Sánchez que tuve siempre en mi repertorio, y que se llama «Fallaste corazón»:

> *Adónde está el orgullo*
> *adónde está el coraje*
> *por qué hoy que estás vencido*
> *mendigas caridad...*

Una sombra de sí misma, pero eso fue lo que pensé al verla, que había derrotado mi orgullo. Yo era como uno de esos machos mexicanos que no admiten el rechazo, que no pueden vivir con la derrota en el alma. Un macho femenino, si quieres. Porque ya te dije que nunca dejé de ser mujer con las mujeres que encontré en el camino de la vida.

Enferma, pobre, y desgraciada, porque seguía con el hijo de sus entrañas metido en la cabeza. Mientras las tres caminábamos hacia la 5 de Mayo, pues nos salimos de la manifestación antes de que nos cayera el aguacero que se venía, no se le ocurrió preguntarle a Edith sobre los peligros que había corrido en Guatemala en manos de los agentes secretos que llegaron a sacarla de su casa para llevarla vendada a la frontera, sino que insistía en que le diera noticias del hijo, del que Edith no sabía nada. Le dio la lata todo el camino, hasta que nos separamos en la Alameda. Dime si no era una obsesión. Para entonces ese niño debía tener ya doce años.

Edith consiguió paga otra vez en los periódicos y en las revistas por sus artículos, y pudo alquilar el apartamento de Río Neva, adonde se llevó a vivir a Amanda. Calculo que eso debió haber sido a principios de 1955, y hubo temporadas en que se quedó viviendo sola allí, porque Edith se ausentaba en viajes a Guatemala, después que la habían expulsado. Quién la entendía.

Fue entonces cuando empezó en ella ese cambio que le duró hasta la muerte, ya te lo he explicado. Todo lo que antes veía color de rosa en el comunismo internacional empezó a parecerle repulsivo. Atacaba en sus artículos de la prensa mexicana a Stalin, que estaba recién muerto, al que llamaba el más grande genocida de la historia, y también atacaba a Malenkov, que ahora tenía el mando en el Kremlin, y según ella había mandado a envenenar a Stalin, y atacaba a no sé cuántos rusos más, no me preguntes por semejantes nombres que me traban la lengua. Pero también atacaba ahora al coronel Arbenz, que vivía exiliado en Suiza, al que llamaba marioneta de los comunistas. Y entonces fue invitada a Guatemala para entrevistar al coronel Castillo Armas, el nuevo presidente militar, y los mismos que la habían expulsado le pusieron alfombra roja en el aeropuerto.

Se quedó varias semanas esa primera vez, y fue cuando Castillo Armas se enamoró de ella como un atolondrado. ¿Tú has visto fotos de Castillo Armas? Es igual a Charles Chaplin en la película de *El gran dictador,* con el bigotito cómico que parece una mosca posada debajo de su nariz. Le quemaba incienso y mirra a Edith, le pagaba una suite, le puso escolta, le puso coche oficial, le dio credenciales para que tuviera libre acceso al Palacio Nacional, y hasta le propuso matrimonio, si de verdad o de mentira, no lo sé, porque era casado; pero Edith me decía, entre risas maliciosas, ya las dos subidas al andamio después del quinto tequila, que había estado al borde de convertirse en primera dama de Guatemala.

Al poco tiempo mataron al coronel Castillo Armas en sus habitaciones privadas del Palacio Nacional.

Una noche un soldado de la guardia de honor, luego de presentarle armas, le metió un balazo por la espalda. Edith se hallaba en Guatemala cuando el suceso, y escribió un artículo furibundo diciendo que era un complot comunista, cuando más bien parece que quien mandó a asesinarlo fue el generalísimo Trujillo, sepa Dios por qué, porque Trujillo era un dictador de la misma partida macabra, y el más macabro de todos. Edith se había despedido de Castillo Armas en su despacho poco antes, después de hacerle una de tantas entrevistas de propaganda, que ya sería la última; la invitó a cenar pero ella tenía el compromiso de otra cena en no sé qué embajada, y fue cuando el coronel iba camino del comedor que lo balearon. Edith recordaba con horror que pudo haber sido testigo única del crimen, o que bien pudieron haberla matado también. Ese asesinato ocurrió en 1957, cuando ya había muerto Amanda.

Volviendo a Amanda, recuerdo que intervine para que se le cumpliera su ilusión de llegar a ser artista de cine. Era un tema que nunca se le apartó de la cabeza. En el mundo escénico, yo había llegado a conocer a Julio Bracho cuando dirigía el teatro de los Trabajadores, y me propuso hacer el papel de una soldadera que cantaba, en una obra escrita por Emilio Abreu. Me enfermé de la garganta y ya no se pudo, pero conservé esa amistad con Julio, que luego se hizo director de cine muy afamado. Venía al Tenampa, se sentaba a la mesa de los que éramos permanentes allí, y también le llegó a tomar cariño a José Alfredo y a Álvaro.

A finales de 1954, Julio se estaba preparando para filmar *Llévame en tus brazos,* y había unos papeles femeninos que todavía no había llenado, por lo que le mencioné a Amanda; él tuvo dudas, porque no se trataba de una actriz profesional, pero yo se la describí y alabé sin recato su belleza y su talento, y entonces aceptó que hiciera unas pruebas fotográficas en los estudios Churubusco.

Quedaron las fotos, una sesión que duró una mañana entera, pero lo del papel no resultó en nada. Necesitaban a una mujer más joven, y Julio dijo que la tomaría en cuenta para una próxima vez que hubiera un papel que se adaptara más a su figura, con lo que Amanda acabó desilusionada y perdió interés para siempre en ese asunto del cine. Además, la salud la seguía traicionando. Fue entonces cuando le propuse que nos hiciéramos socias en el negocio de una tienda de modas, una manera de ayudarla en sus penurias.

Yo fui lo que se llama la socia capitalista, y ella la socia industrial, asunto de escritura ante un notario, y todo lo demás. Mis contratos en Acapulco y en Veracruz se repetían todos los años, tenía mi chamba en los centros nocturnos de la ciudad de México, y contaba por lo tanto con unos ciertos ahorros. Además, no era nueva en ese asunto, porque muy al principio había trabajado como dependienta en una tienda de ropa para niños en la calle Honduras, cuando buscaba cómo no perecer, tiempos en que también le hice de mesera en un restaurante chino de la calle Tacuba, y hasta de chofer de la amante de un comerciante polaco importador de las llantas Firestone; le tenía casa puesta en la colonia Polanco, que entonces estaba recién inaugurada, y yo le cargaba las compras cuando salía de tiendas, tan maquillada que no podía mover ni las cejas, menos estornudar. Una mujer al volante de un auto privado no era común, y tampoco es común ahora, pero yo, ya acostumbrada a los pantalones, tampoco rechazaba el quepis. Mi empleo se fue al diablo cuando el viejo polaco sospechó que la mujer andaba en tratos conmigo, lo cual no era cierto. Por primera vez no era cierto. Ella se enamoró de mí, pero yo no.

Abrimos la tienda en la calle Ámsterdam de la colonia La Condesa, cerca del parque México. Se llamaba El Chic de París. Amanda diseñaba los vestidos, y se encargaba también del corte y confección. Era muy hábil.

Estudiaba los figurines y sacaba variantes novedosas, y dibujaba y cortaba los patrones, con exquisito gusto para escoger las telas. Tuvimos éxito, la clientela fue creciendo en calidad, y venían señoras con sus hijas desde la colonia Nápoles y desde la colonia Roma. No era un gran negocio, no creas, pero había ganancias y ella estaba contenta. Y pues yo también, que no se diga que no.

A veces le daba la alta noche cortando patrones y cosiendo, pero llegamos a tener dos costureras que le aliviaban el trabajo. Mientras tanto yo daba una vuelta por la tienda de vez en cuando por las tardes. De noche nadie me conseguía, salvo que me buscaran en La Barca de Oro, donde entonces tenía un contrato, o más tarde en el Tenampa, con mis cuates.

Para ese tiempo me sobraban las mujeres, como siempre en mi vida, y como siempre era yo quien escogía, mira si no que a la amante del polaco comerciante de llantas la había rechazado con todos los diamantes que me ofrecía, a pesar de que no tenía entonces petate en que caerme muerta. Y con Amanda no tenía ningún problema sentimental a estas alturas, porque ya no la pretendía más. Nuestras vidas iban por cauces separados, la había hecho mi socia, y teníamos una relación tranquila en el negocio.

Pero en el fondo del fondo del alma sentía una cosa fea ya muy vieja con ella, vieja pero allí estaba, un sentimiento que tampoco era de frustración por su rechazo, porque la verdad nunca me rechazó. No hubo mujer que me rechazara. Pasa que yo no le abrí mis sentimientos para que se asomara y viera el color que tenían, eso es todo, ya te dije que me comporté como una colegiala, y a lo mejor es que tuve miedo de ese rechazo, algo que no me atrevo a confesarme a mí misma aún hoy día. Pero tal vez sí, fue miedo al rechazo, por allí va andando la procesión. Puritito miedo. Me acojonó, la cabrona. Nunca supe si sí o no. ¿Cómo podía entonces culparla?

Sin embargo, la culpaba. Y como tú andas chismeando, ya debes saber el episodio de las tijeras, así que mejor te cuento cómo ocurrió.

Fue un lunes. Había pasado tomando con los cuates desde el sábado al mediodía; nos amaneció el domingo y también el lunes, un rosario de cantinas de las que habíamos perdido la cuenta, y también la cuenta de todos los que nos habían acompañado en las diferentes estaciones, porque unos se subían al tren de la parranda y otros se bajaban. Ni José Alfredo, ni Álvaro ni yo nos acordábamos de ninguna de esas caras cuando nos despedimos en el mercado de La Merced después de terminar la ronda de tres días con un caldo de sangre de puerco.

Tocaba irme a dormir por fin pero tenía los sentidos encandilados, y sabía que no podría pegar los ojos. Entonces tomé un camión y me fui a La Condesa como si me guiara la mano del diablo, otra vez subida al tobogán de la borrachera, porque el caldo de sangre de puerco lo bajamos con pulque, no te digo más.

Tal vez serían las once de la mañana. Ya estaba Amanda allí trabajando en la mesa de cortar de la trastienda, y estaban las dos costureras en las máquinas. Ella me dijo algo al verme entrar, creo que me habló de unas cuentas, de un depósito en el banco, y yo le contesté con una grosería. Un sarcasmo altanero, alguna pesadez. Y ella se sonrió, como desvalida, lo que me dio más coraje. Era como si el diablo mismo, que me llevaba de la mano, se afanara en soplar el fuelle para atizar el fuego de la sinrazón que me devoraba.

Debió verse de lejos el estado en que llegaba, sin ducharme, sin cambiarme de ropa. Y también debió olerse de lejos el tufo a licor después de tres días de farra. Además, diablo o no diablo de por medio, una borracha es una borracha, insensata, incoherente, necia, agresiva, si no lo sabré yo. Pendenciera. Después de años sin tomar lo veo absurdo, pero en aquel tiempo la borrachera

era como mi propia piel. Y una misma se cae en gracia, así sea que te orines en los calzones, vomites la bilis en la banqueta de la calle, le des una bofetada al amigo más querido, o llores en brazos del más desconocido de los seres mortales. Lo único que te parece es que los demás se están perdiendo de la juerga, y que se están perdiendo de la vida. Pero no quiero ponerme a predicar porque no pertenezco a los Alcohólicos Anónimos, que todos no son más que una partida de pobres mensos.

Ya te dije, lo que me solivianó el ánimo en aquel momento fue su indefensión, su sonrisa bobalicona de víctima profesional. Verla en la gloria de su fracaso, con la cinta de medir al cuello, el cabello cubierto con un paliacate, como una costurera cualquiera, después de haber aspirado a escalar tan pero tan alto. Escritora famosa, artista de cine, celebridad social, y ahora consumía lo que le quedaba de belleza en un taller de modas. Y en determinado momento, en la nublazón de la borrachera, quise destruir todo eso, destruir su fracaso acabando con lo que denunciaba ese fracaso, aquel taller de modas, los vestidos que cosía para que otras se los pusieran. Dejarla en cero para que comenzara de cero a tratar de ser otra vez lo que ella había querido. ¿Tiene lógica? No le puedes pedir lógica a un ebrio que en el fondo lo que está es comido por el rencor, viejo y todo el rencor, pero rencor al fin y al cabo.

Acúsame de cabrona si quieres, pero cuando tomé el camión para ir a La Condesa ya llevaba una mala determinación, mal dibujada, pero una mala determinación. No iba simplemente a visitarla a la tienda. Entre irme a dormir y el viaje a la tienda, escogí lo último, y todo cogió cuerpo cuando vi las tijeras de cortar sobre la mesa. *Venganza* no es la palabra. Aunque si piensas en rencor, *venganza* es una palabra hermana del rencor, o su hijastra. Pero pon tú la palabra que quieras. Sólo no olvides que me empujaba el soplo del diablo que me armó la mano con las tijeras y me hizo sentir aquella furia que en mis cuentas de borracha era a favor de ella, para rescatarla de su fracaso.

Y entonces, ya en poder de las tijeras, que eran tamañas tijeras, grandotas y pesadas, comencé a descolgar los vestidos de las perchas y a cortarlos muy despacito, con fruición, como si estuviera consumando una obra de arte, encargos de señoras que ya habían pagado adelantos por ellos, trajes sport, trajes de cóctel, trajes de noche. Me regodeaba en la maldad, puedes poner eso. Y con alevosía desvestí los dos maniquíes de la vitrina de la calle, y metí meticulosa la tijera a la ropa que tenían puesta. Cuando terminé con el estropicio, el suelo estaba lleno de trapos cortados de todos los colores, sedas, tafetanes, linos, chifones, y entre los trapos un reguero de perchas. Y los dos maniquíes desnudos me miraban con ojos de asombro.

Estaba destruyendo mi propia inversión, era mi dinero, puedes reprocharme ahora. ¿Y a mí qué me importaba? Mientras tuviera lana suficiente para comprar tequila en la botillería, pagar mi parte de la cuenta en las cantinas, y comer de vez en cuando, el mundo podía seguir girando y yo agradecida. Si de lana se tratara, me hubiera quedado de mantenida de una de esas señoras de Las Lomas, o como amante de la amante del polaco, la que vivía en Polanco.

¿Qué más quieres que te diga? Una vez destruidos los vestidos, el negocio se cerró, ya ni modo, y yo cargué con las pérdidas. Pero la que más perdía era ella, que se quedaba sin chamba, pobrecita criatura. Cuando me vio que agarraba las tijeras se vino detrás de mí, las costureras tras ella, y se mantuvo impávida, viendo cómo yo iba consumando con tanto esmero aquel destrozo de trapos cortados. No dio un solo grito, no dio un solo paso adelante para detenerme. Lo único que hacía era acariciarse el collar de imitación de perlas que llevaba al cuello, muy suavemente. ¿Te asombra que me acuerde de tanto detalle si estaba tan ebria? Pues mira que me acuerdo más. Me acuerdo que cuando yo había terminado con la ropa de los maniquíes, que fue lo último de mi obra, ella se quitó el paliacate que le envolvía el pelo, y sacudió la cabellera con gracia, diría que con desdén, sin mover un solo músculo de aquel rostro adorable. Y esa altivez me encabronó más porque lo vi como un desprecio, como que me enrostraba su superioridad, sus ínfulas de intelectual, su mierda de alcurnia. Todo eso decía su manera de sacudirse el cabello.

Se colocaba en un lugar aparte de mí donde no la podía alcanzar, y yo rabiaba por eso, porque no podía atravesar la pared que ella estaba interponiendo entre las dos. Una pared que siempre había estado allí, me daba cuenta. Estaba allí cuando corrimos juntas la aventura del viaje en tren, y aun cuando estuvo a punto de morirse en Washington, invisible la pared cabrona, pero allí estaba, y ahora la veía por primera vez alzarse entre nosotras, tan sólida, tan rotunda. La mosquita muerta me dejaba ver por fin la pared que siempre nos había separado y yo no podía hacer nada. Las tijeras que tenía en la mano no me servían para destruir esa pared como había hecho con los vestidos.

Las viejas en Costa Rica han inventado la leyenda de que quise agredirla con las tijeras, pero ésa es una falsedad. Nunca se me ocurrió atacarla. Porque de encabronada que estaba, pasé de pronto al acojonamiento, y me quedé trabada en una mezcolanza de sentimientos. Encabronada y acojonada al mismo tiempo, no sé cómo te explico eso. Y de pronto me sentí una intrusa, y más que eso, una delincuente, aunque se tratara de mi propio negocio. Y me dio pánico. Pánico de que llegara la policía y me llevaran a la delegación. Y entonces salí de allí, y empecé a caminar por las calles de La Condesa, y fue hasta que llegué a las arboledas del parque México que me di cuenta que tenía las tijeras en la mano.

Amanda dejó todo como estaba, me dijeron las costureras, nada más recogió su cartera y se fue, y ellas tampoco se atrevieron a tocar nada del estrago. Dieron conmigo al día siguiente, me entregaron las llaves, y les cancelé su mesada y sus prestaciones. Pagué el último mes de la renta, porque yo había firmado el contrato, y el casero me notificó que debía retirar lo que quedaba en el local, los exhibidores, los maniquíes, las dos máquinas de coser, los instrumentos de costura, unos retales de tela. Y los vestidos tijereteados que seguían en el piso.

Nunca la volví a ver, y si acaso me la vuelvo a encontrar será en la otra vida. Edith se apareció a los días en mi casa en plan de reclamo, a ver si me sacaba la lástima por la situación en que había quedado Amanda, pero a mí nunca me ha cuadrado poner cara de penitencia, y tuvimos un altercado fuerte, con lo que pensé que la amistad entre las dos también se acababa para siempre. Pero no fue así, porque volvimos a tratarnos, sobre todo después de la muerte de Amanda.

Cuando murió aquel domingo, no fue Edith la que me dio el aviso, sino Salomón. Estaba enterado del asunto de las tijeras, pero era un hombre generoso que creía que la muerte borraba todos los saldos rojos en las cuentas del pasado, y apareció en mi casa ya de noche, en un viejo Oldsmobile que había heredado de sus tiempos de grandeza al lado de su hermano Rogelio. Un auto negro, de altos estribos, como esos que se veían en las películas de gánsteres.

Ya no eran días venturosos. Ahora el gobierno de don Adolfo Ruiz Cortines no hacía favores a ninguno de los dos hermanos, más bien estaban inscritos de primeros en la lista negra porque Rogelio había humillado al presidente cuando era gobernador de Veracruz; como tenía las llaves del despacho presidencial le negaba la entrada la vez que podía, y lo llamaba a sus espaldas «Ruin Cortines». Se lo cobró caro a ambos, y aunque Salomón no había hecho más que recibir el reflejo dorado de su hermano, ahora no le daban trabajo en ninguna parte, ni como corrector de pruebas.

Te cuento todo esto para que veas que no era sencillo para Salomón conseguir el dinero para la compra de un ataúd, aunque fuera modesto, ni para pagar una sala de velatorio, aunque fuera de las más pequeñas. Pero lo hizo, de modo que no llegaba en plan de colecta. No sé con qué préstamos había maniobrado, pero de todos modos, si se hubiera tratado de colecta, conmigo no conseguía nada, ya te dije que todo me lo tragaba en tequila, y la pérdida del negocio de modas me había dejado más quebrada, como que yo misma me metí tijera.

Así que nos fuimos en su auto a la Funeraria Gayoso de Félix Cuevas, y entró Salomón a la oficina a cancelar los importes. Yo lo esperé en el vestíbulo. En la pizarra de felpa, entre otros nombres de muertos que se estaban velando al mismo tiempo, se hallaba puesto el de ella, con letras de esas móviles, y lo habían escrito mal. Decía «Amada Solano». Es una humillación última que ni siquiera escriban bien tu nombre cuando te mueres, aunque sea una letra la que falte, porque es como si te restregaran en la cara que a nadie le importa cómo te llames. Está bien, dijo Salomón cuando le hice notar el error de la pizarra, Amada le viene mejor, porque es lo que ella fue, una mujer amada. Eso me pareció una cursilería, pero no se lo dije.

Había en las otras salas ese barullo en sordina de las funerarias, el olor de las flores muertas, el tintineo de las tazas, y entre toda la concurrencia de luto que iba y venía por los pasillos caminamos hasta la sala donde se hallaba expuesta Amanda. Nada de coronas, y lo peor, nada de gente, porque en aquel momento ni siquiera Edith estaba presente.

Vacilé antes de acercarme al féretro. Quedaban cuentas que arreglar entre nosotras, por mucho que Salomón pensara lo contrario, y el saldo rojo estaba en mi contra. Era a mí a quien tocaba pedir perdón, ni modo, ella ya estaba muerta. Salomón se adelantó, y yo me puse detrás de él, como si hubiera necesidad de esperar turno para verla. Sentí su respiración cansada mientras musitaba una oración. Era un pagano, con sentimientos de fauno, pero era un fauno que rezaba, allí me di cuenta. Los focos eléctricos del catafalco ardían en la cara, creando un gran sofoco, y el calor despertaba el olor del barniz del ataúd.

Se persignó y se apartó, y yo no tuve más remedio que dar el paso adelante, como si lo diera hacia el vacío. Me asomé. La habían maquillado muy bien, con mucho arte. El tono del maquillaje era nacarado, y los labios estaban pintados de un rosa muy tenue. Aquel rostro iba a borrarse, empezaba a borrarse, pero alumbraba con sus últimos resplandores. Parecía una reina que se despedía. Toda penuria, toda miseria, el hambre y la enfermedad habían desaparecido de aquella cara. Le habían puesto una mantilla de encaje negro en la cabeza, no sé por qué se les habrá ocurrido eso de la mantilla, sería cosa de Edith. ¿Y sabes qué? Sentí miedo. No a los muertos ni a la muerte, sino a ella, que detrás del vidrio tenía la misma sonrisa de desdén que cuando me vio con las tijeras en la mano en el taller de modas. Una tenue sonrisa de desdén que otra vez parecía dirigida nada más a mí. Que me chingara.

Y yo al fin no le pedí perdón. Que se chingara ella. Además, Amanda no quería eso. Si se estaba riendo de aquella manera desdeñosa es porque no quería que le llegara a amargar la muerte con hipocresías. No iba a creerme, no tenía por qué creer en mi sinceridad. La última vez que me vio fue con unas tijeras en la mano, y ése fue el recuerdo mío que le quedó. A ver, Manuela, enseña las tijeras, no vayas a cortarme la mantilla, no vayas a desgarrar el forro de seda del cajón, merecía que me dijera. Entonces, ¿a qué pedir perdón si ella no lo quería? Con su sonrisa cabrona me lo estaba diciendo.

No sé tampoco cómo Salomón consiguió el lote en el cementerio, ni los permisos, que en México todo trámite de ésos es cuesta arriba. Sería con puras mordidas, pero el lunes al mediodía ya la estábamos enterrando en el Panteón Francés. Vino un cura del convento de los Carmelitas Descalzos, que está al lado, y dijo un responso. Era un cura jovencito, muy chulo de rostro, y al final del responso se le ocurrió enhebrar cuatro cosas vagas, de esas que dicen los curas cuando no conocen al difunto. Aún no habían hallado un hábito de su medida porque el que llevaba puesto le quedaba demasiado holgado.

Jamás volví a ese cementerio. Ni volveré nunca a ninguno. Tengo dispuesto que mis cenizas las avienten desde la cumbre del Tepozteco. Pero mira nomás, primero escriben mal su nombre en la pizarra de la funeraria, y luego no le ponen nombre ninguno a su tumba, apenas un número. Qué insistencia la del destino en dejarla en el anonimato.

A mí el anonimato es cosa que no me importaría, al fin y al cabo una va sola en ese viaje a Mictlán, salvo por el perro, que ése es su oficio, conducirte, y lo que queda al otro lado una vez que recogiste tu petate y te marchaste ya qué puede importarte, total. Pero yo voy a ser recordada, no lo olvides. Van a ser recordadas mis canciones, lo que fui, lo que sufrí. Eso se lo agradezco a la vida que me dio recuerdos suficientes que dejar a los demás, a mi público idolatrado, a los que me quieren.

No te digo que me van a recordar las mujeres que me amaron, porque ésas se han muerto ya todas, ni que fueran a ser eternas. Tampoco yo soy eterna, ya poco me falta. Pero a quien se le ocurra escribir mi biografía sólo le pido que no ponga mentiras. Que ponga, sí, lo bien que me sentí con mis amistades. Mi amistad con Elizabeth Taylor, que me invitó a su casamiento con Michael Todd en Acapulco, en 1957; hay una foto que anda por allí donde aparezco con los padrinos, el *crooner* Eddie

Fisher, y su esposa la actriz Debbie Reynolds, sentados los tres a la misma mesa; al año siguiente Eddie abandonó a Debbie y se casó con Liz, recién enviudada, fíjate nomás, veloz como el viento pasó de padrino a novio, casi pudo haberles servido la misma fiesta de bodas.

Otra vez, pero eso fue antes, también en Acapulco, en una fiesta que dio la compañía United Artist en el hotel Presidente, cuando estaban filmando la película *Bandido,* vino a pedirme pieza Robert Mitchum, bailé con él una zamba, y bailé también esa vez con Gilbert Roland. Y allí tienes mi amistad con el Flaco de Oro, Agustín Lara, tanta que sólo yo sé el secreto de cómo le dieron ese tajo horrible que le llegaba hasta la boca, pero no te lo diré. Y mi amistad con Diego, con Frida, que quisieron los dos hacerme retratos pero a mí nunca me gustó posar, menos en cueros, como pretendía Diego. Frida lo que quería era hacerme una pintura en la que yo iba a aparecer sosteniendo una guitarra con las cuerdas rotas, vaya a saberse por qué.

Ya nada puedo pedirle a la vida. Que se acabe cuando quiera. ¿Está servida, señora? Estoy servida. Para luego es tarde, Catrina, vámonos yendo.

Un abigarrado conjunto de paraguas

Un abigarrado conjunto de paraguas, sobre cuya seda brilla la garúa que empieza a nutrirse, rodea la fosa tal como muestra la fotografía del diario *La Nación*. El enterrador, que lleva un viejo suéter de rayas azules y verdes, roto en un codo, revuelve con la cuchara triangular la argamasa en el cajón incrustado de grumos de las batidas anteriores, mientras su ayudante, un adolescente que parece ser su hijo, vierte la arena y el cemento, y luego el agua contenida en un balde que acude a llenar cada tanto a un grifo cercano.

Las viejas zapatillas de dos colores del enterrador, de orlas cinceladas, que fueron blancas y que fueron marrones, quién podría ahora adivinarlo de tan enlodadas, sin cordones ni lengüeta, como las de un bailarín en ruina, se mueven ágiles al borde del túmulo y empujan descuidadamente los terrones que llueven sobre la tapa de fulgores de un negro rojizo, lo que el reportero Romano Minguella llamará borgoña, ya el ataúd en el fondo de la fosa revestida de argamasa y en cuya boca hay delgadas raíces y tallos de hierba cercenados por el filo de las palas.

El enterrador, que ahora ha bajado al hueco, enseña su mal carácter al reprender al ayudante con cara de ser su hijo, porque no le alcanza a tiempo lo que pide mientras se ocupa de sellar la losa con piedras de cantera, bajo las que se va ocultando el féretro. Lo reprende con malas palabras, lejos de miramientos de educación, pero pocos son ya los que le escuchan, porque los concurrentes se han ido dispersando al amparo de la oscuridad, tanta es ya que termina su trabajo aventando las últimas paladas de tierra sobre el túmulo con el auxilio de una lámpara de acetileno que sisea y todo lo que alcanza lo congela en su luz blanca.

Minguella abotona el estuche de la cámara que cuelga de su cuello, mete la libreta de apuntes en un bolsillo lateral de su jacket de nylon, y va hasta la casuarina bajo cuya fronda ha dejado arrimada su motocicleta. Si quiere que su nota, con la foto respectiva, aparezca en la edición de mañana sábado, debe apresurarse en llegar a *La Nación*, donde sólo hay un linotipista de turno en los talleres.

Managua/Somerville/Managua, 2009-2010

Índice

EL CIELO
LLORA POR MÍ
Sergio Ramírez

Asesinatos y narcotráfico, policías y cárteles.
Nadie es inocente.

El inspector Dolores Morales y el subinspector Bert Dixon,
antiguos guerrilleros y miembros del Departamento de Narcóticos
de la policía nicaragüense, investigan la desaparición de una mujer.
Las únicas pistas son un yate abandonado en la costa, sospechoso
de transportar drogas, un libro quemado y una camiseta
ensangrentada. El caso se agravará tras la aparición de varios
cadáveres, entre ellos el del principal testigo.

En una Managua caótica y ardiente los protagonistas tendrán que
enfrentarse con valentía y humor, no sólo a los poderosos cárteles
de Cali y de Sinaloa, sino a antiguos compañeros de insurrección
que se han adaptado mejor a los tiempos y han traicionado sus
viejos ideales.

El cielo llora por mí es una novela policíaca narrada con tensión e
ironía, una visión ácida de una sociedad en la que las fuerzas del
bien son a veces las fuerzas del mal y en la que Sergio Ramírez
hace un colorido y esperpéntico retrato de un mundo de narcos,
crímenes, corrupciones y abusos de poder.

Este libro se terminó de imprimir en el mes de
enero de 2011, en Edamsa Impresiones S.A. de C.V.
Av. Hidalgo No. 111, Col. Fracc. San Nicolás Tolentino C.P. 09850,
Del. Iztapalapa, México, D.F.